孤儿列车

ORPHAN

TRAIN

Christina Baker Kline

［英］克里斯蒂娜·贝克·克兰 / 著

胡绯 / 译

CNS 湖南文艺出版社 HUNAN LITERATURE AND ART PUBLISHING HOUSE 博集天卷 CS-BOOKY

献　给

指路之师
——克里斯蒂娜·卢柏·贝克

灵感之源
——卡罗尔·罗伯逊·克兰

从一条河走陆路搬到另一条河时，瓦班纳基人[1]不得不把独木舟和其他所有家当通通带上。无人不知轻装上阵多么重要，无人不晓轻装必须抛开重负。没什么比恐惧更拖累前进的步伐，它往往便是最难卸下的重担。

——邦尼·麦克布莱德《破晓之女》

① 北美印第安人部落。瓦班纳基（Wabanaki）部落联盟由五个部落组成，其中即包含后文中提及的佩诺布斯科特族人。

目录 Contents

楔子

我相信世上确有鬼魂，那些昔日抛下我们的故人，今日流连不去的幽灵。我这一生常觉得他们就在身旁，或观望或见证，世间众生却毫不知情，毫不在意。

今年我九十一岁，故人几乎都已成了幽魂。

对我来说，有时幽魂比世人和上帝更加血肉丰满。他们填补着寂静，沉甸甸又暖融融，好似渐渐发酵的面团：那是眼神亲切、身上扑着爽身粉的祖母；是没喝醉酒、开怀大笑的爸爸；是哼着曲子的妈妈。已逝的幽魂摒弃了怨气、酒精和愁绪，百般呵护着我——在他们有生之年却未能如此。

我不禁认定这就是天堂：在这里，我们以自己的最佳面目活在他人的记忆中。

也许我是幸运的：九岁那年，我得到了父母魂灵的庇佑，他们以最佳面目陪在我身边；二十三岁那年，挚爱成了幽魂，从此活在了我的心里。而我妹妹梅茜，则是我的守护天使，她似乎从未离去。我九岁时，她十八个月；我二十岁时，她十三岁。眼下我九十一岁，她八十四岁，她依然在我心间。

也许幽灵无法代替活生生的人，但我别无选择。我要么借此宽慰自己，要么轰然倒下，为失去的亲故痛断肝肠。

幽灵们纷纷对我低语，告诉我要努力活下去。

第一部分

她推开房门，眼前是一间洒满阳光的大客厅，可以望见窗外的一片碧波，室内摆放着落地书架和古董家具。一位老太太坐在飘窗旁的靠背扶手椅上，身穿黑色羊绒圆领毛衣，青筋密布的双手叠在怀里，膝上搭着一条羊毛格纹毯子。

缅因州，斯普鲁斯港，2011年

透过卧室墙壁，莫莉听见养父母隔着一扇门在客厅里聊起她。“跟当初说好的差太远了，”迪娜说，“早知道她是这么个麻烦精，我才不会同意呢。”

“我知道，我知道。”拉尔夫的声音满是倦意。莫莉知道，家里主张领养孩子的正是拉尔夫。多年前，年轻气盛的拉尔夫可是个不折不扣的小刺儿头——拉尔夫曾淡然地告诉她，当初学校社工把他送进了“老大哥”爱心项目，而他一直认定他的“老大哥”，也就是他的项目导师，帮他走上了正道。不过迪娜从一开始就疑心莫莉。再说在收养莫莉之前，拉尔夫家曾有过一个男孩，那小子差点一把火把小学烧了个精光，这事也拖累了莫莉。

“工作上的压力已经够大了，”迪娜挑高了声调，“回家还要收拾这堆烂摊子，鬼才愿意呢。”

迪娜是斯普鲁斯港警局的调度员。照莫莉看来，那份工作哪说得上有多大压力？无非是几宗酒后驾车案，偶尔处理一下打架斗殴、小偷小摸和意外事故。如果要在全世界的调度员职位里挑，斯普鲁斯港的调度员恐怕算是最省心的一个。但迪娜的神经生来就绷得紧，鸡毛蒜皮的小事也能惹到她。她总假定一切顺风顺水，一旦有什么不如意（当然，不如意乃是常有之事），她就变得惊怒万分。

莫莉则完全是另一个样儿。身为一个十七岁的少女，她经历的坎坷实在太多了，已经对天降横祸习以为常。一旦事情顺遂，她反而感觉无所适从了。

杰克就属于这种“奇遇”。去年莫莉转学到沙漠山岛高中念十年级，大多数学生似乎都挖空心思躲着她。他们各有各的死党和小圈子，她跟谁也合不来。说实话，她也没有给新同学递去橄榄枝。多年历练已经让她学到：古怪强硬胜过可怜兮兮和不堪一击。于是她走起了哥特路线，好似披上了一副盔甲。杰克是唯一一个设法打破这层盔甲的人。

那是十月中旬，上社会研究课的时候。当时全班学生各自分组做项目；跟以前一样，莫莉又落单了。谁知道杰克竟然邀请她加入他和同伴乔迪的小组，人家乔迪显然一脸不情愿嘛。整整五十分钟的一堂课，莫莉都活像只弓起背的小猫。那小子干吗这么好心？他对她有什么图谋？他是那种捉弄怪人来找乐子的家伙吗？不管他打什么鬼主意，她反正不会让他占丁点便宜。她后退了几步，双臂交叉，端起肩膀，几缕又硬又直的黑发从眼前拂过。杰克要是问她问题，她就耸耸肩哼一声，不过她跟小组配合得还不错，该做的活儿她都乖乖做完了。“那个女生怪得出奇啊。”下课铃响了，大家纷纷离开教室，莫莉听到乔迪小声嘀咕。“她害我起了一身鸡皮疙瘩。”莫莉转过身，恰好迎上了杰克的目光——他竟然面露微笑，让她大吃一惊。“我倒觉得她挺棒。”他迎着莫莉的目光说道。从转学到这所学校算起，莫莉破天荒第一次没忍住：她也对杰克微微一笑。

接下来几个月，莫莉东一耳朵西一耳朵地听来了杰克的身世：杰克的母亲在切里菲尔德采蓝莓期间邂逅了杰克的父亲——一个来自多米尼加的移民工人。他让她怀上了孩子，却又拍拍屁股搬回了多米尼加，跟一个当地女子同居去了，再也没有回头。杰克的母亲终生没有嫁人，在一位富家老太太的海景豪宅里工作。不管怎么看，杰克也逃不开当个社会边缘人的命运，但他偏偏独辟蹊径。他身上有些熠熠生辉的品质：足球场上亮眼的风姿，迷死人的笑容，大而明澈的眼眸，好看得出奇的睫毛。尽管他没把自己当回事，莫莉却看得出来：这家伙的脑筋远比他嘴上承认的要好，甚至有可能比他自己意识到的要好。

莫莉根本不在乎杰克在足球场上如何威风，但好脑筋让她肃然起敬（大眼睛也算是加分项吧）。莫莉自己就是全靠一腔好奇才没有走上歪路。既然走了哥特路线，谁还会拿常人那些老掉牙的陈规往你身上套呢？因此莫莉发觉，一时间，她可以想怎么出格就怎么出格，想多搞怪就多搞怪。她一天到晚埋头读书，礼堂里也好，餐厅里也好，读的大多数是些小说，书中的主角个个愤世，比如《处女之死》《麦田里的守望者》《钟形罩》。她把书中的词汇抄在一本小册子上，因为她喜欢从嘴里念出那些字眼：悍妇，优柔寡断，护身符，富孀，萎靡不振，阿谀拍马……

作为新生，莫莉曾经很乐意用自己那副假面吓跑同学，也很乐意在同学眼里看到戒心和猜疑。尽管她挺不愿意承认，但最近一阵子，那副假面开始变得碍手碍脚了。每天早晨她都要花好一阵才能打扮妥当，而一度富于寓意的例行步骤眼下让她很不耐烦：先把头发染成乌黑，然后把其中几绺挑染成紫色或白色，涂上眼影，接着涂上比肤色浅好几个色号的粉底，再把几件颇不舒服的衣服穿戴整齐。她感觉自己活像个马戏团小丑，某天清晨一觉醒来，却死活不愿意再粘上红色的橡胶鼻子。大多数人用不着费这种功夫扮个性吧，那她为什么要这么费劲呢？莫莉不禁做起了白日梦：等到了下一个地方（因为总会出现下一站，下一个寄养家庭，下一所学校），她就索性推倒重来，扮个不必花力气打理的新造型。是扮垃圾范儿[①]好呢，还是扮性感辣妹范儿好呢？

随着时间流逝，那一天倒是越来越有可能马上降临。迪娜早就动了心思要扔掉莫莉这个包袱，目前她又添了个颇有底气的理由。拉尔夫把宝押在了莫莉的表现上，千方百计想要说服迪娜——莫莉那凶巴巴的发型和妆容下藏着一个温柔少女呢。嗯，这下可好，拉尔夫算是信誉扫地了。

莫莉手脚着地趴下来，掀起了带洞眼的床罩，拖出两只花哨的行李袋，那是拉尔夫在里昂比恩[②]大甩卖时给她买的，购于埃尔斯沃思（红色那只印着龙飞凤舞的字体“布雷登”，橙色那只则印着“艾希莉”）。莫莉实在不知道，这两只行李袋到底为何不招人喜欢，是因为颜色款式，还是因为这两个呆气十足的白色的名字。当她打开梳妆台的顶层抽屉时，被子下传来了手机的振动声，随后变成了细声细气的乐声——洋基老爹的*Impacto*（一首歌曲名）。“这么一来，你就知道来电话的人是我，乖乖去接电话。”在为她买下这段铃声时，杰克说道。

① 垃圾文化、邋遢文化，是一种邋遢、不分性别的反时尚的时尚。

② L.L.Bean，美国著名的户外用品品牌，创始于1912年，历史悠久。

“嘿，伙计。”她终于找到了手机，说道。

“嘿，怎么样，小妞？”

“哦，你知道的。迪娜不太开心。”

“是吗？”

“是啊，情况很不妙。”

“有多不妙？”

“嗯，我觉得我快被赶出去了。”她觉得嗓子发紧。莫莉被自己吓了一跳：这种事她明明已经遇到过很多次了。

“不会的，”他说，“我不这么想。”

“没错，我能听见他们正谈论这件事。”她说着拽出一摞袜子和内衣，一股脑儿扔进印着“布雷登”字样的行李袋。

“可你还有一阵子社区服务要做呢。”

“没戏。”她拿起自己的挂坠项链。项链在梳妆台上缠成了一团，莫莉用手指捋着金链，设法解开项链上的结。“迪娜说，没人愿意要我，我不值得信任。”项链上的结在她的拇指下松开了，她把金链捋直，“没事，我听说少年教养所没那么糟，反正也不过几个月。”

“可是……你明明没有偷那本书。”

莫莉将平平的手机贴着耳朵，戴上项链，摸索着扣好卡扣，端详着梳妆台上的镜子。黑色眼妆在她的眼周晕开了，使她活像个橄榄球运动员。

“对吧，莫莉？”

问题是，她确实偷了那本书，或者换句话说，她想偷那本书。那是她最爱的一本小说——《简·爱》，她渴望拥有它。巴尔港的谢尔曼书店里没有现货，她的脸皮又太薄，不好意思让店员订购。迪娜是不会把信用卡号给她，让她去网上购书的。她从未如此渴盼过什么东西（嗯……有一阵没有了）。于是在图书馆里，当她双膝着地趴在小说部窄窄的书架之间，眼前的书架上赫然是三本《简·爱》：两本平装，一本精装。那本精装书她已经借过两次，是到前台用借书证登记借出的。她从书架上取下那三本书，用手掂掂重，又把精装本放回去，塞到《达·芬奇密码》的旁边。至于那册新一点的平装书，她也放回了书架。

她塞进衬衣和牛仔裤裤腰里的那本《简·爱》又卷又旧，纸张泛黄，还有些段落被人用铅笔画了线。托了干巴巴的胶水的福，廉价的封面已经从纸页上脱开。如果馆方把这本书送去每年一度的图书大甩卖，只怕最多值个十美分。莫莉觉得，没人会在乎这么一本书，还有另外两本崭新的《简·爱》呢。可惜图书馆最近刚刚配备了磁性防盗标签：几个月前，四名志愿者（四位上了年纪的女士，她们怀着一腔热情投入到斯普鲁斯港图书馆的一切事务中）花了几个星期将标签装到了一万一千多册图书的封面内侧上。于是那天离开图书馆时，莫莉根本没有料到自己经过的是一扇防盗检测门，洪亮的哔哔声一直响个不停，图书馆馆长苏珊·勒布朗像只归家的鸽子一样风驰电掣地赶了过来。

莫莉立刻招供了；说得更准确些，她设法声称，她本来是想登记借出那本《简·爱》的。但苏珊·勒布朗根本不买账。“看在上帝的分儿上，别用谎话脏了我的耳朵。”她说，“我可一直在盯着你，刚才我就觉得你有图谋。”真可惜，居然让她猜中了！她本来很乐意猜错一次，一次就行。

“哦，该死。真的吗？”杰克叹了口气。

莫莉一边望着镜子，一边用手指轻抚脖子上那条项链的吊坠。她已经不常戴这条项链了，但只要出了岔子，心知自己又要搬家时，莫莉就会戴上它。链子是在埃尔斯沃思的折扣店玛登商店里买的，莫莉又在上面串了三个吊坠：一条蓝绿相间的景泰蓝鱼，一只白镴乌鸦，再加上一头丁点小的棕熊，那是父亲在她八岁生日的时候给她的。几个星期后，一个冰天雪地的晚上，他在驾车驶下95号州际公路[①]时翻了车，就此丧命。当时莫莉的妈妈年仅二十三岁，从此以后就一路滑进了泥潭里，再也没有振作起来。等到九岁生日的时候，莫莉已经住进了一个新家，妈妈却进了监狱。那些吊坠是昔日生活给她留下的唯一印记。

杰克是个好人，但她一直在等待这一刻：总有一天，跟其他人一样（社工也好，老师也好，养父母也好），他会忍无可忍，感觉被人辜负，意识到实在不值得为莫莉费这么多功夫。尽管莫莉希望自己能把杰克放在心上，也成功地让他相信自己确实把他放在了心上，她却从未彻底交心。她倒不算在演戏，不过在内心深处，她总是有所保留。她已经发觉：只要将胸膛想象成一只用链条锁上的巨型箱子，就可以控制情绪。她会打开箱子，将所有东奔西窜、难以控制的感情一股脑儿塞进去，塞进所有肆意横流的悲哀或遗憾，再死死地锁好箱子。

拉尔夫也千方百计想要发掘她身上的闪光点，就因为这种先入为主的念头，他从莫莉身上看出了并不存在的闪光点。莫莉颇为感激他的信赖，却忍不住对自己打了几个问号。在这一点上，迪娜似乎更好相处，她根本没有花心思掩饰对莫莉的疑心。想想吧：明刀明枪跟你对着干，总比出岔子以后再对你失望强吧。

① 95号州际公路，简称I-95，是美国州际公路系统的一部分，共计跨越十五个州。

“《简·爱》？”杰克说。

“有什么关系吗？”

“我本来要给你买那本书的。”

“是啊，没错。”尽管惹了这么大的麻烦，搞不好就会被人送走，莫莉心里却清楚自己绝不会开口让杰克买书。如果非要在寄养制度里找出她最讨厌的一点，那就是你必须依赖几乎素不相识的人，他们变幻莫测的心思又让你防不胜防。她已经学会不期盼任何人的任何给予。她的生日经常被人忘到脑后，节日过完了大家才猛然想起她。她只能拿到什么就凑合用什么，而她拿到的东西罕少是她开口要的。

“你真是固执得要死！”杰克仿佛一眼看穿了她的心思，“瞧瞧你给自己惹了多大的麻烦。”

有人重重地敲响了莫莉的房门。她把手机捂在胸口，眼睁睁望着门把手转开。这是另一件讨厌的事：没有锁，没有隐私。

迪娜探头进了屋，涂着粉色口红的双唇抿得很紧。“我们必须聊一聊。”

“好。我先把电话讲完吧。”

“你在跟谁通话？”

莫莉犹豫片刻。必须回答吗？哦，管他呢。“杰克。”她说。

迪娜皱起了眉：“快点啊，我可没有一整夜时间给你耗。”

“我马上就来。”莫莉面无表情地盯着迪娜，一直等到迪娜的头从门边消失，才再次把手机贴到耳朵上，“行刑时间到啦。”

“不，不，听着，”杰克说，“我有个主意，有点……出格的主意。”

“什么嘛。”她闷闷不乐地说，“我得走了。”

“我跟我妈谈过……”

“杰克，你开玩笑吧？你居然跟她讲？她已经恨死我了。”

“嘿，听我把话讲完嘛。首先，她并不恨你。其次，她跟她的东家聊了聊，看来你说不定可以去那儿做社区服务。”

“什么？”

“没错。”

“可是……怎么会这样？”

“嗯，你知道我妈堪称世界上最蹩脚的管家。”

莫莉喜欢他说这话的腔调：实事求是，不贴标签，仿佛他在声称他母亲是个左撇子。

“老太太想要人把阁楼清理清理，里面净是些旧报纸、盒子之类的狗屎东西，我妈觉得那是她最可怕的噩梦。于是我出了个主意，让你去清理。我敢打赌，你那五十个小时的社区服务轻而易举就耗在那鬼地方了。”

“等一下……你要我去清理一个老太太的阁楼？”

“是啊。正是你的拿手好戏，你不觉得吗？拜托，我知道你这人有多爱揪着细节不放。别妄想抵赖，你的东西全在书架上一字排开，你的论文全都归了档。你的书不是还按字母顺序摆放吗？”

“你注意到了？”

“你压根儿没料到我有多么了解你。”

莫莉不得不承认，虽然怪是怪了点，但她就喜欢把东西收拾得井井有条，实际上算是有点洁癖。尽管时常搬家，她还是学会了打理自己仅有的家当。可是这一次，她说不好。日复一日孤零零地困在发霉的阁楼里，收拾某个老太太的垃圾？

话是这么说，鉴于不接这份活儿就会……

“她想见见你。”杰克说。

“谁？”

“薇薇安·达利，那个老太太。她想让你来……”

“面试。你的意思是，我必须通过她的面试？”

“算是其中一关吧。”他说，“你打算来吗？”

“我还有别的选择吗？”

“当然有。你可以蹲局子嘛。”

“莫莉！”迪娜一边咆哮，一边敲门，“现在就出来！”

“好吧！”莫莉高声说道，接着对杰克说，“好吧。”

“好什么？”

“我会接这份活儿。我会去见见她，接受她的面试。”

“太好了。”他说，“哦，还有……也许你还是穿条裙子去比较好，只不过……你明白。也许再拿掉几个耳钉。”

“鼻环呢？”

“我爱死鼻环了，”他说，“不过……”

“我明白了。”

“也就初次见面要讲究一下。”

“没关系。听着，谢谢。”

“别谢我啦，我不过是自私而已。”他说，“我只希望你在我身边多待一会儿。”

莫莉打开卧室门，冲着迪娜和拉尔夫紧张不安的面孔露出了微笑："你们用不着再担心，我有办法做完社区服务了。"迪娜向拉尔夫使了个眼色。多亏多年来琢磨养父母们的暗示，莫莉读得懂这种表情。"但如果你们想让我离开，我也理解，我会找到其他去处的。"她说。

"我们不希望你离开。"拉尔夫说。与此同时，迪娜也开了口，"我们必须商量一下。"他们两人瞪大眼睛望着对方。

"无所谓了，"莫莉说，"如果不行，那也没事。"

在那一刻，靠着从杰克那里借来的胆子，一切还好。如果搞不定的话，那就搞不定呗。莫莉早就知道，别人一辈子避之唯恐不及的种种心碎与背叛，她早已面对过了：爸爸撒手人寰；妈妈歇斯底里；在一处又一处住处之间穿梭，一次又一次被遗弃。但她依然好端端地活着，睡觉，渐渐长高，每天早上睁眼醒来，穿戴妥当。因此，当说出那句"没事"时，她的意思是，她知道自己几乎可以挺过任何难关。而且此时此刻，从记事起头一次，居然有个人在照料着她（话说回来，这小子究竟是哪里缺根筋？）。

缅因州，斯普鲁斯港，2011年

莫莉深吸了一口气。眼前的宅邸比她想象中更加宏伟：一幢白色维多利亚式石质大宅，镶着花饰，配着黑色百叶窗。透过风挡玻璃，她可以看出大宅处处维护得当，既没有脱漆，也没有朽坏，一定是最近刚刚漆过。不用说，老太太必定一天到晚雇人打理大宅，分明是蜂后的一群工蜂嘛。

这是个温暖的四月早晨。大地浸润着融化的雪水和新降的春雨，今天却难得的风和日丽，昭示着明媚的夏季即将来临。碧空如洗，点缀着团团棉花般的云朵，一丛丛番红花似乎已经绽绿吐翠。

“好吧。”杰克说，“事情是这样的。她是个和善的老太太，但为人有点拘谨。知道吧，不是‘开心果’类型的。”他泊好车，捏了捏莫莉的肩膀，“点点头笑一笑就好，你会没事的。”

“再说一次，她年纪多大了？”莫莉嗫嚅道。她居然很紧张，也不禁生起自己的气来。谁在乎呀？不就是帮个年纪大得一塌糊涂、爱在家里堆东西的老太太收拾收拾她的破烂吗？真希望那个烂摊子不是又臭又恶心，活像电视上那些囤物狂的房子。

“我不知道……总之很老。顺便说一句，你看上去很不错。”杰克补了一句。

莫莉皱了皱眉。她身穿一件粉色 Lands’End（世界上规模最大的服装直销商）衬衣，那是迪娜专为此事借给她的。“我差点认不出你来了。”莫莉穿上衬衣走出卧室时，迪娜冷冰冰地说，“你看上去这么……淑女。”

按照杰克的主意，莫莉已经取下了鼻环，每只耳朵只留了两个耳钉。花在妆容打扮上的时间也比平时要长：粉底不再是面无血色，略微浅了些；眼影淡了些。她甚至在药妆店里买了一支粉色唇膏——美宝莲水润亮彩璀璨唇膏，这名字简直逗得她哈哈大笑。她取下了从旧货店买来的诸多环饰，取下了平时佩戴的又大又粗的十字架和银色骷髅头，戴上了爸爸给的吊坠项链。头发依然是黑色，两侧各有一绺挑染成白色，十指指甲也依然是黑色；但很显然，她已经在外表上下了一番功夫，正如迪娜所说，“看上去比较像个正常人了”。

在杰克使出他那“万福马利亚传球”式①的招数后（他把这招叫作“万福莫莉”），迪娜勉强同意再给莫莉一次机会。“清理某个老太太的阁楼？”她哼了一声，“好得很，没错。过一个星期再看吧。”

莫莉倒没指望迪娜会对自己满腔信心，但她自己心里也有点打鼓。难道真要把生命中整整五十个小时花在一个怪脾气的富孀身上，花在一个漏风的阁楼里，把一个个装满飞蛾、尘螨和其他鬼玩意儿的盒子翻个遍吗？如果去少教所的话，这五十个小时会被花在集体治疗（总是很有意思）和观看脱口秀节目上（也还过得去），还可以跟别的女孩待

① 美式橄榄球中胜算极小的传球，指孤注一掷。

在一起。但眼下家里有个迪娜看管她，这里还有个老太太盯着她的一举一动。

莫莉看了看表：早到了五分钟——真是拜杰克所赐，谁让他刚才死活催她出门呢。

“记住：要正视对方。”他说，“而且一定要微笑。”

“你真是个嘴碎的老妈啊。”

“你知道你有什么问题吗？”

“我男朋友是个嘴碎的老妈？”

“不。你的问题是，你似乎没有意识到这次你已经命悬一线了。”

“什么‘线’？哪里呀？”她东张西望，在座位上扭着屁股。

“听着。”他抹了把下颌，“我妈没有告诉薇薇安少教所那摊事。就老太太所知，你是在做学校的一个社区服务项目。”

“这么说，她不知道我的犯罪史喽？真好骗。”

“见鬼。”他说着拉开门下了车。

“你跟我一起进去吗？”

他砰一声关上车门，从车后绕了一圈走到副驾驶座旁，伸手打开门：“不，我陪你走到前门台阶。”

“哎哟，真是位绅士。”她钻出汽车，“还是说你觉得我可能会突然闪人？”

“说实话，两者皆有。”他说。

站在那扇宏伟的胡桃木门前，面对巨大的黄铜门环，莫莉犹豫了。她扭头回望杰克，他已经钻回了车里，耳朵里塞着耳机，翻阅着一本朱诺·迪亚斯的作品集。莫莉知道，他一直把这本泛黄的书放在汽车的小置物箱里。她站直身子，挺了挺肩膀，将头发拢到耳后，摆弄着衬衣的衣领（上次穿带衣领的衣服是在哪年哪月？珠饰项圈倒有可能），轻敲起了门环。没有人应门。她又敲了敲，声音大了些。正在这时，她注意到大门左侧有个门铃，于是摁了下去。大宅里响起洪亮的叮咚声，片刻之后，只见杰克的妈妈特瑞带着一脸忧色，急匆匆地向她走来。看到杰克的棕色大眼睛长在他妈妈那张又平又宽的脸上，每次都能让人吓一跳。

杰克已经跟莫莉保证过，他妈妈是站在莫莉这边的："你都不知道，清理阁楼的鬼事烦她很久了。"但莫莉心里清楚，实际情况要复杂得多。特瑞深爱自己的独子，几乎愿意不惜一切让他开心。不管杰克多么愿意相信特瑞对此一拍即合，莫莉却心知是他把特瑞逼上船的。

特瑞打开大门，飞快地瞥了眼莫莉："嗯，你收拾得还不错。"

"谢谢，算是吧。"莫莉喃喃道。她说不清特瑞身上穿的到底是套制服，还是因为太乏味以至于看上去像套制服：黑色长裤，笨重的橡胶底黑鞋，一件主妇风格的桃色T恤。

莫莉跟着她走下一条长长的走廊，走廊两旁陈列着镶有金色边框的油画和蚀刻版画，脚下是东方风格的长地毯，让人几乎听不见足音，走廊的尽头则是一扇紧闭的门。

特瑞把耳朵凑到门上听了一会儿，轻轻敲了敲。"薇薇安？"她将门打开一条缝，"那个女孩来了，莫莉·艾尔。是的，好。"

她推开房门，眼前是一间洒满阳光的大客厅，可以望见窗外的一片碧波，室内摆放着落地书架和古董家具。一位老太太坐在飘窗旁的靠背扶手椅上，身穿黑色羊绒圆领毛衣，青筋密布的双手叠在怀里，膝上搭着一条羊毛格纹毯子。

两人走到老太太身旁，特瑞开口说，“莫莉，这是达利夫人。”

“你好。”莫莉说着，遵照父亲以前的教导伸出一只手。

“你好。”老妇人说。握在莫莉手中，老妇人的手又干又凉。她是个精神矍铄、手脚纤长的女人，长着窄鼻子，一双目光锐利的褐色眼睛好似鸟儿般明亮敏锐，肌肤薄得几近透明，卷曲的银发在后颈绾成了一个发髻，脸颊上零星散落着一些浅浅的雀斑（还是老年斑呢？），双手和手腕上青筋密布，眼周长着一些细纹。她让莫莉想起了在奥古斯塔天主教学校里念书时遇到的修女嬷嬷（当时她在一个颇不搭调的寄养家庭里短短地待过一阵），那些修女在某些方面显得无比老迈，在其他方面却又不可思议地年轻。跟修女们一样，这个女人身上隐隐有种专横的气质，仿佛她已经习惯随心所欲。难道不对吗？莫莉心想，人家确实习惯了随心所欲嘛。

“好了。如果你需要我，我会在厨房里。”特瑞说道，随后从另一扇门消失了。

老妇人向莫莉探过身子，微微皱起眉：“你究竟是怎么弄出这种效果的？我是指臭鼬一样的条纹。”她说着抬起手，轻轻揉着自己的太阳穴。

“嗯……”莫莉吃了一惊，还从来没有人问过这个问题呢，“是挑染出来的。”

“你从哪里学来的呢？”

“我在YouTube（世界上最大的视频网站）上看到的一则视频。”

“YouTube上？”

“在互联网上。”

“啊……”她抬起下颌，“是电脑啊。我年纪太大，跟不上潮流了。”

“我觉得，如果某件事物改变了我们的生活方式，那就不能叫作一种‘潮流’了吧。”话音刚落，莫莉就懊悔地笑了——对方有可能雇她打工，而她居然跟人家斗上了嘴。

“但没有改变我的生活方式。”老妇人说，“一定相当费功夫。”

“什么？”

“把你的头发弄成那样。”

“哦。没那么糟，我又不是新手。”

“如果你不介意我问一问，你天生是什么发色？”

“不介意。”莫莉说，“是深褐色的。”

“嗯，我的头发生来可是红色的。”老妇人说。莫莉过了一会儿才回过神，老太太拿她自己的花白头发开了个小玩笑呢。

“我喜欢你的发髻。”她岔开了话题，“跟你很搭。”

老太太点点头，在座椅上往后一仰。她似乎颇为称许。莫莉觉得肩上的担子轻了些。“请恕我唐突，但到了我这个年纪，拐弯抹角没什么意思。你的打扮相当有型，你走的是……怎么说来着……哥特路线吗？”

莫莉忍不住笑了：“算是吧。”

“我猜衬衣是你借来的。”

“唔……”

“你其实不必费这种功夫，它跟你不搭。”她示意莫莉在对面坐下，“你可以叫我薇薇安，我从来就不喜欢别人叫我达利夫人。我丈夫已经不在世了，你知道吧。”

“很遗憾。”

“没必要遗憾，他是在八年前死的。总而言之，我已经九十一岁了，昔日故人没几个还活着。”

莫莉不知道该如何回应：如果告诉某人他看上去并没有那么老，那算是有礼貌吗？她并没有料到对面这个女人已经九十一岁，但话说回来，她也不太认识年纪大的人。爷爷奶奶在她爸爸年轻时就已经去世，外公外婆则从未结过婚，她也从未见过外公。她所记得的唯一一个祖辈——外婆，在莫莉三岁时死于癌症。

“特瑞告诉我，你是被寄养的。”薇薇安说，“你是个孤儿吗？”

“我妈妈还活着。但是……没错，我认为自己是个孤儿。”

“不过严格来讲，你并不是。”

“我觉得，如果没有父母照料，那你愿意怎么叫自己，就可以怎么叫自己。”

薇薇安端详了她好一会儿，仿佛在掂量这种想法。“有道理。”她说，“那跟我说说你自己吧。”

自出生以来，莫莉一直住在缅因州，甚至从未出过州界。她零零星星地记得寄养前在印第安岛度过的童年：她跟父母所住的那辆灰色车身的拖车、到处停满了皮卡的社区活动中心、索克雷西斯宾果游戏厅[①]，还有圣安妮教堂。她记得曾经把一个玉米壳做成的印第安娃娃放在卧室的架子上，娃娃有一头黑发，身穿传统的印第安服饰，不过她更喜欢

① 位于缅因州印第安岛。

由慈善机构捐赠、圣诞节期间在社区活动中心发放的芭比娃娃。当然，那些芭比娃娃都不是流行款，人家怎么会送灰姑娘和选美皇后芭比娃娃呢，都是些稀奇古怪的短命款，能让淘便宜货的人在大甩卖时淘到，比如飞车手芭比啦，丛林芭比啦。有什么关系呢？无论芭比的服饰有多怪，她的五官总是一个样：穿惯高跟鞋的玲珑双脚、傲人的上围、挺直的鼻梁、柔若无骨的纤腰、光泽的塑料秀发……

不过，薇薇安想听的可不是这些。该从哪儿讲起？该讲什么？这才是问题所在。这不是个幸福的故事，莫莉已经从亲身遭遇中发现了一件事：对于她的身世，有些人退避三舍，有些人并不相信，更不堪的是，有些人还会可怜她。于是，她学会了如何三言两语讲完身世。“嗯，”她说，“我有佩诺布斯科特印第安血统[①]，从父亲身上继承的。在我小时候，我们住在奥尔德敦[②]附近的一个印第安保留区里。”

“嗯，所以头发染成黑发，化妆成部落风。”

莫莉吓了一跳。她还从未想过其中的关联呢——真的吗？

念八年级的时候，曾经有一阵特别难熬：脾气暴躁的养父母整天叫嚷，养父母家的孩子爱吃醋，学校里还有一帮贱妞儿。于是莫莉买了一盒欧莱雅十分钟染发膏和封面女郎黑色眼线，在家中的洗手间里给自己换了造型。接下来一个星期，一个在某商场克莱尔店里工作的朋友帮她扎了不少耳孔：每只耳朵扎了一串孔，一直扎到耳朵的软骨；穿了鼻钉，上了眉环（不过那枚眉环没用多久，不久后引起了感染，只好取出

① 佩诺布斯科特人是居住在美国缅因州佩诺布斯科特湾和佩诺布斯科特河河谷一带的北美印第安人。

② 奥尔德敦是美国缅因州佩诺布斯科特县的一个城市。

来，留下的疤痕好似蛛网）。她身上扎的这些孔成了压死骆驼的最后一根稻草：莫莉因此被赶出了那个寄养家庭——算是大功告成了。

莫莉接着讲起了身世：父亲如何去世，母亲如何疏于照顾她，她又是如何到了拉尔夫与迪娜家里。

“特瑞告诉我，你被分派去做社区服务项目，而她想出了一个高招儿，让你帮我清理我的阁楼。”薇薇安说，“对你来说，似乎是桩赔本的生意啊，但谁说得清呢？”

“我有点洁癖，信不信由你，我很喜欢整理东西。”莫莉说。

“那你比看上去还要怪。”薇薇安往后挪了挪，合起了手掌，“我来告诉你一些事吧。照你的定义，在跟你差不多的年纪，我也算是成了孤儿，所以我们这点很相像。”

莫莉不知道该如何回答。薇薇安是想让她细问详情，还是说说而已？实在很难讲。“你的父母……”她大起胆子问道，“没有照顾你吗？”

“他们努力过。发生了一场火灾……”薇薇安耸耸肩，“事情过去太久了，我几乎记不得了。话说回来吧……你打算什么时候开工？”

纽约，1929年

最先察觉到的是梅茜，她哭个不停。母亲病倒的时候，梅茜才一个月大，因此她跟我一起挤在我那张窄窄的小床上，与我们的兄弟同住在一间没有窗户的小屋里。那间小屋如此幽暗，我说不清眼盲是否正是这种感觉——无所不在的空虚。在此之前，我曾经这么揣摩过很多次。我几乎看不清弟弟们的身影，只能感觉到他们不时翻个身，却并没有醒过来。地上铺了一张草垫子，六岁的双胞胎多米尼克和詹姆斯正双双睡在草垫上，挤作一团取暖呢。

我背靠着墙壁，坐在小床上，按妈妈教的办法搂着梅茜，让她伏在我的肩上。我千方百计地哄她，把以前管用的招数全都用上了：轻抚她的后背，用两根手指刮刮她的鼻梁，轻声在她耳边哼起父亲最喜欢的歌——《我那歌唱的小鸟》：*我听见黑鹂吟唱，也听见画眉与红雀；但没有一只鸟儿的歌喉比得上你那么甜美，我那歌唱的小鸟*。可惜梅茜尖叫得更大声了，小身子一阵接一阵地抽搐。

当时梅茜已经十八个月了，却轻得像捆破布。她出生才刚刚几个星期，妈妈就发烧病倒了，再也无法给她喂奶，所以我们用温糖水和文火熬成的碎燕麦凑合着喂她，有钱的时候再买点牛奶给她。我们全都很瘦。能下肚的东西实在不多；日子一天天过去，我们几乎只有嚼不动的土豆，掺在寡淡的清汤里。即使在身体最好的时候，妈妈的厨艺也很够呛，有些日子她压根儿懒得动手。在我学会做饭之前，我们不止一次把土豆从罐头里倒出来直接吃掉。

我们离开爱尔兰西海岸的家已经两年了。那里的生活也很艰辛，我们的爸爸接二连三地找了一串工作，又丢了一串工作，其中没一份能养活我们一家子。我们住在戈尔韦郡一个名叫金瓦拉的小村庄里，住的是一所丁点小的石屋，室内还没有暖气。左邻右舍一个个争先恐后地拥向美国。据传闻，那儿的橘子有马铃薯大小，灿烂晴空下麦浪滚滚，洁净又干爽的木头房子里配备着水电装置，工作多得像树上的累累果实。爸爸的父母和姐妹东拼西凑攒齐了我们一家五口越洋航行的费用，算是最后一次再帮我们家一把（也有可能是为了免得我们一天到晚让他们操心）。于是在一个暖融融的春日，我们一家登上了开往埃利斯岛[①]的艾格尼丝·波琳号。我们与未来的唯一纽带是写在纸上的一个名字，登船时父亲把这张字迹龙飞凤舞的字条塞进了衬衫口袋。名字的主人是个十年前移民过去的男人。据他在金瓦拉的亲戚们声称，此人目前在纽约经营一家体面的餐馆。

尽管我家一直住在海边小村里，家人中间却没有哪个坐过船，更别提在茫茫大海里航行的船只了。除了我那体健如牛的弟弟多米尼克，我们其他人在航行途中都经常病倒。妈妈的处境更加糟糕，上船后她才发现又怀了孩子，几乎吃不下任何东西。即使如此，当我站在甲板上，站

① 美国纽约市曼哈顿岛西南的一个小岛，1892至1943年间曾用作移民进入美国的检查站。

在我们那间又黑又挤的统舱舱房前方，望着艾格尼丝·波琳号在油腻腻的海水中劈波斩浪时，依然觉得振奋不已。当然啦，我想，我们会在美国找到自己的一席之地。

抵达纽约港的那个清晨雾气森森，阴霾万里。弟弟们跟我一起站在栏杆旁，眯起眼睛望着蒙蒙的雨丝。自由女神像就在离码头不远的地方，我们却几乎看不清它朦胧的轮廓。我们被赶进了长队，接受检查和质询，接着有人盖上章，把我们跟几百个移民一起放了进去。在我听来，那数百个移民嘴里的话活像农场里牲畜的嘶鸣。

我并没有看见滚滚麦浪，也没有看见大个儿的橘子。我们乘坐一艘渡轮到了曼哈顿岛，走上大街。妈妈和我被行李压得步履蹒跚，双胞胎吵着要我们抱，爸爸的两只胳膊下各夹着一只手提箱，一只手攥着地图，另一只手则捏着皱巴巴的纸条，上面写着他母亲龙飞凤舞的草书："马克·弗兰纳里，德兰西街爱尔兰玫瑰店"。迷路了几次之后，爸爸干脆把地图丢到了一旁，开始向街上的行人问路。他们多半没答话就走开了，其中一个还往地上吐了口唾沫，脸上满是厌恶的表情。最后我们终于找到了那个地方，那是家爱尔兰酒吧，跟戈尔韦郡后街小巷里最不上台面的酒吧一样破。

爸爸进了酒吧，妈妈和家里的孩子则在人行道上等。雨已经停了，湿漉漉的街道上腾起缕缕雾气，飘进潮乎乎的空气中。我们身穿湿衣服站着，挠着结痂的头（都怪船上的虱子，简直跟晕船症一样躲不开），汗水和灰尘害得我们身上黏糊糊的。我们的脚被新鞋磨出了水泡：出发之前，祖母给我们买了新鞋，但妈妈非让我们等到踏上美国土地的那一刻再穿。除了眼前这家蹩脚的翻版爱尔兰酒吧，这片新大陆跟我们想象的那个世界没有半点相似之处。

马克·弗兰纳里已经收到了他姐姐写来的信，正在等我们抵达。他雇我爸爸当了洗碗工，又把我们带到了一个小区。我还从来没有见过这种地方：窄街上密密麻麻地挤满了高高的砖楼，四处人头攒动。他知道有间公寓要出租，租金一个月十美金，就在伊丽莎白街一栋五层公寓楼的三楼。他把我们带到公寓楼门口，我们一家便跟着波兰籍房东卡明斯基先生走过一段铺了地砖的过道，上了楼梯，带着行李在热浪和黑暗中挣扎；与此同时，房东先生却喋喋不休地念叨着爱干净、有礼貌、人勤快是何等美德，而他显然很怀疑我们身上是否有这些美德。“我对爱尔兰人没什么偏见，只要你们不惹祸就行。”他用洪亮的声音告诉我们。我偷偷瞥了瞥爸爸的面孔，却望见一种从未见过的表情，但我顿时恍然大悟：爸爸已经发现了一件事——在这个陌生的地方，只要他张嘴讲话，人们就不会给他什么好脸色。这个发现让爸爸大吃一惊。

房东把我们的新家叫作车厢式公寓住宅：房间一间连着一间，活像火车车厢。其中一头是我父母那间丁点小的卧室，屋里有一扇窗，正对着另一栋大楼的背面。紧挨着的是我、梅茜及兄弟们合住的屋子，接着是厨房，随后是前厅，厅里还有两扇窗户，俯瞰着繁忙的街道。卡明斯基先生拉了拉厨房金属天花板上垂下的一条绳，一个灯泡随之洒下了光亮，苍白的光影映照着伤痕累累的木桌、煤气炉，还有一个污渍斑斑的小水槽，水槽上的龙头可以放出冷水。我们与邻居合用的卫生间则在公寓门外的走廊里。房东告诉我们，邻居是一对姓夏茨曼的德国夫妇，没有子女。“他们一点也不吵，也希望你们不要吵。”他说着皱皱眉：我的弟弟们整天不肯安生，正在互相推搡对方闹着玩呢。

尽管房东瞧不上我们，房间黑漆漆的，周围闷热难当，还充斥着我这乡下人从没听过的各种奇声怪响，我的心中却还是涌起了一缕希冀。我环顾着家里的四间屋，看上去我们一家确实像有了一个新的开始，将金瓦拉的种种煎熬抛在了身后：那种渗入骨髓的潮气，可怜巴巴挤死人的小屋，还有我爸爸酗酒的毛病。刚才我提过这一点吗？正因为这个恶习，每一点每一滴成就都化成了泡影。但在这里，爸爸会得到一份工作；只要拉拉绳就会有光，只要拧拧把手就会有水。就在门外，在一个压根儿不潮湿的走廊里，我们还有马桶和浴缸呢！无论多么微茫，这终归是一线希望，通向一个新的开始。

我不知道究竟是哪一点渲染了我的这段记忆，是我现在的年纪呢，还是我当时的年纪？离开金瓦拉时，我七岁；梅茜哭个不停的那天晚上，我九岁。那一晚彻底改变了我的生活，甚至超过远离故土。八十二年过去了，她的哭号依然在我耳边萦绕。如果当时我留心查一查她哭号的原因，而不是一心设法安抚她，那就好了。如果当时我真的留心查了她哭号的原因，那该有多好。

我是如此害怕我们的生活会再次支离破碎，因此千方百计不去理睬那些最让我心惊的事：尽管到了异国，爸爸的酒瘾却一点也没变；妈妈不时心情低落，大发雷霆。他们两人一天到晚争执不休。我盼望一切安好。我把梅茜搂到胸口，在她耳边轻声低唱，想让她安静下来，*但没有一只鸟儿的歌喉比得上你那么甜美，我那歌唱的小鸟*……等到梅茜终于不再出声时，我总算松了一口气。但我压根儿没有料到，其实当时的梅茜正在示警，提醒我们大祸将至，但一切已经来不及了。

纽约，1929年

火灾过后第三天，夏茨曼先生将我从梦中叫醒，告诉我一件事：他和夏茨曼太太已经找到了一条完美的解决之道（没错，他用的正是“完美”这个词。照他的德国口音，则是“凡……美”。而就在那一刻，我才体会到那些极尽盛赞之辞是多么可怕）。夏茨曼夫妇会带我去儿童援助协会，那里的工作人员是些友好的社工，他们会照顾好孩子们，让孩子穿暖吃饱。

“我不能去。”我说，“等到妈妈出院的时候，她会需要我的。”我知道，爸爸和弟弟们都死了。我看到他们在走廊上，身上盖着床单。但妈妈被放在一张担架上带走了，我还看到一个穿制服的男人抱着梅茜走下了过道，小宝宝扭着身子，嘴里呜咽着。

他摇摇头。“她不会回来了。”

“可是梅茜，那……”

“你妹妹玛格丽特，她没能活下来。”他说着别过脸去。

父母、两个兄弟，再加一个与我形影不离的妹妹——我所失去的一切无以言表。即使我能找到字眼来形容我的感受，我也无人可以倾诉。在这个新大陆上，我的所有亲友，要么已经死去，要么杳然无踪。

火灾那一夜，也就是夏茨曼夫妇收留我的那一夜，我听到夏茨曼太太在她的卧室里质问丈夫，问他准备如何处置我。“真是凭空倒了霉。”她从牙缝里挤出一句话，每个字我都听得清清楚楚，仿佛她跟我在同一间屋里。“那些爱尔兰人！那么小的房子，偏偏养那么多孩子。这么长时间才出事，已经算得上怪事一桩了。”

透过墙壁偷听时，我的心仿佛被活生生刺了一个洞。“真是凭空倒了霉。”不久前，爸爸还刚刚从酒吧下班回家，跟往常一样换了衣服，每脱一件就甩掉一重恶臭。为了赚钱养家，妈妈补了一堆衣裳。多米尼克削了土豆皮。詹姆斯在屋角玩。我跟梅茜一起在纸上写字母，我教她认字，她那暖融融、沉甸甸的小身子坐在我的怀中，黏糊糊的手指搁在我的发间。

我千方百计想要忘记那场惨祸。也有可能，“忘记”这个字眼并不恰当。我怎么能“忘记”呢？但如果无法咽下满腔绝望，我又怎么能迈步向前，哪怕区区一步？闭上眼睛，我便听见梅茜的哭声和妈妈的惨叫，闻见刺鼻的烟雾，感觉热浪舔舐着我的皮肤，于是我一个鲤鱼打挺从夏茨曼夫妇家客厅的草垫子上坐起身，浑身冷汗淋漓。

我的外祖父母已经过世，舅舅们则在欧洲，一个紧跟着一个参了军，我压根儿不知道上哪里去找他们。但我猛然想起来（也告诉了夏茨曼先生），说不定可以试试联系远在爱尔兰的祖母和姑姑，虽然我们一家到美国后还没有跟她们联络过。我从来没有见过祖母的来信，也没有见过父亲给她们写信。我们一家在纽约的日子过得凄凄惨惨又风雨飘摇，我疑心爸爸在家信里实在没什么可写。除了我们的村名和父亲的姓氏，我再也不知道其他线索。不过，也许这点线索已经足够了。

可惜，夏茨曼先生皱起眉，摇了摇头。就在那一刻，我才意识到自己多么孤独。在大西洋的这一头，没有一个成年人有理由理睬我，没有人会领我上船，给我付旅费。我是社会的包袱，谁也没义务管我。

“你——那个爱尔兰姑娘，到这儿来。”一个身材单薄、闷闷不乐的女舍监头戴着白帽，勾了勾瘦巴巴的手指。一定是因为夏茨曼先生几个星期前将我带到儿童援助协会时填写了资料，她才知道我是爱尔兰人。也有可能，是因为我那口浓浓的乡音。“嗯……”等到我站到她面前时，她噘起了嘴唇，“红头发啊。”

“真惨哪。”她身旁丰满的女人说道，随后叹了口气。“还有这么多雀斑。她这个年纪，本来就不好找人家。”

瘦削的女舍监舔舔拇指，把我的头发从脸上拨开。“听着，你可不想把人家吓跑，对吧？你得把头发扎起来。如果你又齐整又有礼貌，人家可能还会考虑考虑。”

她把我的袖口纽扣系好。当她弯腰给我的黑皮鞋重新系鞋带时，她的白帽发出了一股霉味。“你看上去一定要有模有样，像个让女主人乐意招进家门的小姑娘。要干净，会讲话，但又不能太……”她说着瞄了瞄身旁的女人。

“不能太什么？”我问道。

“有些女人可不喜欢同住一个屋檐下的清秀小姑娘。”她说，“倒不是说你长得多么……但说不好啊。”她指着我的项链问道，“那是什么？”

我伸出手，摸了摸那个白镴克拉达式样[1]的凯尔特小十字架，用手指轻抚着心形深陷的轮廓——从六岁起，我就开始戴这个十字架了。

“一个爱尔兰十字架。”

“纪念品不许带上火车。”

我的心跳得那么猛，我相信她能听到：“这是我祖母的。”

两个女人瞄了瞄十字架，我看得出她们正在犹豫，衡量着怎么办才好。

“她是在爱尔兰给我的，在我们起程来美国之前。这是……这是我身边仅剩的一件旧物。”这话不假，但另一点也不假：我说那些话，是因为我觉得它能打动她们的心。那番话确实奏效了。

眼前还没有出现火车的影子，我们先听见了车声。耳边传来一声呜呜的低吟，脚下一阵隆隆作响，接着是深沉的汽笛——起初几不可闻，然后越来越响，火车也随之渐渐逼近。我们一个个伸长脖子顺着铁轨张望（我们的一位主管斯卡查德夫人用难听的嗓音高喊着：“孩子们！孩子们！”却拦不住我们），突然间，黑色的车身赫然耸立在我们身旁，笼罩着月台，嘶的一声喷出蒸汽，仿佛一只体形巨大、气喘吁吁的动物。

跟我同路的共有二十个小孩，什么年纪都有。我们梳洗得干干净净，身穿别人捐赠的衣服：女孩身穿连衣裙，套着白色围裙，配上厚

① 爱尔兰有种传统戒指名叫克拉达戒指，象征着爱、友谊和忠贞，式样为两只手捧着一颗心，心上戴着王冠。该式样与风俗起源于爱尔兰渔村克拉达，现属戈尔韦郡境内。

厚的长袜；男孩身穿膝下系扣的短裤，白色正装衬衫、领带、厚厚的毛呢西装外套。正值十月，天气暖和得不合时令，用斯卡查德夫人的话来讲，“是个小阳春咧”。我们一行人在月台上感觉闷热难耐。我一头湿漉漉的头发粘在了脖子上，硬邦邦的围裙很不舒服，一只手里还紧攥着一个小小的棕色手提箱。除了那个十字架，手提箱里装着我在这个世上拥有的一切，全是最近攒起来的：一本《圣经》、两套衣服、一顶帽子、一件小了好几号的黑外套、一双鞋。外套的衬里上有我的名字，是儿童援助协会的一名志愿者绣上去的——妮芙·鲍尔。

没错，“妮芙”，发音跟“Neev”一样。一个在戈尔韦郡再普通不过的名字，在纽约的爱尔兰人里也很平常，但不管这列火车会把我载往何方，人家只怕必定容不下这个名字。几天前，在外套衬里上绣名字的女士就曾经为它叹过气：“我希望你不是非要这个名字不可，小姑娘。因为我可以保证，如果你运气好到被人选中的话，你的新家长转头就会把这个名字改掉。”“我的妮芙”——爸爸曾经这么叫我。但我也并不是非要这个名字不可。我知道，这个名字发音很拗口，有一股异国味，不招不熟识的人们喜欢。谁让它是好几个辅音别别扭扭地凑在一起呢，怪得很。

我痛失了全部家人，但并没有谁为我抱憾。我们中间谁没有伤心往事？不然的话，我们又怎么会沦落到这里？大家都觉得，往事最好不要提起，遗忘是见效最快的良药。儿童援助协会把我们通通当作一张白纸对待，踏入儿童援助协会前的过往都被抹了个干净，我们一个个好似破茧而出的蝴蝶，把昔日抛到了身后。如果上天垂怜的话，还能转眼脱胎换骨。

斯卡查德夫人和柯伦先生（一个蓄着褐色小胡子、有点胆小的人）让我们按个头排成队——从高到矮排，基本也就意味着从年龄最大的排到最小的，八岁以上的孩子则抱着婴儿。我还来不及拒绝，斯卡查德夫人已经把一个小宝宝塞进了我怀中。小家伙才十四个月大，长着一身橄榄色皮肤和一双斗鸡眼，名字叫作卡迈恩（依我猜，这小家伙只怕很快就会有个新名字）。他像只吓坏的小猫一般紧攥住我不放。我一手拎着棕色行李箱，另一只手搂紧卡迈恩，迈步踏上高高的台阶，跌跌撞撞地上了火车。柯伦先生一溜烟跑过来，拎走了我的行李箱。“动动脑子，姑娘，”他呵斥道，“如果跌一跤的话，你会摔破脑袋，那我们就只好把你们俩都扔下了。”

列车车厢里的木质座椅齐刷刷地朝向正前方，只有车厢前端的两对座椅例外，它们面对着面，中间隔着一条窄窄的过道。我给自己和卡迈恩找了个三人座，柯伦先生把我的手提箱抛到了我头顶的行李架上。没过一会儿，卡迈恩就想爬下车座，我忙着不让他溜走，几乎没有注意其他小孩陆续登上了列车，车厢里渐渐挤满了人。

斯卡查德夫人站在车厢前方，扶着两张皮质座椅的后背，黑色斗篷的衣袖仿佛乌鸦的翅膀般耷拉下来。“人们把它叫作‘孤儿列车’，孩子们。算你们走运，上了这趟列车。你们把一个充斥着无知、贫穷与堕落的邪恶之地抛在了身后，从此奔赴高尚的乡村生活。在这列火车上，你们必须遵守一些简单的规矩。你们要乖乖听话，让干什么就干什么，尊重你们的监护人。你们要爱护这辆火车，不得以任何方式损坏它。你们还要激励自己的同座守规矩。总之一句话，你们的行为要让我和柯伦先生引以为傲。”我们纷纷落座，她则拔高了嗓音，“当被允许离开火车时，你们要待在我们指定的地点，无论何时都不许一个人乱跑。如果惹是生非，连这些简单的规矩、起码的礼仪都不遵守，那你们当初从哪儿来，就会被直接送回哪儿去，扔到街头自生自灭。”

看上去，斯卡查德夫人的长篇大论让年纪还小的孩子们莫名其妙，但我们这些六岁以上的孩子在孤儿院里就已经听过好几遍了。我沉浸在那番话中，不过眼下还有更紧迫的事情要操心：跟我一样，卡迈恩饿了。早餐我们只吃了一片干巴巴的面包和一杯牛奶，当时天色尚未破晓，何况又已经过了整整几个小时。卡迈恩直闹别扭，啃着自己的一只手——这个习惯一定挺让小家伙安心（当初梅茜就爱吮拇指）。但我还算识相，知道不能开口问什么时候发吃的。等到主管想发午餐的时候，午餐自然会来，苦苦哀求派不上半点用场。

我费力地把卡迈恩放到自己腿上。今天清晨吃早餐的时候，趁着往茶里放糖的时机，我悄悄塞了两块方糖到口袋里。我用手指把其中一块揉成一粒粒，然后舔舔食指，在糖粒里蘸一蘸，放进卡迈恩嘴里。小家伙意识到了自己是多么幸运，顿时露出满脸喜色，让我忍俊不禁。他伸出两只胖乎乎的手一把攥住我的手，死活不肯放开，随后渐渐悠然入睡。

伴着咣当作响的车轮，我也终于进入了梦乡。等到一觉醒来，卡迈恩正在动来动去，揉着他的眼睛，斯卡查德夫人则赫然站在我身旁。她离得非常近，我可以望见她下颌上的绒毛、乌黑的浓眉，还有脸颊上粉色的细血管，仿佛一片精致的树叶背面散布着的筋络。

透过纤巧的圆眼镜，她正目不转睛地盯着我："我猜，以前你家里有小不点儿吧？"

我点点头。

"看上去你倒是挺有办法。"

正在这时，卡迈恩在我怀里哼哼起来。"我想他是饿了。"我告诉斯卡查德夫人。我摸摸卡迈恩的尿布，尿布外面还是干的，但隐隐兜了一泡水，"而且该换尿布了。"

她转身冲着火车头，又扭头对我示意："那就来吧。"

我把宝宝搂到胸口，摇摇晃晃地从座位上站起来，蹒跚着随她走下过道。坐在二人座和三人座里的孩子们抬起头，用郁郁寡欢的神情望着我从旁经过。我们中间没有一个人知道大家正往哪里去。依我看，除了年纪小得不像话的几个人，我们全都很担心。主管人员压根儿没告诉我们多少内情，我们只知道要去的是个盛产苹果的地方，累累的果实坠满了枝头，猪、牛、羊在清新的乡间空气中自由自在地漫步。在那片土地上，好心人，也就是好人家，正翘首盼着把我们迎进家门。说到这事，自从离开戈尔韦郡以来，除了一条流浪狗和几只难得一见的胆大的鸟儿，我至今还没有见到过一头牛，也没有见到过一头牲畜。我挺期待再见到几头牲畜，但又将信将疑。我实在太清楚人们嘴里许下的种种美景与现实能相差多少了。

这趟列车上的不少孩子已经在儿童援助协会里待了太久，记不起自己的母亲了。他们大可以重新开始，投入另一个家庭的怀抱——那会是他们所知的唯一一个家。可惜我记得的太多：我记得祖母宽广的怀抱和纤小的双手，记得光线暗淡的小屋，有一堵摇摇欲坠的石墙环绕着逼仄的花园。我记得清晨与日落时分，海湾笼罩着片片浓雾；每当妈妈累得无法下厨，或者我们家穷得买不起美食的时候，祖母会把羊肉土豆送上门来；我记得在幽灵街的街角小店里买牛奶面包。“Sraid a'Phuca”——爸爸用盖尔语[①]这么叫那条街，因为小镇那一带的石屋都建在墓地上。我记得妈妈干裂的嘴唇和一闪即逝的笑意，记得缕缕忧愁弥漫在我们位于金瓦拉的家中，又随着我们一家人越过重洋，一直赖在我家位于纽约的公寓里不走，盘踞在昏暗的屋角。

此时此刻，我却上了这趟车，正给卡迈恩擦屁股，斯卡查德夫人则在我们身边走来走去，一边用一条毯子挡住柯伦先生的目光，一边指挥我；虽然我用不着指挥。等到卡迈恩被拾掇得干爽洁净，我就让他伏到我肩上，抱着他向座位走去。这时柯伦先生开始分发装满面包、奶酪和水果的午餐盒，还有一杯杯牛奶。我给卡迈恩喂了些蘸牛奶的面包，不由得想起了我常做给梅茜和兄弟们吃的一道爱尔兰菜——加上盐、牛奶和嫩洋葱的土豆泥，如果家里难得一次找得出嫩洋葱的话。饿着肚子上床睡觉的那些夜晚，我们在梦中都会与土豆泥相逢。

给每人发了午餐和一条毛毯之后，柯伦先生宣布：车上有一桶水和一个长柄勺，举个手就可以上前喝水。他告诉我们，车上还有个室内厕所；不过我们很快就发现，所谓的厕所不过是挖在铁轨上方的一个洞，吓得人够呛。

香甜的牛奶面包让卡迈恩飘飘然起来，小家伙在我怀里摊开手脚，长着乌发的小脑袋搁进我的臂弯里。我用那块扎人的毯子裹紧了我们俩。伴着列车富有节奏的轰隆声，在人头攒动、忙碌不停的车厢中，我

① 在苏格兰和爱尔兰部分地区使用。

感觉自己仿佛躲进了桃花源。卡迈恩闻上去跟奶油冻一样甜香，沉甸甸的他让人如此安心，我不禁泪水盈眶。他那富有弹性的皮肤、柔软的手脚、烟熏般的睫毛，甚至他的叹息，无一不让我想起梅茜（怎么可能不想到她呢？）。想到她孤零零一个人在医院里死去，饱受烧伤的痛苦，我实在受不了。为什么我活了下来，她却没有？

当初在我们租住的公寓，曾有些人家颇爱互相走动，互相帮着照顾孩子，分享美食。那些人家的男主人都在杂货铺或锻铁厂干活，女人们在家做做手工，要么钩花边，要么织袜子。每当经过他们的公寓，看见他们排成一圈围坐着，一个个埋头干活，嘴里说着一种听不懂的话语，我就感觉心上像被剜了一刀。

我的父母为了一个光明的未来背井离乡，我们全都深信自己正前往一片丰饶的土地。可惜世事难料，就在这片新大陆上，他们败了，全盘皆输。也许是因为他们太软弱，承受不起移民的种种艰辛，承受不起屈辱和妥协，也不具备移民所必需的自律和冒险精神——这两种精神还自相矛盾。但我仍然禁不住好奇：如果当初爸爸是为家族生意干活，有人管着他，有按期到手的收入，而不是到酒吧当雇员（对我爸爸这种人来说，世上再也找不出比酒吧更糟的工作场所了）；如果当初妈妈的身边有些女伴，平辈的姐妹也好，小辈的姑娘也好（也许，作为陌生人，女伴们能向她伸出援手，让她在贫穷和孤独中得到慰藉），那会怎么样呢？

在金瓦拉，我们一家穷困潦倒，时好时坏，但身边至少还有家人，有相熟的故交。我们有着共同的传统与世界观。直到离开故土，我们才明白当初对这一切是多么习以为常、熟视无睹。

纽约中央火车站，1929年

时间一分钟一分钟过去，我开始习惯行驶的火车，习惯了沉重的车轮碾过铁轨发出的咔嗒声、座位下的嗡嗡声。暮色抹去了窗外树木凌厉的轮廓，碧空慢慢暗下来，无边的夜色托出一轮圆月。几个小时后，一缕淡淡的蓝晕渐渐变成柔和的曙光。不一会儿，太阳便升上了天空。火车停停走走，让一切仿佛一帧帧静物摄影，而这万千画面聚在一起，又变成了动态的场景。

我们望着窗外不断变化的风景，闲聊着，玩着游戏，借此打发时间。斯卡查德夫人有副西洋跳棋和一本《圣经》，我翻着书页，一心想找《诗篇：121》（那是妈妈的最爱）：我要向山举目，我的帮助从何而来？我的帮助从造天地的耶和华而来[①]……

这趟列车上识字的孩子寥寥无几，我是其中之一。早在几年前，妈妈就教会了我全部字母，然后教我如何拼写，当时我们还在爱尔兰呢。到纽约之后，她让我把有字的东西通通念给她听，不管是我在街上发现的包装箱也好，瓶子也好。

① 本段译文出自《圣经》汉语译本和合本。

“唐纳牌碳……酸饮……”

“饮料。”

“饮料。柠檬苏打水。人‘导’……”

“人造，听上去跟‘躁’发同一个音。”

“人造色素，添加柠檬‘散’……柠檬酸。”

“不错啊。”

等到我渐入门径，妈妈从她床边那只破旧的行李箱里取出了一本蓝封皮、镶金边的精装本诗集。弗朗西斯·费伊是金瓦拉本地诗人，出生在一个有十七个孩子的家庭。十五岁时，他当上了本地男校的助教，随后远赴英国（据妈妈说，这跟所有其他爱尔兰诗人一样），混迹于叶芝[①]和萧伯纳[②]等同道文人之中。她会细心地翻开书页，用手指抚过薄纸上的黑字，默诵着上面的语句，直到发现她在找的篇章。

“《戈尔韦湾》，我最爱的一首。”她说，“读给我听听吧。”

于是我念道：

若我再度拥有青春的热血、热望与火热之心，

即使予以世上所有黄金，我也绝不离开你的岸边，

无论神赐此地何等风物，我都将安然在此终老，

紧紧依偎着你长眠于墓地，戈尔韦湾。

---

① 叶芝（William Butler Yeats，1865—1939），亦译“叶慈”“耶茨”，爱尔兰诗人、剧作家，神秘主义者。

② 萧伯纳（George Bernard Shaw，1856—1950），直译为乔治·伯纳德·萧，爱尔兰剧作家。

有一次，我正磕磕巴巴地念着诗，抬头却发现两行眼泪流下了妈妈的脸颊。“上帝啊，”她说，“我们真不该离开那片土地。”

在火车上，我们有时会唱歌。柯伦先生曾在出发前教过我们一支歌，眼下他每天至少会站起来领唱一次：

从阴霾四处的城市到繁花似锦的乡间
正有芬芳的风儿吹遍
从一片荒芜的城市到生气勃勃的乡间
仿佛夏日鸟儿翩翩
哦，孩子们，亲爱的孩子们
年轻，快乐，无邪……

途中我们在某一站停下来，补了些三明治配菜、新鲜水果和牛奶，但只有柯伦先生一个人下了车。我能透过窗户看见他，他穿着那双白色正装男鞋，在站台上跟农夫讲话，其中一个农夫拎着一篮子苹果，另一个拿着满满一袋面包。一个身穿黑色围裙的男子把手伸进箱子里，解开一个牛皮纸裹好的包裹，露出一块厚厚的黄奶酪。我的肚子不禁咕噜噜跟着雷鸣起来。我们分到的食物并不多，在此之前整整一天，每个人只有些许面包皮、牛奶，再加上一个苹果。我不知道这是因为主事人害怕东西不够吃，还是因为他们觉得这样能让我们恪守美德。

斯卡查德夫人迈着大步在过道里走来走去，趁着停车让孩子们轮流站起来舒展身体，每次两组人。“把每条腿都抖一抖，”她指导大家，

“有助于血液循环。”小不点儿们时刻不肯安生，一些年纪大点的男孩又总是到处惹是生非，简直无孔不入。我可不想跟这些男孩掺和，他们活像狼一样野。我们的房东卡明斯基先生曾经把这种男孩叫作“街头流浪儿”，也就是无法无天的流浪汉，他们拉帮结伙地四处游荡，要么小偷小摸，要么干些更不堪的勾当。

火车刚出站，其中一个男孩就点燃了一根火柴，惹毛了柯伦先生。柯伦先生一掌拍在男孩的脑袋上，用整节车厢都能听到的声音呵斥他，骂他是个一无是处的蠢材，一辈子都不会有什么狗屁出息。谁料柯伦先生的雷霆大怒反倒让那小子在其他捣蛋鬼心里莫名光彩了几分，他们苦心琢磨起了惹火柯伦先生的种种妙计，同时又挖空心思不被逮个正着。于是一会儿是纸飞机，一会儿是打响嗝，一会儿是幽幽的尖声呻吟，接着有人捂嘴哧哧地笑。柯伦先生没办法从一群男孩里揪出元凶，简直大为光火。但他又有什么办法呢，除了到下一站时把他们通通赶下车？最后他还真拿这一点吓唬那群捣蛋鬼，一边说一边从过道里逼近两个格外闹腾的男孩的座位。可惜，这招反而害得男孩中年纪大点的那个狗急跳墙，他回嘴道，他倒巴不得自走自路呢，反正已经流浪了好多年了，也没糟到哪里去嘛——到美利坚哪个城市不能擦鞋？他敢打赌，说不定比被送到某人家里强得多，落得跟牲口一起住牲口棚，吃的只有泔水，说不定还会被印第安人弄走。

孩子们纷纷在座位上低语起来：他都说了些什么呀？

柯伦先生颇不自在地环顾着四周：“你把整整一车厢孩子吓得够呛，现在开心了？”他说。

“又没有说错，对不对？”

“当然不对……这不是真话。孩子们，别闹了。”

“我听说，我们会被卖给拍卖会上出价最高的人呢。”另一个男孩故意高声耳语道。

列车车厢顿时一片沉默。这时斯卡查德夫人站了起来，跟平时一样怒气冲冲地抿着嘴唇。她戴着一顶宽檐帽，搭配着沉重的黑斗篷和闪亮的金属框眼镜，显得比柯伦先生有气势多了，柯伦先生只怕一辈子也比不过。“我已经听够胡说八道了。”她用刺耳的声音说道，“真想把你们通通赶下车去，不过，这种做法实在……”她的目光缓缓地从我们身上扫过，审视着每一张苦瓜脸，“太有违基督徒精神。对吧？柯伦先生和我此行前来，是要把你们送往更加美好的生活。一切唱反调的说法都是胡说八道、不知廉耻。我们万分期望你们每个人都能摆脱过去那种堕落的生活，经过强有力的指导和自己的努力，变成受人尊敬的公民，当好社会的一分子。至于眼下，我不会天真到相信你们所有人都能做到。”她狠狠地瞪了一眼某个金发男孩，那男孩年龄颇大，属于肇事者之一，“但我希望，你们中的大多数会把这看作一个机会，也许是唯一一个成就你们自己的机会。”她理了理肩上的斗篷，“柯伦先生，也许，刚才对您出言不逊的年轻人应该换个座位，让这位靠不住的‘万人迷’先生尝尝不那么讨人喜欢的滋味。”她抬起下巴，帽檐下的目光好似乌龟从龟壳里往外打量，“嗯……妮芙旁边正好有个空位。”她说着，朝我的方向勾了勾手指，“那里还有个很不安生的小不点儿呢，那就更棒了。”

我顿时起了一身鸡皮疙瘩——哦，不。但我看得出来，现在斯卡查德夫人可不会改变主意。于是我挪了挪，紧挨着车窗，能挨多紧挨多紧，又把卡迈恩和裹他的毯子放在我身旁，正好在座位的中央。

过道另一侧，离我隔着几排车座的地方，那男孩站起身，大声叹了口气，把头上亮蓝色的法兰绒帽猛地往下一拽。他大张旗鼓地离开座位，磨磨蹭蹭地走下过道，活像死刑犯一步步走向绞索。走到我坐的那一排时，他眯起眼打量我，又瞧瞧卡迈恩，对他的朋友做了个鬼脸。“恐怕很有意思。”他大声说。

“不许讲话，年轻的先生。”斯卡查德夫人用颤音说道，“坐下，举止要像个绅士。”

他一屁股坐下来，双腿还搁在过道上。紧接着，他摘下帽子在我们前面的座位上猛扇一下，拍起了一小团灰尘。前排的孩子腾地转过身，睁大眼瞪着他。“哎哟，”他低声喃喃道，似乎并非说给任何人听，“真是个讨厌的老家伙。”他对卡迈恩伸出一根指头，小不点儿认真地端详着手指，又端详他的面孔。男孩晃晃手指，卡迈恩一头扎进了我怀里。

“害羞可没有半点用处。”男孩说。他的目光落到我身上，扫过我的面孔和全身，我的脸突然涨得通红。他长着淡茶色的直发，淡蓝色的眼眸，我觉得大约有十二三岁，但他的举止似乎显得更加老成一些。“居然是个红头发，简直比当个擦鞋童还糟糕。谁会要你？”

他的话不假——这让我心中隐隐作痛，但我抬起了下巴：“至少我没犯过事。”

他放声大笑：“这么说，我犯过事喽，对吧？”

“你说呢。”

“你会信我的话吗？”

“恐怕不会。”

“那说什么有用吗？”

我没有答话。我们三人一声不吭地坐着，卡迈恩被新来的男孩吓得不敢动弹。我望着窗外掠过的一幕幕孤单森峻的景色。今天的雨丝时断时续，雨意绵绵的天空低垂着朵朵阴云。

“他们拿走了我的工具箱。”过了一会儿，男孩说。

我扭头望着他：“什么？”

“我擦鞋用的工具，全部鞋油和刷子。那他们要我靠什么谋生呢？”

“他们不会让你去谋生，他们会给你找个家。”

“啊，没错。”他干巴巴地笑了一声，“找个晚上给我掖被角的妈，再找个教我做生意的爸。我觉得行不通，你呢？”

“我不知道，我还从来没有想过这个问题。”我说——不过，我当然想过。我已经收罗到了点点滴滴的消息：不懂事的婴儿是最先被挑走的，接着轮到年龄稍大的男孩——男孩们一身强健的筋骨颇受农夫青睐。最后剩下的正是跟我一般年纪的女孩：年纪不够小，已经难以教养成闺秀；年纪又不够大，没办法承担多少家务活，在田间也派不上多大用场。如果没人要的话，我们会被送回孤儿院。“不管怎么说，我们又能怎么办呢？”我说。

他伸手到口袋里，拿出了一便士。他捻着那枚硬币，夹在拇指和食指之间，又挨挨卡迈恩的鼻子，然后握起拳头紧紧地攥在手心。他摊开手，那枚便士却不翼而飞了。他又伸手到卡迈恩的耳后，“变……”他边说边把一便士硬币递给小家伙。

卡迈恩凝神盯着它，整个儿惊呆了。

“你要么忍，”男孩说，“要么逃跑。说不定你走运得很，从此过上幸福生活了呢。未来如何只有老天爷知道，他才不会漏口风呢。”

芝加哥，联合车站，1929年

我们成了一个奇怪的小家庭：同在一个三人座上容身的男孩（我才知道他的真名叫汉斯，在街头则以“德国仔”闻名）、卡迈恩和我。“德国仔”告诉我，他出生在纽约，父母是德裔，母亲染上肺炎去世了，父亲就把他赶到街头，靠擦鞋谋生。如果赚得不够的话，父亲会用皮带抽他。于是有一天，他没有再回那个家。他跟一帮男孩混到了一起。每逢夏季，他们会就地找个台阶或人行道过夜。冬季则睡在桶里、门廊里、人家丢掉的箱子里，不然就在印刷广场边的铁箅子上找地方过夜，暖气和蒸汽会从铁箅子下方的发动机上冒出来。在一家地下酒吧里，他不靠乐谱自学了钢琴，晚上会为醉醺醺的主顾们弹上一阵，他的见闻远超过一个十二岁少年应有的视野。男孩们想方设法互相照拂，但如果有人生病或受伤（要么得了肺炎，要么跌下有轨电车或撞上了卡车车轮），其他人也帮不上什么忙。

跟我们一样，“德国仔”所属帮会的几个孩子也在这列火车上。他指出了“滴汤漏水的杰克”——那小子老把汤汤水水溅到自己身上，还有“白佬”——那小子的皮肤几近透明。当初人家答应给他们吃顿热饭，蠢小子们就被牵着鼻子带走了，结果落到了今天这种下场。

“那热饭呢？你们吃上热饭了吗？”

“怎么会没吃上呢？烤牛肉加土豆，再加上干净的床铺。但我心里可打着鼓。我敢打赌，甜头只怕要用人头来换，跟印第安人剥头皮一样。”

“这是慈善。”我说，“你没听见斯卡查德夫人说吗？这是他们基督徒的责任。”

“我只知道，从来没有哪个人因为基督徒的责任帮过我。瞧他们说话那神气，我就知道，总有一天他们会害我累死累活，还一毛钱也拿不到。你是个姑娘家，说不定不会有事，在厨房里烤烤馅饼，要么照料小孩子，”他瞄了瞄我，“除了雀斑和那头红发，你看起来也还过得去。要是腿上搭条餐巾坐到桌旁的话，你的模样一定非常上得了台面。我可不行。我年纪太大，没法学好礼仪了，也受不了乖乖听从别人定下的规矩，唯一擅长的就是干苦力活。那些当报童、当小贩、贴海报和擦皮鞋的小孩也是一样。”他一边说，一边冲着车厢里的男孩一个接一个地点头。

旅途第三天，我们越过了伊利诺伊州边界。列车驶到芝加哥附近，斯卡查德夫人站起身，又讲了一番话。“再过几分钟，这趟车将抵达联合车站，到时候我们要换到另一趟火车上继续前进。”她告诉我们，“如果我做得了主的话，我会领着你们直接穿过月台去下一趟火车，途中一口气也不歇，免得夜长梦多，让你们惹祸上身。只可惜，我们要等半个小时才能上车。年轻的先生们，穿好你们的西装外套；年轻的女士们，穿上你们的围裙，当心不要弄皱。

“芝加哥位于大湖之畔，是个高贵而傲然的城市。因为临湖而风势不息，也因此得名‘风之城’。当然了，你们必须带上行李箱，用毛毯裹好身体，因为我们要在月台上待至少一个小时。

“说到芝加哥的好市民们，毫无疑问，他们会认为你们是地痞、小偷、乞丐，总之是这世上救赎无望的罪人。他们质疑你们的品格，此举无可厚非。你们的任务是证明他们看走眼了。你们的举止必须无可挑剔，要像个模范市民，正如儿童援助协会所期待的那样。”

月台上的劲风呼啸着卷过我的长裙。我用毯子裹紧肩膀，同时留心着卡迈恩。小家伙正到处摇摇晃晃，似乎压根儿不在意入骨的寒气。不管遇上什么，他都想知道它叫什么名字：“火车”、“车轮”、“斯卡查德夫人”（她正在对列车员皱眉头）、“柯伦先生”（他正跟车站管理人员一块儿专心钻研文件），还有“灯”（卡迈恩的目光落到灯上时，灯光突然奇迹般地亮了起来，吓了他一跳）。

出乎斯卡查德夫人所料（也有可能，正是因为她那番不入耳的话），我们这群孩子都不爱吱声，就连年龄较大的男孩也一样。我们挤在一起，个个怡然自得，跺着脚取暖。

只有“德国仔”例外。他到哪里去了?

“喂！妮芙。”

听见有人叫我的名字，我扭头回望，一眼瞥见楼梯间里闪过“德国仔”的金发。他的身影转眼不见了。我望望大人们，他们正忙着表格的事呢。一只大老鼠沿着远处的砖墙一溜烟蹿过去，其余孩子又是指点又是尖叫。我抱起卡迈恩，抛下了我们的手提箱，溜到柱子和一堆木箱后。

楼梯间里，从月台上看不见的地方，“德国仔”正斜倚着一堵弯墙。等到望见我的身影，他立刻面无表情地转过身，“噔噔噔”上了楼梯，绕过拐角消失了踪影。我回头瞥了瞥，没有发现半个影子，于是搂紧卡迈恩跟上“德国仔”，眼睛紧盯着宽宽的台阶，免得摔跤。卡迈恩抬起头，在我怀里往后仰，好似一袋松垮垮的大米。“光光……”他一边嗫嚅，一边伸手指指着。我随着他那胖乎乎的手指望去，发现他指的是火车站巨大的拱顶天花板，拱顶边缘镶着一道天窗。

我们走进巨大的候车室，里面挤满了肤色各异、模样各异的人：领着仆从、身穿皮草的阔太，头戴大礼帽、身穿晨礼服的男士，穿着艳色衣服的女售货员。雕像、圆柱、阳台、楼梯，再加上庞大的木制长凳，真让人一时间目不暇接。“德国仔”站在正中央，透过玻璃天花板仰望着碧空，接着脱下帽子，猛地抛进了空中。卡迈恩挣扎着想要脱身，我刚刚把他放下，他就一溜烟向“德国仔”奔了过去，紧紧地搂住了他的腿。“德国仔”弯下腰，将小不点儿扛到肩上。走到他们身边时，我听见“德国仔”说：“伸开双臂，小家伙，我来带你转一圈吧。”他攥住卡迈恩的腿绕起圈来，卡迈恩伸出双臂，头往后仰，抬眼凝视着天窗，快活地尖叫着。就在那一刻，自火灾以来第一次，我把忧虑抛到了九霄云外。我心中涌起的喜悦如此势不可挡，几乎让人有些痛楚，仿佛刀锋般锐利。

正在这时，一阵哨声响彻了候车室。三名身穿深色制服的警察急匆匆地奔向“德国仔”，手里已经拔出了警棍。一切发生得实在太快：我望见斯卡查德夫人在楼梯的高处，伸出乌鸦翅膀一样的手臂指点着。柯伦先生拔腿跑过来，脚上穿着那双笑死人的白鞋。一个胖警察高声喊道：“趴下！”卡迈恩顿时吓得紧搂住“德国仔”的脖子。我的胳膊被人猛地扭到了背后，一个男人从牙缝里向我耳边吐出了几个字：“想要偷偷溜走，对吧？”他的呼吸闻上去有股甘草味。分辩起不了任何作用——于是当他逼我跪下的时候，我一声也没有吭。

巨穴般的大厅顷刻安静了下来。借着眼角的余光，我看见“德国仔”伏在地板上，一根警棍正指着他。卡迈恩放声号啕，哭声撕裂了大厅里的死寂。每当“德国仔”动一动，警察就用警棍捅他。他被戴上了手铐，胖警察猛地将他从地上拉起来，凶巴巴地将他往前推，害得“德国仔”步履踉跄。

正在那时，我恍然大悟：看来“德国仔”以前就遇到过类似的麻烦。他的脸毫无表情，甚至没有回嘴。我看得出旁边的看客怎么想：这是个劣迹昭彰的小子，可能还不止一次犯事呢。至于这位警察，谢天谢地，人家正在保护芝加哥遵纪守法的好市民。

胖警察把“德国仔”拖到了斯卡查德夫人面前；而那个一嘴甘草味的警察也有样学样，凶巴巴地攥住了我的胳膊。

斯卡查德夫人沉下了脸色，嘴唇抖得厉害，成了O形，身子似乎正在战栗。“我把这年轻人交给你，”她对我说道，声音平静得吓人，“原本希望你可以教好他。看上去，我真是大错特错。”

一时间我思绪翻涌。如果我能让她相信“德国仔”没有恶意，那就好了。“不是的，夫人，我……”

“不要插嘴。”

我垂下了目光。

“对自己的所作所为，你还有什么好狡辩的？”

我心下明了：不管我说什么，都无法改变她对我的看法。但说也奇怪，悟到这点以后，我竟然感觉颇有几分解脱。眼下最理想的情况，就是别让“德国仔”再被赶回街头。

“是我的错，”我说，“我让‘德国仔’…… 我是指汉斯……带我和宝宝上楼梯。”我扭头打量卡迈恩，小家伙正尽力从警察怀里抽出胳膊，“我想……也许我们可以瞧一眼那个湖。我以为宝宝会喜欢的。”

斯卡查德夫人对我怒目而视。“德国仔”望着我，看上去吃了一惊。卡迈恩开口了：“哇哟？”

“接着……卡迈恩就看到了灯。”我往头顶指了指，眼神落到卡迈恩身上。小家伙仰起头，高声喊道：“光光！”

警察顿时不知道该怎么办好了。一嘴甘草味的警察放开了我的胳膊，显然已经认定我不会逃跑。

柯伦先生抬眼瞄了瞄斯卡查德夫人，她的神色居然稍稍缓和了些。

“你就是个长着榆木脑袋的蠢姑娘。”她说道，但口吻已经不如刚才咄咄逼人。我看得出来，她并没有表面上那么恼火，“我明明让你们待在月台上，你竟然当作耳边风。你把整整一群孩子置于危险之中，自己则丢人现眼。更糟糕的是，你还让我丢人，柯伦先生也一样。”她补了一句，转身面朝着他。他缩了缩，仿佛在说“别把我扯进来”。“不过，依我的看法，这种事还用不着劳烦警察。算纠纷吧，还算不上犯法。”她解释道。

胖警察大张旗鼓地解开“德国仔”的手铐，又“啪”地扣到自己的皮带上：“您不会变卦吧，不希望我们抓他对吗，夫人？”

“谢谢您，先生，但柯伦先生和我会想个法子好好罚他们的。”

“一切听您的吩咐。”他碰了碰帽檐，后退几步，转过了身。

“别弄错了，”斯卡查德夫人脸色严峻，低头瞪着我们，“你们一定会挨罚的。”

斯卡查德夫人用一把长长的木尺敲了好几下“德国仔”的指节，但我认为她罚得并不算狠。“德国仔”几乎连躲也没有躲，还在空中甩了两下手，又朝我挤挤眼睛。诚然，退一步讲，她又能罚多狠呢？一个个无家无势，靠别人的荫庇也仅能糊口，按吩咐坐在硬邦邦的木头车座上，直到全都跟“滴汤漏水的杰克”所说的那样，被人卖去当奴婢使唤——对我们这群人来说，活在世上，本身已经是一种惩罚。斯卡查德夫人嘴上威胁说要把我们三个人分开，但最后还是让我们待在了一起：她说，她可不乐意让“德国仔”把其他孩子教坏。再说，显然她还认定，让我照顾卡迈恩，也算是罚我了。她勒令我们，不得跟对方讲话，甚至不许张望对方。“如果我听到一丁点动静，我发誓……”她凶巴巴的话飘到我们的头顶，好似一只被扎穿的气球般泄了气。

离开芝加哥的时候，黄昏已至。卡迈恩坐在我怀里，两只手扶着窗户，一张脸紧贴玻璃，眺望着窗外灯火通明的街道和楼房。“光光。”城市渐渐没入远方，他轻声呢喃。我跟他一起凝望着窗外。没过多久，夜色便笼罩了一切，再也辨认不出天与地的交际线。

“好好休息一晚上。”斯卡查德夫人从列车前方高声说道，“明天早上，你们必须打起十二分精神，给人留下良好印象是至关重要的。人家要是看到你们昏昏欲睡，说不定会觉得你们犯懒呢。”

“如果没人要我，那怎么办啊？”一个男孩问，整节车厢似乎顿时屏住了呼吸。这正是悬在所有人心头的问题，我们中间没有一个说得准自己是否想知道答案。

斯卡查德夫人低头打量柯伦先生，仿佛一直在等这一刻。“如果在第一站没有被挑中，你还会有几次机会。我想不出哪个孩子……”她咽下了那句话，噘起了嘴，“很少会有孩子跟我们一起回纽约。”

“不好意思，夫人，”靠近列车前排的一个女孩说，“如果我不愿意跟挑中我的人走，那又怎么办呢？”

“如果他们揍我们怎么办？”一个男孩高声喊道。

“孩子们！”斯卡查德夫人扭头环视四周，小眼镜闪过一道光，“不许插嘴！”她似乎打算坐下来，压根儿不理睬这些问题，但转念间又改了主意，“我只能这么说：人皆各有所好，各有秉性。有些家长要找个身强力壮的男孩，好让他去农场干活。我们都知道，努力干活是为了孩子们好。你们这些男孩，要是被虔诚的农家挑中，那算你们走运。另外有人想要小宝宝。有时候，人们觉得自己想要的是某一样，但后来却改了主意。我们竭诚希望大家在第一站就找到合适的家，不过有时事情并不总是这么顺心。因此，除了要上得了台面，要有礼貌，你们还一定要坚信：如果前方是一片迷雾，上帝会指引你前进。无论你的旅程是长是短，只要你笃信上帝，上帝就会佑护你。”

我扭头打量“德国仔”，他也回头望了望我。跟我们一样，斯卡查德夫人压根儿不知道大家是否会被好心人领走。我们正走向未知，而我们别无选择，只能静静地坐在硬邦邦的车座上，听任自己被带去那里。

缅因州，斯普鲁斯港，2011年

莫莉一步步走回汽车，透过风挡玻璃望见了杰克。他正闭着眼睛，沉浸在她听不见的乐曲里。

“嘿。”她大声说道，拉开了车门。

他睁开眼睛，一把拔出了耳塞：“怎么样？”

她摇摇头，钻进车里。其实刚才在大宅里只待了二十分钟，真是让人难以置信。“薇薇安是个怪人。五十个小时！上帝呀。”

“不过这事能成？”

“我猜是吧。我们定好了，星期一开工。”

杰克拍拍她的腿：“棒极了。五十个小时还不是小菜一碟？”

“别高兴得太早。”

她总是这么一根筋，就爱当头给兴致勃勃的杰克泼盆冷水，但他倒是有点见惯不惊了。她会告诉他：“我跟你不一样，杰克。我脾气坏，心肠毒。”但当他一笑置之时，她又暗暗松了口气。他乐观得很，认定她本质上是个好人。既然他这么看好她，那她必有可取之处，对吧？

“你要不停地告诉自己：总比去少教所强吧。”他说。

“你确定吗？干脆去蹲蹲少教所，赶紧一了百了，说不定还省事点呢。”

“只不过有个小问题，会留下记录。”

她耸耸肩膀：“话说回来，那也挺威风的嘛，你不觉得吗？”

“开玩笑吧，莫莉？”他叹口气说道，发动了汽车。

她展颜一笑，好让他明白自己确实是开玩笑——也算是吧。“总比去少教所强——这句话拿来当文身很不赖。”她指指手臂，“就文在二头肌这儿，用二十磅字体。”

“这种玩笑还是别开了。”他说。

迪娜将一锅意大利面砰地搁到餐桌中央的三脚架上，又一屁股坐到椅子里。“哎呀，真是累死我了。”

“工作很辛苦，对吧，宝贝儿？”跟平时一样，拉尔夫问道，尽管迪娜从不过问他的工作。也许在惊心动魄的斯普鲁斯港，当个管道工不如当个警局调度员精彩。“莫莉，把你的碟子递给我。”

“警局那张破椅子害得我背痛，简直受不了。”迪娜说，“我发誓，如果这破玩意儿逼得我去看脊椎按摩师的话，我一定要去告警局。”

莫莉把碟子递给拉尔夫，他往里面添了些大杂烩。莫莉已经学会避开肉不吃（即使今天这种菜也是这样。这碟大杂烩里的肉和菜很难分得清楚，全混到一起了），因为迪娜拒绝承认莫莉是个素食主义者。

迪娜爱听保守派电台脱口秀，出入基督教原教旨主义教堂，汽车保险杠上还有张贴纸，上面写着“枪支不杀人，堕胎却害命”。她和莫莉简直南辕北辙，没一点相像的地方。这其实也不要紧，如果迪娜不把莫莉的喜好看作跟自己对着干的话。她动不动就翻个白眼，小声咕哝着莫莉如何不乖：没把洗好的衣服收起来啦，在水槽里搁了一个碗啦，懒得收拾床铺啦——总之，点点滴滴全是败坏本国的自由派作为。莫莉心知自己不该理睬这些话（“当作耳边风嘛。”拉尔夫说），但它们让她心头窝火。她对这种话太敏感了，活像一根弦绷得紧紧的。这些话恰恰体现了迪娜一直抱着不放的看法：你要感恩；穿得像个正常人；别自作主张；给你吃什么，你就吃什么。

莫莉不太说得清拉尔夫怎么受得了。她知道，拉尔夫和迪娜在高中相识，按照“足球队员”配“啦啦队员”的套路一路走到了现在，交往过程没有半点出格的地方，但她说不清拉尔夫是真心听得进迪娜的党派论调，还是随声附和，以便让日子好过些。有时候，她也会发现拉尔夫并没有百分百听迪娜的话——要么挑起一道眉毛，要么字斟句酌地说上几句，说不定还话里带刺，比如：“嗯，老板还没回家呢，我们怎么能拍板呢。”

话说回来，考虑到方方面面，莫莉心知眼下的处境已经很不赖了：在一所干净整洁的宅子里有间自己的屋子，有一对没失业、不酗酒的养父母，一所体面的高中，一个不错的男朋友。没人让她照顾一大堆孩子（她曾经在某个寄养家庭遇到过这种事），也没人支使她收拾十五只脏兮兮的猫留下的烂摊子（另外一个寄养家庭出过这种事）。过去九年中，她待过十几个寄养家庭，其中一些只待了短短一星期。她被刮铲打过屁股，挨过耳光，冬季被送到没有暖气的玻璃走廊上过夜，依照吩咐向社工撒谎，其中某位养父还教会了她卷大麻烟。十六岁那年，她在班戈[1]那家人某个二十三岁的朋友那儿弄了一枚非法文身。按那小子自己的说法，他是个“修炼中的刺青大师”，刚刚出道，文身免费……嗯……也算是吧。反正，她对自己的处女膜也不怎么宝贝。

莫莉用餐叉的尖齿把碟子里的碎牛肉捣成末，暗自希望让它踪迹全无。她咬了一口，对迪娜展颜一笑：“好吃，谢谢。”

迪娜噘起嘴唇，歪了歪头，显然正在寻思莫莉的话是否出自真心。“嗯，迪娜，既算是真，又算是假吧。”莫莉心想，“谢谢你让我进了家门，让我吃饱肚子。但如果你认为，你可以磨灭我的信念，在我告诉你不吃肉以后还逼着我吃，在你完全对我的生活不感兴趣的同时却指望我关心你的背痛，那你还是算了吧。我会陪你玩游戏，但不必按你的规则玩。”

① 班戈，美国缅因州南部城市。

缅因州，斯普鲁斯港，2011年

特瑞匆匆拾级而上，领头向三楼走去，跟在她身后的薇薇安步履缓慢，莫莉则排在最后一个。这所房子又大又通风——“对一个独居的老太太来说，实在也太大了点吧。”莫莉觉得。它有十四间房，其中大多数在冬日里拉上了百叶窗。在去三楼的路上，莫莉听着特瑞的介绍，渐渐弄清了来龙去脉：薇薇安和她的丈夫拥有并经营着明尼苏达州的一家百货公司。二十年前，他们两人卖掉了商店，乘船沿东海岸航行，以庆祝退休。航行途中，他们从港口望见了这所原属于某船长的大宅，一时心血来潮决定买下来。于是，他们收拾起了行装，搬到了缅因州。自从吉姆八年前过世以后，薇薇安就独自住在这里。

特瑞站在楼梯顶端的空旷处，有点气喘吁吁。她一手叉腰，环顾着周围。“哎呀！从哪儿开始收拾呢，薇薇安？”

这时薇薇安迈上了最高一级台阶，攥住了楼梯的扶手。今天她又穿了件羊绒衫，不过这次的毛衫是灰色，还戴着一条银色项链，上面系着一个怪异的小吊坠。

“嗯，我们来瞧瞧。”

莫莉环顾四周，发现三楼分成了两个区域。在精心装修的那一区中，斜斜的屋顶下有两间卧室，加上一间配置着四爪浴缸的老式浴室；此外还有个宽敞的开放式阁楼区，上面的地板很粗糙，其中一半铺着老旧的油毡。阁楼的椽子露了出来，横梁之间填着隔热材料。椽子和地板都黑黝黝的，整间阁楼却亮堂得惊人。每扇天窗都装着平推窗，可以清楚地望见海湾和更远处的游艇码头。

阁楼上的箱子和家具塞得满满当当，简直找不到地方下脚。角落里摆着一个长长的衣架，上面套着塑料拉链袋。还有几个大得惊人的雪松木箱，莫莉很好奇当初它们是如何被搬到阁楼上来的。木箱沿着墙壁一字排开，旁边是一摞扁平行李箱。就在头顶，几个光秃秃的灯泡洒下清辉，好似一轮轮小小的圆月。

薇薇安在纸箱之间徘徊，指尖从纸箱上拂过，凝神细看着上面一张又一张神秘莫测的标签："商店，1960年""尼尔森家""贵重物品"。"我猜这就是人们要孩子的原因，对吧？"她若有所思地说，"这样一来，就会有人在乎他们留下的遗物。"

莫莉瞥了一眼特瑞，她正摇着头，显得颇为无奈。莫莉突然恍然大悟：说不定，特瑞不乐意整理阁楼，除了不愿意收拾，还是为了尽可能避开这种伤感的时刻。

莫莉偷偷瞥了瞥自己的手机，四点一刻。从来到这里算起，才过了十五分钟。今天她要待到六点钟，紧接着每星期要来四天，每天两小时，周末要待四个小时，直到……直到她把那些社区服务的时间熬完，或者等到薇薇安归西，总之哪样先来算哪样。莫莉已经算过了，大概要熬一个月——她指的是把那些社区服务的时间熬完，不是干掉薇薇安。

不过话说回来，如果接下来的四十九小时又四十五分钟跟现在一样乏味的话，她可不知道自己是否吃得消。

美国历史课教过美利坚如何靠着契约劳工制建国。历史课教师里德先生声称，十七世纪来到美利坚的英国移民中，近三分之二是契约劳工[①]。他们出售一年又一年自由时光，为将来搏一份更加美好的生活，其中大多数还不满二十一岁。

莫莉已经决心把这份差事当成一份卖身契：每干一小时活儿，她就朝自由迈进了一小时。

"能清理干净就太好了，薇薇安。"特瑞说，"嗯，我马上要去洗衣服。如果需要就叫我一声吧！"她对莫莉点点头，仿佛在说："都交给你了！"随后下了楼梯。

对于特瑞的日常工作，莫莉简直了如指掌。"你跟我健身差不多，对吧，妈妈？"杰克打趣她道，"今天练二头肌，明天再练四头肌。"特瑞几乎从不违背她自己定下的日程。她声称，这么大一所宅子，每天都得处理不同事项，才照顾得过来：星期一打理卧室并洗衣，星期二打理浴室和花木，星期三打理厨房并购物，星期四打理其他主要房间，星期五则打理周末的烹饪事宜。

莫莉费力地绕过一堆堆用闪亮米色胶带封住的箱子，走到窗边，将窗户打开一条缝。即使在这儿，在这所老式大宅的最高处，她也能闻到海的气息。"这些箱子是按顺序摆放的吗？"她转过身，向薇薇安问

① 契约劳工，又称契约奴工、契约佣工，通常指年轻、非熟练工人在一段固定的时间内与雇主签订用工协议参与工作的劳动者。契约劳工的签约时间一般为三年以上七年以下，雇主提供交通、食品、服装、住宿和其他生活必需品。契约劳工一般男女不限，大多在二十一岁以下。

道，“搁在这里多久了？”

“自从我们搬进这栋房子，我就再没有碰过它们，所以一定有……”

“二十年了。”

薇薇安露出了一丝僵硬的笑容：“你对我的话还挺留心嘛。”

“你有没有想过干脆把这堆烂摊子扔进垃圾箱？”

薇薇安撇下了嘴。

“我不是故意的……对不起。”莫莉缩了缩，心知自己的话有点过火。

好吧，这回错不了，她必须调整心态。为什么会这么刺儿头呢？薇薇安并没有招惹她呀，她应该感恩才对。如果没有薇薇安，她只怕会沿着黑暗之路一步步向深渊跌落。但话说回来，窝着一腔怨气的感觉还挺不错。那是种被全世界辜负的滋味，可供她品尝，由她掌控。她扮演了一个底层小毛贼的角色，现在卖身给了这个中西部上流社会的白人老太太，那种滋味完美至极，简直难以言喻。

深呼吸。笑一笑。按照洛丽经常教的办法（洛丽是法庭指定的社工，莫莉每两个星期要跟她见面一次），莫莉决定在心里数一数自己目前的处境有哪些闪光点。来瞧瞧吧：第一，如果她能撑到底的话，偷书事件就不会留下案底；第二，她好歹有个地方住，无论目前气氛多么剑拔弩张；第三，如果非要在缅因州某个没有防寒设施的阁楼里待五十个小时，那一年中最佳的时段只怕就是春季；第四，薇薇安的年纪确实大，但她看上去并不像个老糊涂。

第五……谁知道？说不定这些箱子里真有什么稀奇的宝贝呢。

莫莉弯下腰，仔细察看着身边的标签。“我觉得，我们应该按时间先后一个个地整理。让我们瞧瞧……这只箱子上写着‘二战’，有比它更早的吗？”

“有。”薇薇安挤到两堆箱子中间，向雪松木箱走去，“我想，最老的家什应该在这里。不过这些箱子太重了，没办法搬动，我们恐怕只好从这个角落开始动工了。你没意见吧？”

莫莉点点头。刚才在楼下，特瑞递给她一把值不了几个钱的塑料柄锯齿刀，一沓滑溜溜的白色塑料垃圾袋，一个螺旋装订笔记本，上面还别了一支钢笔——按特瑞的说法，是用来记录“存货”的。莫莉取出锯齿刀，割开薇薇安挑中的箱子上的胶带，上面写着：1929—1930。薇薇安坐在一个木箱上，耐心地等待着。掀开箱盖后，莫莉拿出一件芥末色的大衣，薇薇安皱了皱眉。“哎呀，”她说，“真不敢相信，我居然把这件大衣留下来了，我一直都很讨厌它。”

莫莉将那件大衣举高，细细审视着。其实它很有意思，有点军装风，搭配着醒目的黑纽扣，灰色的丝绸衬里已经裂开。莫莉搜遍了大衣的口袋，掏出一张叠好的横格纸，折痕几乎已经磨得不成样子。她打开纸条，发现上面有孩子用浅浅的铅笔印小心翼翼写下的字，一遍又一遍练习着同一句话：身正不怕影子歪。身正不怕影子歪。身正不怕影子歪……

薇薇安从她手上接过字条，在膝上展平纸张：“我记得这张字条。拉森小姐的字写得真是再美不过了。”

“是你的老师吗？”

薇薇安点点头：“我费尽了力气，却怎么也学不会她那一手漂亮的字。”

莫莉的目光落在字条上，那些字的一撇一捺都挑不出一点刺，总与虚线在同一位置相交，不偏不倚。“我觉得很不赖啊，你真该瞧瞧我那手鬼画符。”

“我听说，现在学校几乎不教书法了。”

“没错，凡事都用电脑敲啦。”莫莉心中突然一动，薇薇安在这张纸上写下这些字句，已经是八十多年前的事了。身正不怕影子歪。“现在跟你十几岁的时候比，真算得上沧海桑田呢，对吧？”

薇薇安歪歪头：“我想是吧。大多数世事变迁并没有给我带来很大的影响。我不还是睡在床上，坐在椅子上，在水槽里洗碗吗？”

“准确地说，是特瑞在水槽里洗碗吧。”莫莉心想。

“我不怎么看电视。你知道，我没有电脑。在很多方面，我的生活跟二十年前差不多，甚至跟四十年前差不多。”

“听上去有点心酸啊。”莫莉脱口而出，接着立刻后悔了。但薇薇安似乎并没有生气。她露出一副满不在乎的表情，说道：“我可不觉得自己错过了多少好事。”

“无线互联网、数码照片、智能手机、Facebook（创办于美国的一个社交网络服务网站），YouTube……”莫莉掰着手指，“过去十年间，整个世界都变了个样。”

“我的世界可没有变。”

“但你错过了好多。”

薇薇安笑了：“我并不觉得FaceTube……不管那是什么……会提高我的生活质量。”

莫莉摇摇头："是Facebook和YouTube。"

"管他呢！"薇薇安爽快地说，"我不在乎。我喜欢我这平静的生活。"

"但世事总有个分寸。老实说，我不知道你怎么能活在……活在这个肥皂泡里。"

薇薇安展颜一笑："你心里想什么就敢说什么，对吧？"

莫莉已不是第一次听见这种话了："如果讨厌它，那你为什么要留下这件大衣呢？"莫莉换了个话题。

薇薇安拿起衣服，在自己面前举高："这个问题问得好极了。"

"那我们要把它放到用于捐赠的那一堆吗？"

薇薇安一边在腿上叠着大衣，一边说："啊……也许吧。我们来瞧瞧箱子里还有些什么。"

第二部分

我懂的事太多，见过人们最卑劣、最绝望、最自私的一面，而这一切让我变得小心翼翼。于是我学着伪装，学着微笑与点头，学着在毫无触动时佯装感同身受。我学习装模作样，装作与众人一般无二，即便心中早已支离破碎。

密尔沃基[1]列车，1929年

昨晚在火车上，我睡得很不安稳。卡迈恩一夜醒了好几次，气哼哼地很难哄。我千方百计安抚他，他还是时不时就哭，闹了好一阵，把坐在我们旁边的孩子吵得够呛。等到天边露出一圈圈黄色的曙光，他才终于进入梦乡，小脑袋搁在“德国仔”蜷起的腿上，双脚则搁在我的腿上。我一点儿睡意也没有，只觉得整个人紧绷不安，仿佛能感觉到满腔热血流过心脏。

我一向把头发在脑后胡乱扎成一条马尾，但此刻我解开了那条旧丝带，让头发垂到肩上，用手指梳理着，又理顺面颊旁边的头发绾起来，能绾多紧绾多紧。

回过头，我发现“德国仔”正盯着我。

“你的头发很漂亮。”我眯起眼睛，在幽暗的车厢里打量他，想瞧瞧他是不是逗我，他却睡眼惺忪地迎上了我的眼神。

“几天前你可不是这么说的。”

“当初我说的是，你的日子不会好过到哪里去。”

---

① 又译米尔沃基，美国威斯康星州东南部港市。

无论他的好意还是他的实话，我都不想理睬。

“真是本性难移，对吧？”他说。

我探头打量着，想瞧瞧斯卡查德夫人是否听见了我们的对话，但车厢前方并没有什么动静。

“我们许个约吧。”他说，“要找到对方。”

“办不到吧？我们可能会被送去不同的地方。”

“我知道。”

“他们会把我的名字改掉。”

“说不定我的名字也会被改掉，但我们可以试试。”

这时卡迈恩翻了个身，把两条腿伸到他身下，又伸个懒腰，我们俩都挪挪坐姿迁就他。

“你相信宿命吗？”我问道。

“宿命是什么鬼东西？”

“冥冥中一切早已注定。你只是……知道吧……按天命而活。”

“一切早在上帝的计划之中。”

我点点头。

“我说不好。我不太喜欢目前的这个计划。”

“我也是。”

我们都笑了。

“斯卡查德夫人说，我们应该从头开始，”我说，“抛开过去。”

“我可以抛开过去，没问题。”他拾起掉到地上的毛毯，裹在卡迈恩身上，把他的小身子裹得严严实实，“但我不想忘记一切。”

我望见窗外有三道铁轨，银色中泛着褐色，与我们正飞驰而过的轨道并行。在比铁轨更远的地方，是片片犁过的土地，宽阔而又平坦。碧空万里，车厢里闻上去有股尿布、汗水和酸牛奶的味道。

车厢前方，斯卡查德夫人站起身，弯腰跟柯伦先生商量了一会儿，又再次挺直了腰。她戴着她的黑帽子。

“好了，孩子们。别睡了！”她说着环顾四周，拍了几下手。她的眼镜在晨光中闪闪发亮。

我听见周围有人小声咕哝，有人小声叹息，那些家伙走运地睡了一觉，正伸展着憋屈的手脚。

“梳洗打扮的时候到了，要让自己像个样。你们每个人的旅行箱里都有一套换洗衣服，你们也清楚，旅行箱在头顶的行李架上。年纪大的孩子们，请帮帮小孩子。至于良好的第一印象是多么重要，再多说几次也不为过。脸要干干净净，头发要梳好，衬衫要掖好衣角。眼神明亮，面露微笑。不许乱动，不许摸自己的脸。还有，待会儿你们会说什么呢，丽贝卡？”

那句台词我们已经烂熟于心。“行行好，谢谢你。”丽贝卡说道，声音几不可闻。

“‘行行好，谢谢你’，还有什么？”

“行行好，谢谢你，夫人。”

“你们必须等到人家跟你讲话的时候再开口，那时候就要说‘行行好，谢谢你，夫人’。你们必须等，等着干什么呢，安德鲁？”

“等到人家跟你讲话的时候再开口？”安德鲁说。

“没错。不许乱动，还不许什么，诺玛？”

“不许摸自己的脸，夫人……夫人夫人。”

车厢里爆发出一阵窃笑。斯卡查德夫人瞪眼怒视着我们：“这倒逗得你们很开心，对吗？等到大人们一个个全都不要你们，我可不认为你们会觉得很有趣。‘我不想要一个没教养又邋遢的孩子’，结果你们就只好乖乖回火车上来，再去下一站。你觉得呢，柯伦先生？”

听到自己的名字，柯伦先生猛地抬起头：“你说得全对，斯卡查德夫人。”

火车车厢变得鸦雀无声。没被人家挑中——我们并不愿意想起这件事。坐在我后排的一个小女孩失声哭了起来，没过多久，我可以听到周围响起一片压抑的呜咽声。在车厢前方，斯卡查德夫人拍了拍掌，撇了撇嘴，算是挤出了一丝笑容。“好了，好了，没必要哭哭啼啼。跟人生中几乎一切事情差不多，如果你有礼貌，表现上得了台面，那你很有可能会成功。明尼阿波利斯的好心人今天是带着一片挚诚来到会议厅的，诚心要从你们中间带个孩子回家，说不定还不止一个呢。所以请记住，姑娘们，扎好你们的丝带。小子们，把脸擦干净，头发梳好，衬衫扣子扣好。等到我们下火车，你们要直直地站成一排。除非人家跟你说话，你才能开口。总之，你要尽全力让某个大人挑中你。明白了吗？”

阳光如此耀眼，我不得不眯起眼睛。它是如此灼热，我不得不慢慢挪到靠中间的座位上，躲开刺眼的车窗，又把卡迈恩搂进怀里。列车驶过桥下，经过车站，光亮摇曳闪烁着，卡迈恩伸出手，在我的白色围裙上投下影子。

“你应该没问题。”“德国仔”低声说，“至少你不会被农活压得喘不过气来。”

“你怎么知道我会没问题。”我说，“再说你又怎么知道，你自己会有问题呢。”

明尼阿波利斯，密尔沃基路站，1929年

随着一阵尖厉的刹车声和一股汹涌的蒸汽，列车驶进了车站。卡迈恩一声也不吭，凝神瞪着楼房、电线和窗外的人——毕竟，小家伙刚刚才从数百英里田野与树木中穿行而过。

我们站起身，开始收拾东西。“德国仔”取下我们的行李放在过道上。我可以看见斯卡查德夫人和柯伦先生在窗外的月台上跟两个穿西装、系领带、戴黑色软呢帽的男子讲话，身后还有几名警察。我们迈步走下火车时，柯伦先生跟他们握握手，接着对我们挥挥手。

我想跟“德国仔”说几句，可惜想不出该说些什么。我的手又湿又黏。我们并不知道自己正往哪里去——这样的前景真是让人心惊。上一次我有这种感觉，还是在埃利斯岛的一间候诊室里。当时我们都筋疲力尽，妈妈有病在身，而且我们不知道自己前路如何，也不知道会过上什么样的生活。但此时此刻，我看得明白：当时的我怎么会把有个家看作理所应当的事情呢？当初我还认定，不管发生什么事情，我们一家都不会分开。

一个警察吹响了警笛，高举起手臂。我们心里清楚，这是要我们

排成一队。臂弯里的卡迈恩沉甸甸的，一股热乎乎的气息拂到我的脸上——早上喝了牛奶，他的呼吸有点酸、有点黏。“德国仔”则带着我们的行李。

“快点，孩子们，”斯卡查德夫人说，“排成两条直线。很好。”她的语气比平时温柔，我不知道这是因为我们旁边还有其他成年人，还是因为她知道接下来会发生些什么。“走这边。”她说。我们跟着她走上一段宽阔的石梯，脚下的硬底鞋“咔嗒咔嗒”地敲着台阶，好似阵阵鼓声。走到楼梯顶端以后，我们又走下一条亮着盏盏煤气灯的过道，进了火车站的主候车室。这个候车室不如芝加哥那间富丽堂皇，但仍然令人印象深刻。它又大又亮，每扇窗上都镶着好几块玻璃。在我们前方，斯卡查德夫人的黑色长袍在身后翩翩招展，仿佛一片船帆。

周围的人们纷纷指指点点，窃窃私语，我很好奇他们是否知道我们的来意。紧接着，我一眼看见一张贴在柱子上的大幅海报，白色的纸张上用黑色印刷体写着：

征人收养孤儿

一批无家可归的孩子将于10月18日（星期五）

从东部抵达密尔沃基路站

上午十点开始遣派

本批儿童年龄不一，性别不一

在世上无依无靠……

“我没说错吧？”“德国仔”顺着我的目光望去，嘴里说道，“也就落个猪食。”

“你居然识字？”我吃惊地问，他咧嘴一笑。

我不由自主地向前迈脚，仿佛被人操纵的木偶，走了一步又一步。车站的种种嘈杂在耳边化成了一片轰鸣。我们经过一个小摊，一股甜香味飘了过来——难道是蜜饯苹果？我的脖子上湿答答的，感觉汗水正顺着后背淌下来，怀中的卡迈恩重得不得了。真怪呀。我想，我到了父母从未到过也永远不会亲眼见到的地方。真怪呀，我在这儿，他们却已经不在了。

我摸了摸脖子上的克拉达项链。

此时此刻，那些年纪大些的男孩也似乎不再那么硬气了。他们的假面有所松动，我明显从他们脸上看出了惧意。有几个孩子在抽噎，但大多数孩子都遵照吩咐，绷住了一声不吭。

在我们前方，斯卡查德夫人站在一扇宽阔的橡木门旁边，紧握着双手。我们走到她身旁，围成半圆形，年长的女孩抱着宝宝，年幼的孩子一个个牵着手，少年们则把手揣在口袋里。

斯卡查德夫人低下头：“圣母马利亚，求你对这些孩子施以仁慈，指引他们的世间之路，佑护他们的世间之路。我们是你谦卑的仆人，奉主耶稣之名，阿门。”

“阿门。”几个虔诚的孩子赶紧接嘴，我们其他人也一一附和。

斯卡查德夫人摘下眼镜：“我们已经到达目的地了。从这一站开始，如果神灵保佑，你们会被送去需要你们并且想要你们的人家。”她清清嗓子，“记住，不是每个人都会马上有个着落。这是意料之中的事情，没什么好担心的。如果这一站没有找到人家，你们将与柯伦先生和我登上火车，我们会前往下一站，距离此地大约一小时路程。如果你们在那里也没有找到人家，你们将跟随我们去下一个城镇。”

周围的孩子好似受惊的羊一样躁动起来。我的胸中空空荡荡，胃里发紧。

斯卡查德夫人点点头：“好，柯伦先生，准备好了吗？”

“准备好了，斯卡查德夫人。”他把肩膀靠在那扇大门上，推开了门。

我们在一间大屋深处，屋子铺着木板，没有窗户，里面熙熙攘攘挤满了到处转悠的人和一排排空椅子。斯卡查德夫人领着我们沿中央过道向屋子前方一个低矮的台子走去，人群顿时变得鸦雀无声，接着响起了窃窃私语。过道里的人纷纷闪到一旁，给我们让出一条路。

也许，这里会有人家愿意要我呢。我想。也许我会过上从来不敢奢望的日子，住进亮堂堂、暖融融的房子，有很多很多东西可吃：刚出炉的蛋糕、奶茶、爱吃多少就吃多少的糖果。但迈过台阶走上台时，我还是忍不住瑟瑟发抖。

我们按个头高矮排成一排，其中一些孩子还抱着婴儿。“德国仔”比我大三岁，但跟同龄人比起来，我算是高个，因此我们俩之间只隔了一个男孩。

柯伦先生清清嗓子，开始发言。我望着他，注意到他那涨得通红的脸颊，躲闪的眼神，浓浓的眉毛，垂头丧气耷拉着的棕色小胡子，还有马甲下鼓出的啤酒肚，活像个藏不住的气球。“只要做些文书活，简单得很。”他告诉明尼苏达州的好心人们，“这台上的某个孩子就归你了。他们个个结实健康，干农活也行，干家务也行。你有机会把某个孩子从饥寒交迫、一贫如洗中解救出来。如果说你们还把他们从罪恶和堕落中解救了出来，那也算不上夸大其词，我相信斯卡查德夫人会同意这种说法。”

斯卡查德夫人点点头。

“因此，你们有机会行善，还能有所回报。”他继续说，“你们得给孩子提供衣食，教他学好，直到十八岁。当然，也得教他信教。我们诚挚地希望，你们不仅会喜爱领走的孩子，而且会将他视如己出。”

“挑中的孩子就可以领走，无须付费，”他补了一句，“试用期90天。届时如果您愿意，可以将孩子送回来。”

这时我旁边的女孩低哼了一声，仿佛小狗发出哀鸣，又伸手握住了我的手。她的手又冷又湿，活像蛤蟆背。“别担心，我们会没事的……”我开口说道，但她递过来的眼神是如此绝望，我不禁把话咽了回去。我们望着人们排成队，迈上高台的阶梯，我顿时觉得自己仿佛农展会上的一头牛。还在金瓦拉的时候，祖父曾经带我去过这种展会。

此刻我的面前站着一位年轻的金发女子，身材苗条，肤色苍白。还有个看上去颇为诚挚的男子，喉结不停上下，戴着一顶呢帽。女子走上前来，说道：“可以吗？”

“你说什么？”我一头雾水地问。

她伸出双臂。哦，她想要卡迈恩。

卡迈恩望望那女子，接着把脸藏在我的颈窝里。

“他很怕生。”我告诉她。

“嗨，小宝宝。”她说，“你叫什么名字？”

卡迈恩不肯抬起头。我轻轻晃了晃他。

女子转身对男人轻声说道："眼睛应该能治好，你不觉得吗？"他说："我不知道，我想是的吧。"

另一对男女也在打量我们。那女人体格魁伟，眉头紧锁，围裙脏兮兮的；男人的缕缕发丝横搭在凹凸不平的脑壳上。

"那个怎么样？"男人指着我，说道。

"不太喜欢她那副模样。"那女人扮了个怪相。

"她还不喜欢你那副模样呢。"这时"德国仔"开口说道，我们全都惊讶地朝他扭过了头。站在"德国仔"与我中间的男孩往后缩了缩。

"你刚刚说什么？"男人走过来，站在"德国仔"面前。

"您妻子犯不着说那种话。""德国仔"低声道，但每一个字我都听得清清楚楚。

"别管闲事。"那人边说边用食指抬起"德国仔"的下巴，"见鬼了，你们这些无父无母的家伙，我太太想怎么说就怎么说。"

伴着一阵"沙沙"声和一角黑色斗篷，斯卡查德夫人赫然出现在我们眼前，仿佛钻过草丛的蛇。"有什么问题吗？"她那压低的声音颇为慑人。

"这小子跟我丈夫顶嘴。"那位太太说道。

斯卡查德夫人瞥瞥"德国仔"，又望望那对夫妇。"汉斯……性子很烈，"她说，"有时候说话不过脑子。对不起，我没有听清您的姓名……"

"巴尼·麦卡勒姆。这是我的妻子，伊娃。"

斯卡查德夫人点点头："汉斯，你有什么话要跟麦卡勒姆先生说吗？”

“德国仔”低头望着自己的脚。我知道他想说什么。我想我们全都知道。“我道歉。”他头也不抬地咕哝道。

与此同时，我面前那位苗条的金发女子一直在用手指轻抚卡迈恩的胳膊。小家伙还依偎在我怀里，正透过睫毛端详她。“你很乖，对吧？”她轻轻戳戳宝宝柔软的身子，他犹豫着对她笑了笑。

女子望望她的丈夫：“我觉得就是他了。”

我能感觉斯卡查德夫人的目光落在了我们身上。“和气的夫人，”我低声对卡迈恩耳语，“她想当你的妈妈。”

“妈妈。”他说，暖暖的呼吸扑上了我的脸。小家伙的眼睛又圆又亮。

“他的名字叫卡迈恩。”我伸手从脖子上掰开小家伙的胳膊，紧紧地握在手中。

女人闻上去有股玫瑰香味，好似祖母家小巷里盛开的白花，身材骨架跟飞鸟一般精致。她把一只手搁上卡迈恩的背，他攀得我更紧了。“没事的。”我说道，却再也说不出一个字来。

“不。不。不嘛。”卡迈恩说。我想自己可能会晕过去。

“您想要个女孩帮着照顾他吗？”我脱口而出，“我会……”我思绪狂奔，拼命搜罗着自己的能耐，“补衣服，还会下厨。”

女子向我投来同情的目光。“哦，孩子，”她说，“我很抱歉。我们养不起两个，我们只是……我们是来找个宝宝的。我敢肯定，你会找到……”她的话没了下半截，“我们只是想要个宝宝，凑齐三口之家。”

我把泪水憋了回去。卡迈恩察觉到了我的异样，开始呜咽起来。“你得去找你的新妈妈啦。”我告诉他，掰开他的手。

女人笨拙地接过卡迈恩，一下子搂进怀里。她还不习惯抱宝宝。我伸出手，把他的腿掖到她的胳膊下。“谢谢你照顾他。”她说。

斯卡查德夫人跟着他们三人走下台，向一张堆满表格的桌子走去。卡迈恩一头乌发的脑袋搁在女人的肩头。

一个接一个，周围的孩子陆续被挑走了。我旁边那个男孩跟的是个矮胖女人，女人还告诉他，她家也是时候该有个男人了。刚刚哀叫的女孩则跟着一对戴帽子的时髦夫妇离开了。“德国仔”跟我站在一起小声说话，一个男人却走了过来。他的皮肤晒得又黑又粗，活像旧皮鞋，身后还跟着个苦瓜脸的女人。男子在我们前面站了片刻，接着伸手捏了捏“德国仔”的胳膊。

“你在干什么？”“德国仔”惊讶地说。

“张开你的嘴。”

我看得出来，“德国仔”想要挥拳给这家伙点厉害尝尝，但柯伦先生正紧盯着我们，“德国仔”不敢轻举妄动。男人把看上去脏兮兮的手指伸进他嘴里，“德国仔”猛地扭开了头。

“捆过干草吗？”那人问。

“德国仔”瞪着前方。

“你听到了吗？”

“没有。”

“你没听到？”

“德国仔”望着他：“从来没有捆过干草，连那是什么玩意儿也不知道。”

“你觉得呢？”男人对女子说，“这小子挺刺儿头，不过我们倒用得上这么高大的小子。”

“我估摸他会听话的。”她向“德国仔”迈开脚步，说道，“我们连马都驯得服，小子没什么不一样。”

“那我们让他上车吧，”那人说，“还得开车回家呢。”

“安排妥当了？”柯伦先生不安地笑着，向我们走来。

“没错。就这小子了。”

“好，没问题！如果您随我来一趟的话，我们可以把文件签了。”

一切果然不出“德国仔”所料。粗俗的乡下人家，要找人手干农活。他们甚至没有把他领下台。

“也许没那么糟糕。”我低声说。

“要是他敢打我……”

“你可以到别家去。”

“我就是个苦力。”他说，“干活儿的料。”

“他们必须送你去上学。”

他笑了：“如果他们不照办的话，那又怎么样？”

“你得想办法让他们送你去。然后，再过几年……”

“我会来找你。”他说。

我不得不竭力不哭出声来：“没人要我，我必须回火车上去。”

“嘿，小子！别磨蹭了。”那人边喊边大声拍手，拍得那么响，大家纷纷扭头观望。

“德国仔”迈步穿过台子，走下台阶。柯伦先生握了握男人的手，又拍拍他的肩。斯卡查德夫人护送那对夫妇出了门，“德国仔”则尾随其后。走到门口时，他转过身，目光迎上我的眼神，接着不见了踪影。

真是难以置信，但现在还不到中午。从我们的火车驶进车站，已经过去两小时了。兜来转去的成年人大约还有十个，车上的孩子则只剩下了六个：我，几个看上去一脸病容的少年，再加相貌平平的小孩子——营养不良啦，眼大无神啦，总爱皱眉啦。不难看出我们为什么没被挑中。

斯卡查德夫人迈上了高台。“好吧，孩子们，继续上路吧。”她说，“究竟一个孩子怎么样才适合一户人家，这实在说不清。但老实说，要是一户人家不是全心全意欢迎你们，对你们来讲也不是什么好去处。所以……尽管目前的成果似乎并不理想，但我敢说，其实这样最好。如果再试几次，局势明显……”说到这里，她有些踌躇，“眼下我们还是操心下一个目的地吧，明尼苏达州奥尔本斯的好心人正等着呢。”

明尼苏达州，奥尔本斯，1929年

抵达奥尔本斯时，正午刚过。火车驶进车站，我一眼就能看出，奥尔本斯只能勉强算个小城。市长正站在露天站台上，我们一下火车就乱糟糟地排成队，被领到离火车站一个街区的格兰其分会大厅[1]里。仿佛在骄阳下炙烤了太长时间，清晨的万里碧空已经褪去，气温降了下来。我不再紧张，也不再担心了。我只想快点了结。

这一站来的人更少，大约有五十个，但把这座小砖楼挤得满满当当。这里没有高台，因此我们走到屋子前方，转身面对着人群。柯伦先生讲了一番话，倒是不如在明尼阿波利斯讲的那番话天花乱坠，接着人们开始往前挪。他们普遍显得穷些、和气些；女人们穿着乡村礼服，男人们看上去则对身上的节日盛装感觉颇不自在。

因为压根儿不抱指望，被挑来挑去也不再那么难熬了。我一心认定自己会再次返回列车，在下一站下车，跟剩下的孩子一起示众，又再回到火车上。我们中间没被挑中的人很可能会回到纽约，在孤儿院长大。说不定，那也不是太糟。至少我知道日子会是什么样：硬邦邦的床，粗

① “格兰其”，1867年成立的美国农业保护者协会，在多处设有地方分会。

布床单，严厉的总管。但那里也会有跟我交好的女孩们，有一日三餐，还能上学。我可以回去过那种日子。我并不需要在这里找个人家。也许，如果没有着落，对我倒是最好的出路。

我正暗自琢磨，却发现有个女人在仔细端详我。她跟我母亲差不多年纪，棕色波浪发剪得贴着头，五官分明，相貌平平。她穿着带竖褶的白色高领上衣，暗色佩斯利涡旋花纹围巾，搭配着朴素的灰裙，脚上穿着笨重的黑鞋，戴着一条金链，上面挂着椭圆形盒式吊坠。站在她身后的男子长得敦敦实实、脸色红润，一头乱蓬蓬的褐发，圆鼓鼓的肚皮几乎要把马甲纽扣挣开。

女人向我走过来："你叫什么名字？"

"妮芙。"

"伊芙？"

"不，妮芙，是个爱尔兰名字。"我说。

"怎么拼？"

"N-I-A-M-H。"

她回头望望那个男人，男人咧嘴一笑。"刚下船吧，"他说，"对吧，小姑娘？"

"嗯，不算……"我开口说道，但男人打断了我。

"你是从哪里来的？"

"戈尔韦郡。"

"嗯，没错。"他点点头，我的心猛跳起来。他竟然知道！

"我家里人是从科克郡[①]来的。很久以前来的啦，在饥荒期间。"

① 科克郡，爱尔兰南部芒斯特省的郡。

这两人真是怪异的一对：她谨慎而冷淡，他却蹦来蹦去，劲头十足地哼着小曲。

“这个名字得改改。”她对丈夫说。

“如你所愿，亲爱的。”

她歪歪头看着我：“多大了？”

“九岁，夫人。”

“你会缝补吗？”

我点点头。

“会十字针法吗？会镶边吗？会手工倒缝针法吗？”

“缝得相当好。”我的针线活儿是在我们那间位于伊丽莎白街的公寓里学会的。妈妈有时会接些织补的活儿，偶尔还要用一匹布做出礼服，我就要给妈妈帮忙。妈妈的活儿大部分是从楼下的罗森布鲁姆姐妹那儿接来的。她们做了精细活儿，很乐意把那些乏味些的活儿交给我妈妈。我站在妈妈身旁，妈妈用粉笔在条纹布和印花布上沿着纸样描好，而我学会了用链式缝法让衣裳渐渐成型。

“谁教你的？”

“我妈妈。”

“现在她在哪里？”

“去世了。”

“你的父亲呢？”

“我是个孤儿。”这句话余音不绝。

女子向男人点点头，男人把手搁上她的后背，领她走到房间的一侧。他们谈着话，我端详着。他摇摇那颗乱蓬蓬的头，揉揉肚子。她伸出一只又扁又平的手碰碰衬衫的上身，又指指我。他俯下身，双手叉在腰带上，贴在她耳边低语；她上下打量着我。他们走了回来。

“我是伯恩太太。”她说，“我丈夫是个女服商人，我们雇了几个本地女人给客人做定制服装，现在要找个擅长针线活儿的姑娘。”

这话真是大出所料，一时间我竟不知道该说些什么。

“说实话吧，我们没有任何子女，也对当养父母不感兴趣。但如果你为人恭敬，干活儿勤快，我们不会亏待你的。”

我点点头。

女人展颜笑了，破天荒第一次，她几乎显得有几分和气。“好。”她握了握我的手，“那我们就签文件了。”

这时一直在旁转悠的柯伦先生翩然而至，我们被带到桌子旁边，签署了所需表格和日期。

“我想你会发现，以她的年纪来说，妮芙很懂事。”斯卡查德夫人告诉那对夫妇，“如果能在一个家教严格、虔诚的家庭长大，她大可以成为一个丰衣足食的人。”她把我拉到一旁，低声道，“算你走运，居然找到了一户人家。不要让我失望，不要让协会失望，我可不知道你会不会有别的机会。”

伯恩先生把我的棕色手提箱扛到肩上。我跟着他和伯恩太太走出格兰其分会大厅，穿过安静的街巷，绕过拐角来到他们的黑色A型车旁。汽车停在一家不起眼的店铺前面，店铺招牌上是手写的售货广告：油渍挪威沙丁鱼15美分，牛腿肉每磅36美分。清风沙沙拂过道路两旁稀疏、高高的树木。伯恩先生把我的手提箱平放进汽车后备厢里，又为我拉开了后车门。汽车的内饰是黑色的，真皮座椅凉凉滑滑。坐在后座上，我感觉自己是那么小。伯恩夫妇坐到汽车前座上，根本没有回过头。

伯恩先生伸手拍拍妻子的肩膀，她对他微微一笑。伴着响亮的隆隆声，汽车启动了，我们就此出发。伯恩夫妇在前座上聊得火热，但我一个字也听不见。

几分钟后，伯恩先生把车驶进了一栋房屋的车道。这栋米色水泥墙房屋并不起眼，配着棕色镶边。汽车刚熄火，伯恩太太便回头望着我，说道："名字我们已经定好了，叫多萝西。"

"你喜欢这个名字吗？"伯恩先生问。

"看在上帝的分儿上，雷蒙德，她怎么想有什么要紧？"伯恩太太打开车门，恶声恶气地说，"我们定了叫'多萝西'，她就得叫'多萝西'。"

我寻思着那个名字：多萝西。好吧，那我就是"多萝西"了。

屋子的水泥墙裂了口，油漆纷纷剥落，但窗户整洁明亮，修剪过的草坪齐齐整整，台阶两旁各有一盆带圆罩的铁锈色菊花。

"你的差事之一就是每天打扫前廊、台阶和走道，风雨无阻，直到下雪。"我跟着伯恩太太走到前门，她说，"在走廊左边那个壁橱里，你可以找到簸箕和扫帚。"她转身面对我，我差点一头撞上她，"你在专心听吗？我可不喜欢把话讲两次。"

"是的，伯恩太太。"

"叫我夫人，夫人足矣。"

"是的，夫人。"

小小的门厅昏暗而阴森，每扇窗上都挂着白色蕾丝窗帘，从窗帘投下的阴影落到地板上，织出各色花边图形。就在屋子左侧，透过微微打开的门缝，我瞥见了红色植绒壁纸、红木桌子和餐椅。伯恩太太摁下墙上的按钮，灯光顷刻从头顶洒了下来。伯恩先生从后备厢里取来了我的箱子，穿过前门进了屋。“准备好了？”伯恩太太说道。她打开屋子右侧的那扇门，出乎我的意料，眼前竟是一间挤满人的屋子。

明尼苏达州，奥尔本斯，1929年

两个穿白衬衫的女人坐在黑色的缝纫机前面，衣服上绣着明晃晃的金字——胜家[①]。她们用一只脚踩着铁格踏板，缝纫机针随之不停上下。我们进屋时，她们连头也没有抬，只顾盯着缝纫机针，展平布料，又把线捋好。一个长着褐色鬈发、身材丰满的年轻姑娘跪在地板上，面对着一个布制的服装模特儿，正在把一颗颗丁点小的珍珠朝紧身胸衣上缝。一个头发泛白的女人坐在棕色椅子上，腰挺得笔直，正在给印花棉布裙卷边。另一个女孩看上去只比我大几岁，正趴在桌上用一张薄纸剪纸样。她头顶的墙上挂着一幅裱好的绣品，上面用密密的十字针法绣着几个黑黄相间的字：**勤勤勉勉，劳作不息。**

“范妮，你能停一下吗？”伯恩太太说着，挨了挨那个银发女人的肩膀，“也跟其他人说一声。”

“休息。”老妇人说。女人们纷纷抬起头，但只有那个女孩挪了个位置，放下了剪刀。

伯恩太太环视着整间屋，抬起下巴：“你们都知道，我们已经有

① 此处指缝纫机品牌，美国著名缝纫机品牌“胜家”。

很长一段时间缺人手了。我很高兴地通知大家，人手已经找到，这是多萝西。”她朝我所在的方向抬起手。“多萝西，来跟柏妮丝问声好，（柏妮丝就是那个褐色鬈发的女子），琼和莎莉（身穿胜家字样衣服的女人），范妮（ 唯一一个对我露出微笑的人），还有玛丽。玛丽……”伯恩太太对那个年轻姑娘说，“你得帮多萝西熟悉环境。她可以帮你打打杂，让你腾出时间干别的活儿。范妮，跟往常一样，你负责监管。”

“好的，夫人。”范妮说。

玛丽撇撇嘴，狠狠地斜了我一眼。

“好。”伯恩太太说，“那就回去工作吧。多萝西，你的行李箱在门厅。至于过夜的地方，晚饭期间我们再商议。”她转身离开，接着补了一句话，“我们一直严格按点用餐：早上八点吃早餐，中午十二点吃午餐，下午六点吃晚餐，两餐之间不吃点心。对年轻女士来说，自律是最重要的素质之一。”

伯恩太太离开房间后，玛丽猛地对我扭过头，说道：“来吧，快点。你觉得我有一整天跟你磨蹭吗？”我乖乖走过去，站在她的身后，“你会些什么针线活儿？”

“我帮妈妈补过衣服。”

“用过缝纫机吗？”

“没有。”

她皱起了眉：“伯恩太太知道吗？”

“她没有问。”

玛丽叹了口气，显然很恼火：“谁想得到，我还不得不从头教起呢。”

“我学得很快。”

“但愿如此。”玛丽举起一张薄纸，“这是张纸样，听过吗？”

我点点头，于是玛丽接着讲了下去，把我要做的方方面面一一说清楚。接下来几小时，我埋头干起了其他人不愿碰的活儿：剪线、疏缝、清扫，把针收起来放到针垫上。我被针扎了好几下，只好小心不让血染到布料上。

整整一下午，女人们闲聊着打发时间，偶尔哼唱几句，但大多数时候一声不吭。过了一会儿，我说：“对不起，我要上厕所。能告诉我厕所在哪儿吗？”

范妮抬起头：“我带她去吧，我的手也该歇歇啦。”她有些费力地站起来，向门口走去。我随她穿过走廊，经过一间一尘不染、没有人用的厨房，出了后门。“这是我们用的厕所，永远不要让伯恩太太逮到你用屋里的那间厕所。”她把“逮到”一词发成了“呆到”。

院子深处是座饱经风霜的灰色棚屋，门上裂了一条缝。棚屋上稀稀拉拉地长着几簇野草，仿佛秃顶上稀疏的发丝。范妮朝棚屋点点头：“我等你。”

“不必啦。”

“你在里面待得越久，我这双手歇着的时间就越长。”

那间棚屋漏风，我可以透过裂缝望见一抹天光。发黑的马桶座圈设在一条粗凿的长凳中央，座圈上有些地方已经被磨得露出了木料；细条的报纸卷成一卷挂在墙上。我还记得金瓦拉我家农舍后面的厕所，因此厕所里的臭味并没有吓到我，但马桶座圈一片冰凉——要是刮暴风雪的话，这里会是什么样子？跟眼下差不多吧，只不过更糟些。我想。

完事后，我打开屋门，拉下衣服。

“你瘦得可怜啊。”范妮说，“我敢打赌你饿了。”——她说的是“窝了”。

她没说错，我的肚子空荡荡的。“有点饿。”我承认道。

范妮的脸上沟壑交错，一双眼睛却很明亮。我看不出她是七十岁还是一百岁。她穿着带束身上衣的漂亮紫花裙，我不知道是不是她自己做的。

“伯恩太太中午没让我们吃多少，不过也许比你吃得多。”她伸手从花裙侧面的口袋里掏出一个光泽闪闪的小苹果，“我总爱存点东西，说不定用得着呢。伯恩太太在两餐之间会把冰箱锁起来。”

“不是吧？”我说。

“哦，是的。”她说，“不经她的许可，她不希望我们乱翻那里面的东西。不过，我通常能存点东西下来。”她把苹果递给我。

“我不能……”

“吃吧，你得学会接受人家愿意给你的东西。”

苹果闻上去如此新鲜甜香，让我直流口水。

“你最好就在这儿吃，吃完再回去。”范妮望了望大屋的门，又抬头瞥瞥二楼窗户，“你不如回厕所吃吧。”

听上去真倒胃口，但我实在太饿了，压根儿不介意。我走回小棚子，狼吞虎咽地把苹果吃得只剩一个核。汁水顺着下巴流下来，我用手背擦干净了。爸爸过去连苹果核也会一口气吃个干净呢。“所有的营养都在这里，白白扔掉傻透了。”他会说。但在我看来，吃硬核简直跟吃鱼骨头差不多。

我打开门时，范妮摸了摸她的下巴。我不解地望着她。“没擦干净。”她说，于是我又擦擦黏糊糊的下巴。

我回到缝纫室时，玛丽板起了面孔。她把一堆布料往我面前一推，说道：“用别针别住。”接下来一小时，我尽可能仔细地将布料边对边别起来，但我每次完工，她都会一把抓起布料，草草打量两下，再甩回来给我。“毛糙得很，重做。”她说。

“可是……”

“别顶嘴。你真该为这种破手艺脸红。”

其余的女人抬起头，又默默埋头缝纫起来。

我用颤抖的手拔出别针，慢慢重新别起了布料，用金属缝纫尺量出一英寸间距。壁炉架上，带有玻璃拱罩的金色时钟颇为华丽，发出响亮的嘀嗒声。玛丽审查我的手工活儿时，我一直屏着呼吸。“还不是很齐整。”她拿着布料，终于开了口。

“哪里不对呢？”

“不均匀。”她不肯直视我的目光，“也许你只是……”她的话没了声息。

“什么？”

“也许你不适合干这样的工作。”

我的下嘴唇哆嗦起来。我抿紧了唇。我一直以为会有人插手……也许范妮会管管？……可惜事实并非如此。“我的缝纫活儿是跟我母亲学的。”

“你可不是在补你爸爸长裤上的裂缝，人们花了很大一笔费用……”

"我会缝纫，"我脱口而出，"也许比你还会。"

玛丽目瞪口呆地望着我。"你……你算个什么东西。"她气急败坏地说，"连……连个家都没有！"

我的耳朵嗡嗡作响。一时间，我只能想出一句话："至于你，你没有半点礼貌。"我站起身出了屋，关上了房间门。在幽暗的走廊里，我思忖着自己的出路：我可以逃，但我逃到哪里去呢？

片刻后，房间门开了，范妮溜了出来。"天哪，孩子。"她低声说，"你为什么一定要这么多嘴？"

"那姑娘太刻薄了，我怎么冒犯她了？"

范妮把手搭在我的胳膊上。她的手指很粗糙，长满了老茧。"斗嘴对你一点好处也没有。"

"但我明明做得很直。"

她叹了口气："玛丽让你返工，其实只能亏她自己。她可是按件计酬的，所以我不知道她究竟在想什么。可你……好吧，问你一件事，他们付钱给你吗？"

"付钱给我？"

"范妮！"一个声音突然在我们的头顶响起。我们抬起头，一眼看见伯恩太太站在楼梯顶上，脸涨得通红。"这到底是怎么回事？"我说不清她是否听到了我和范妮的谈话。

"没什么要劳您操心的，夫人。"范妮赶紧说，"姑娘们拌了几句嘴，仅此而已。"

"吵什么？"

"说实话，夫人，我觉得您才懒得听呢。"

“哦，可我真的很想听听。”

范妮瞪眼盯着我，摇了摇头：“嗯……您见到下午送报纸那小子了吗？她们在争那小子是不是有心上人。姑娘们的德行您也知道。”

我慢慢吁了口气。

“还真是冒傻气，范妮。”伯恩太太说。

“我本来就不想告诉您嘛。”

“你们俩回屋去吧。多萝西，这种胡说八道我半句也不想再听到，你明白吗？”

“是，夫人。”

“还要干活儿呢。”

“是，夫人。”

范妮打开门，先我一步进了缝纫室。整整一下午，玛丽再没有跟我搭过话。

当天晚上吃晚餐时，伯恩太太给的是牛肉末、被甜菜染成粉色的土豆沙拉，加上不太嚼得动的卷心菜。伯恩先生大声嚼着，我能听见他那下巴发出的每一声吱咕咕。我知道，餐巾要铺在腿上——是祖母教的，我也知道如何用刀叉。尽管牛肉尝上去跟硬纸板一样干巴巴、没滋味，我却一个劲地狼吞虎咽，只差没往嘴里猛塞了。“细嚼慢咽，要像个闺秀。”祖母曾经说过。

过了几分钟，伯恩太太放下餐叉，说道：“多萝西，该跟你讲讲家规了。你已经清楚，你要用屋后那间厕所。星期天晚上，我会让你在厨房旁边的洗手间浴缸里洗个澡，每星期洗一次。星期天也是洗衣服的日子，你必须搭把手。就寝时间是晚上九点钟，时辰一到就熄灯。走廊壁橱里有张草垫子给你，晚上你要取出来，早上再叠得整整齐齐地放回去。姑娘们八点半就来，在那之前要收好。”

“我要睡在……走廊里吗？”我惊讶地问。

“你不是指望跟我们一起去二楼睡吧？”她笑出了声，“那可天理不容啊。”

吃完晚餐后，伯恩先生声称要出门逛逛。

“我也有事要做。”伯恩太太说，“多萝西，你去洗盘子，千万小心别把东西乱放。你要跟我们学的话，最好的办法是认真观察，自己学。我们把木勺放在哪里？装果汁的玻璃瓶又在哪里？对你来说，这个游戏应该很有意思。”她转过身，准备离开，“晚饭后，你不得打扰伯恩先生和我。到时间你就必须乖乖上床睡觉，把灯关好。”她微微一笑，说道，“我们希望养你会是件好事，不要辜负我们的信任。”

我环顾着四周：一只只盘碟堆在水槽里，一截截切下来的甜菜染红了木头菜板，炖锅中装着半锅晶莹剔透的卷心菜，烤盘烧得焦黑，还沾满了油。我又瞥了瞥门，确信伯恩夫妇都已经走了，这才用叉子叉起一大块没滋没味的卷心菜，贪婪地吞下了肚，几乎嚼也没有嚼。我一边聆听着伯恩太太是否上了楼，一边吃光了剩下的卷心菜。

洗盘碟的时候，我的目光越过水槽落在窗外，落到屋后的院子里。黄昏正渐渐褪去，窗外一片朦胧。院子里有几棵细长的树，瘦巴巴的树干分出几条枝丫。等到我洗干净烤盘时，天色已经暗下来，院子再也看不清了，炉子上方的时钟显示着七点半。

我从厨房龙头给自己接了一杯水，坐到桌旁。现在去睡觉似乎太早了些，但我不知道还能做些什么。我没有书可读，这栋房子里也见不到一本书。在伊丽莎白街的公寓里，我家的书也不算多，但双胞胎兄弟总爱从报童那儿讨些旧报纸。上学时，我最爱的是诗：华兹华斯、济慈、雪莱。老师曾让我们背过《希腊古瓮颂》[①]，此时此刻，孤零零一个人待在厨房里，我闭上双眼低语起来："你委身'寂静'的、完美的处子，受过了'沉默'和'悠久'的抚育……"[②]可惜的是，我也就记得这么多。

正如祖母常说的那样，我必须往好处想。这里也不算太糟糕吧。房子简朴了些，但并非不舒服；餐桌上方的灯温暖而喜乐。伯恩夫妇不愿把我当个孩子对待，但我并不确定自己想当个孩子。干活儿能让双手和脑子都不歇着，也许正是我需要的东西。再说用不了多久，我就会去学校上学了。

我想起了伊丽莎白街的那个家，它跟这里是如此不一样，但说真话，却也不比这里强多少。午后三点左右，妈妈依然卧床不起，在闷热中躺在她那黑漆漆的房间里，我的兄弟们哀哭着讨吃的，梅茜呜呜咽咽，我则以为闷热、饥饿和噪声会把自己逼疯。爸爸来了又走。"在工作呢。"他说。但他带回家的钱却一星期比一星期少，午夜时分还会跌跌撞撞地带着一身酒臭回家。我们会听到他"咚咚"地走上楼梯，高唱着爱尔兰的国歌，"我们是战斗民族的子孙，从不蒙羞受辱；当我们进军之时，面对敌人，我们将唱响战士之歌……"紧接着他冲进公寓，结果挨妈妈一顿训，让他小声点，而他会站在卧室昏黄的灯下。尽管父母

① 《希腊古瓮颂》（*Ode on a Grecian Urn*）为济慈所作的一首诗歌。济慈，全名约翰·济慈（John Keats，1795—1821），出生于十八世纪末年的伦敦，他是杰出的英国诗人之一，也是浪漫派的主要成员。

② 节录于《希腊古瓮颂》，查良铮译本。

认为我们全都已经安然入睡（我们也全都装作已经入睡），我们却一个个心驰神往，拜倒在爸爸的欢歌和气势之下。

在走廊的壁橱里，我找到了自己的手提箱和一堆寝具。我铺开一张马鬃床垫，上面再放一个泛黄的薄枕头。壁橱里有条虫蛀过的被子和一条白床单，我把床单铺在床垫上，掖好四周的边角。

睡前我打开后门，向厕所走去。光亮从厨房窗户透出来，投下了大约五英尺朦胧的光晕，光晕之外则一片漆黑。

脚下是易折的青草。我认得路，但晚上跟白天不尽相同，前方棚屋的轮廓几乎看不清楚。我抬头仰望着没有星光的夜空，一颗心怦怦直跳。这片无声的黑暗比城市的夜晚更让我心惊，城里还有噪声和光亮呢。

我打开门闩进了棚屋，紧接着却一边发抖，一边拉起短裤溜之大吉。棚屋的门在我身后“咣当”作响，而我一溜烟穿过院子，越过三级台阶跑进了厨房。我按照吩咐锁上了门，靠在门上气喘吁吁。正在这时，我发现冰箱上挂着一把锁。这是什么时候的事？我在外面的时候，伯恩先生或太太一定下过楼。

缅因州，斯普鲁斯港，2011年

到了第二个星期，莫莉算是悟出了一个道理："清理阁楼"的意思就是把东西搬出去，为它们心烦意乱片刻，再把东西放回原处，稍微摆整齐些。至今为止，在她和薇薇安翻过的二十几个箱子中，只有一小堆发霉的书和一些泛黄的亚麻布被当作破烂处理掉了。

"我觉得我没帮上多少忙。"莫莉说。

"嗯，没错。"薇薇安说，"不过我倒帮了你的忙，不对吗？"

"这么说，为了帮我的忙，你还演了一出戏？不然的话，我猜是特瑞的主意吧？"莫莉很配合。

"尽一个公民应尽的义务而已。"

"很高尚。"

坐在阁楼的地板上，莫莉将雪松木箱里的东西一件件取出来，薇薇安则坐在她身旁的木头椅子上：箱子里有一双褐色羊毛手套，一条配着缎子宽腰带的绿色天鹅绒礼服，米色羊毛衫，一本《绿山墙的安妮》[①]。

“那本书递给我。”薇薇安说。她接过那本精装绿皮书，书本的封面印着金字和一幅女孩素描画，画中人一头浓密的红发梳成了发髻。薇薇安翻开书。“啊，是的，我记得。”她说，“第一次读到这本书的时候，我差不多正跟女主人公一个年纪。书是老师给我的……我最喜欢的一位老师，知道吧，拉森小姐。”她慢慢地翻阅着书，不时在某页上停留片刻，“安妮话真多，对吧？我可就腼腆多了。”她抬起头，“你呢？”

“对不起，我没有看过这本书。”莫莉说。

“不，不。我的意思是，你在小姑娘的年纪腼腆吗？瞧我在瞎说什么，你明明还是个小姑娘嘛。不过我是说，你小时候？”

“不算是腼腆吧。我……话很少。”

“考虑周到，”薇薇安说，“出言谨慎。”

莫莉咀嚼着薇薇安的话。考虑周到，出言谨慎。说得对吗？在父亲去世、她自己被带走以后（换句话说，母亲被送走以后。总之说不清这些事谁先谁后，还是碰巧同时发生），曾经有那么一阵，她干脆一句话也不讲了。人人都在跟她聊，谈论她，却没有人开口问她的意见，不然就把她的意见当作耳边风。于是她不再尝试。正是在这段时期，她会夜半醒来，下床去父母的卧室，站在走廊里却才回过神：她已经没

① 《绿山墙的安妮》（*Anne of Green Gables*，又译为《清秀佳人》《红发安妮》），是一部由加拿大作家露西·莫德·蒙哥马利所著的长篇小说。书中住在爱德华王子岛艾凡里镇上的一对单身兄妹马修·卡斯伯特和玛莉拉·卡斯伯特原本打算领养一个男孩帮忙打点农务，领养中心却误送了一个女孩给他们。这个名叫安妮·雪丽的红发少女孤儿满怀丰富的想象力，并且能言善道。发现弄错人的玛莉拉打算将安妮送回去，马修却把安妮留了下来，日后安妮更发挥出创作的天分。

有父母了。

“嗯，现在你也不算多活泼啊，是吧？”薇薇安说，“不过刚才杰克送你过来，我在外面看见你了，你的面孔……”薇薇安举起布满青筋的手，张开十指，“整个儿神采奕奕，讲话也滔滔不绝。”

“你在监视我？”

“当然啦！不然我怎么知道你的底细？”

莫莉不停地从箱子里取东西出来，摆成一堆又一堆：衣服、书、旧报纸包起来的小玩意儿。但听到这句话，她盘腿跪坐下来，凝视着薇薇安。“你真逗。”她说。

“我这辈子被别人贴过许多标签，亲爱的，但我说不清是否有人说过‘真逗’。”

“我敢打赌有人说过。”

“背着我的话，也许吧。”薇薇安合上书，“依我看，你很爱读书，对吗？”

莫莉耸耸肩膀。“爱读书”这种事纯属私密，只有她和书中人物知道。

“那你最喜欢哪本小说？”

“不知道，我没有什么最爱的小说。”

“哦，我想你也许有。你属于那一款。”

“什么意思？”

薇薇安把一只手放在胸口，略带粉色的指甲跟婴儿一般娇嫩：“我看得出来，你对事物感触颇深。”

莫莉做了个鬼脸。

薇薇安把那本书塞到莫莉手里："毫无疑问，你会觉得这本书很老派，而且多愁善感，但我希望你能拥有它。"

"你要把它给我？"

"为什么不呢？"

出乎自己的意料，莫莉竟然觉得嗓子发紧。她咽了口唾沫，想要缓缓神。太荒唐了，一个老太太给了她一本派不上用场的发霉的书，她竟然哽噎难言。一定是例假快来了。

她竭力不动声色。"嗯，谢谢。"她满不在乎地说，"但这是否意味着我必须读它呢？"

"那是一定，还会有个小测验呢。"薇薇安说。

有那么一会儿，她们默不作声地埋头干活。莫莉把东西一件件举起来：一件天蓝色开襟羊毛衫，上面的花朵已经变色泛黄；一条缺了几颗纽扣的棕色礼服裙；一条长春花颜色的围巾和配套的连指手套……薇薇安叹口气，说道："我想实在找不出理由留下这件了。"但紧接着，她果然又补上一句，"放在那堆'说不定要扔'的东西里吧。"没头没脑地，薇薇安突然说道，"对了，你妈妈现在在哪里呢？"

莫莉已经习惯这种上不着天下不着地的对话了。薇薇安常会捡起几天前断掉的话头，正好从断掉的地方接着说，仿佛这种做法再自然不过。

"哦，谁知道呢。"莫莉刚刚打开一个盒子，开心地发现里面的东西似乎很好处置：那是几十本积灰的商店账簿，时间为二十世纪四十年代至五十年代。薇薇安总不会连这些也要留下吧。"这些可以扔掉，你觉得呢？"她说着举起一本薄薄的黑色账簿。

薇薇安接过账簿，翻阅起来。“嗯……”她咽下了下半句，抬起头，“你找过她吗？”

“没有。”

“为什么不呢？”

莫莉用锐利的目光盯了薇薇安一眼。她不习惯别人问这种直言不讳的问题。实际上，她不习惯别人问任何问题。除了薇薇安，唯一一个直截了当跟她提起这些事的人是社工洛丽，不过她对莫莉的经历一清二楚（再说无论如何，洛丽从来不问“为什么”，她只关心原因、结果，再加讲大道理）。不过莫莉不能抢白薇薇安，毕竟薇薇安给了她一张“免蹲局子”的通行证嘛，如果通行证是指五十个小时面对直截了当的问题的话。她拨开眼前的发丝：“我没有找过她，因为我不在乎。”

“真的吗？”

“真的。”

“你居然一点也不好奇？”

“不。”

“我说不好我信还是不信。”

莫莉耸耸肩膀。

“嗯。因为事实上，你似乎有点……愤怒。”

“我不愤怒，我只是不在乎。”莫莉从盒子里取出一沓账簿，重重地扔在地上，“我们可以把这些东西扔了吗？”

薇薇安拍拍手：“我想，也许我还是留着这盒子吧。”她说。听听吧，仿佛她并未对至今为止她们清理过的所有家当说出同一句话一样。

“她特爱管我的闲事！”莫莉说着，把脸埋在杰克的颈窝中。他们在他的“土星”汽车里，她跨坐在他身上，两人都坐在往后放倒的前座上。

他放声大笑，粗糙的胡楂儿蹭着她的脸颊，“什么意思？”他的手悄悄地伸进了她的衬衣，轻抚着她。

“痒。”她说着扭起来。

“我喜欢你扭成这样。”

她吻吻他的脖子，他下巴上的黑斑，他的嘴角，他的浓眉。他将她拉近了些，抚摸着她的身侧，又伸到她娇小的乳房下，捧了起来。

“我对她的生活一无所知——倒不是说我在乎！但她却指望我把自己的底细全告诉她。”

“哦，拜托，那有什么大不了？如果她多了解你一点，说不定对你好点呢，说不定时间就走快一点了呢。她可能有点寂寞嘛，只是希望跟人说说话。”

莫莉皱起一张苦瓜脸。

“试着温柔点嘛。”杰克哄道。

她叹了口气：“我犯不着用我的狗屎经历讨她的欢心。不是所有人都能腰缠万贯，住进豪宅的。”

他吻吻她的肩膀：“那就把局势扭转过来，问她问题。”

“难道我在乎吗？”她叹了口气，用手轻抚他的耳朵，直到他扭过头，将她的手指衔在嘴里。

他伸手攥住控制杆，座椅震动着往后倒下。莫莉手忙脚乱地趴在了他身上，两人都笑了起来。杰克挪到一旁，从凹背单人座椅里给她腾出地方，嘴里说道："乖乖把时间熬完就行了，好吗？"他侧过身，轻抚着她那黑色裤袜的腰身。"如果你撑不到底，我也许只能想个办法陪你去少教所了，我们俩都会很惨。"

"我觉得不是那么惨呢。"

他拉下她的裤袜，嘴里说："找到我要找的宝贝儿了。"他轻抚着她臀上那只乌龟漆黑的线条。龟壳是个带角的椭圆形，斜着一分为二，仿佛一侧是雏菊，一侧是部落纹饰的盾牌，伸开的龟足是几条尖尖的弧线，"这小家伙叫什么名字来着？"

"它没有名字。"

他俯身吻了吻她的臀，说道："我准备叫它卡洛斯。"

"为什么？"

"它看上去就一副叫卡洛斯的模样啊。对吧？看到它的小脑袋了吗？人家正摆头呢，说的是'怎么着？'嗨，卡洛斯。"他装腔作势地用多米尼加口音打了个招呼，用食指轻敲乌龟，"忙什么呢，伙计？"

"它才不是卡洛斯呢，它是个印第安标志。"她有点恼火，推开了他的手。

"哦，省省吧，不如老实承认……当初你就是喝高了，随便在屁股上文了只乌龟，搞不好也可能是颗滴血的心，或者冒牌的中文字。"

"胡说八道！在我的文化里，乌龟有非常明确的意义。"

"哦，是吧，武士公主？[①]"他说，"比方说？"

"乌龟背负着自己的家。"她轻抚着文身，把当初爸爸告诉她的故

① 典故出自《战士公主西娜》（*Xena: Warrior Princess*，又译《齐娜武士公主》《席那女战神》），一部风靡美国的电视剧，1995年3月10日开播，至2001年5月20日全剧播毕。

事讲给他听，“它们暴露无遗，但同时又颇为隐秘，它们是力量和毅力的象征。”

“非常深刻。”

“知道为什么吗？因为我本来就非常深刻。”

“所以呢？”

“没错。”她说着，在他的唇上印下一吻，“其实，我文乌龟是因为以前住在印第安岛的时候，我家里有只乌龟，名叫雪莉。”

“哈，雪莉，我明白了。”

“是啊。不管怎么说，我不知道雪莉现在怎么样了。”

杰克伸手搂住她的臂。“我敢肯定它没事，”他说，“乌龟不是能活……嗯，一百岁吗？”

“要是待在水池里没人喂，只怕活不到一百岁。”

他没有吭声，只是用胳膊搂住她的肩膀，吻吻她的秀发。

她蜷进凹背单人椅里挨着他。风挡玻璃朦胧不清，夜色一片漆黑，但在杰克那辆小小的拱顶“土星”汽车里，她却感觉备受呵护。对，没错，好似壳中的乌龟。

缅因州，斯普鲁斯港，2011年

莫莉摁响了门铃，却没有人应门。大宅里一片寂静。她查了一下手机：上午九点四十五分。今天是老师进修的日子，因此学校放假，而莫莉寻思着，干吗不过来消磨几个小时呢?

她揉揉胳膊，琢磨着对策。这是个雾蒙蒙的早晨，凛冽得不合时令；而她居然忘了带件毛衣。莫莉是搭小岛观光巴士过来的，这趟免费巴士会绕着小岛不停地行驶。她在离薇薇安家最近的一站下了车，再走十分钟左右来到大宅。如果家里没有人的话，她只能走回车站搭下一班巴士了，那估计还得等上一会儿呢。尽管冻得直起鸡皮疙瘩，莫莉倒一向很喜欢这种天气。比起春日暖阳带来的肤浅希望，灰蒙蒙的天空和光秃秃的树枝才更适合她。

在随身携带的小笔记本电脑里，莫莉仔细地记录了社区服务时间：某天是四个小时，次日则是两个小时，目前为止已经做完二十三个小时。她还做了个Excel表格，把时间一一列举清楚。如果让杰克知道，他一定会笑话她，但莫莉在条条框框里待得太久了，早已明白一切归根结底全靠存档。整理好各种文件资料，文件上要有正确的签名和记录，这样指控才能撤销，钱才会发给你，等等。如果条理不清，搞不好就会全盘皆输。

莫莉寻思着：今天至少能消磨五个小时，这样就有二十八个小时了，超过所需时间的一半。

她再次摁响门铃，双手贴上玻璃，往昏暗的门廊里张望。她试了试门把手，却发现门没有锁，一拧就开了。

“有人吗？”她边说边进了屋。还是没有回音，她穿过走廊，又提高声音问了一次。

昨天离开大宅之前，莫莉跟薇薇安提过今天会早点来，但没说好究竟是几点钟。此时此刻，站在窗帘紧闭的客厅里，她犹豫着是不是应该离开。这栋老宅到处都是动静。松木地板嘎吱嘎吱，窗户玻璃咣当咣当，苍蝇在天花板附近嗡嗡响，窗帘窸窸窣窣。没有话语声分心，莫莉觉得自己连其他房间的动静也能听到：弹簧床垫在吱呀作声，水龙头滴滴答答，荧光灯嗡嗡响，还有拉链的声音。

她花了一会儿环顾四周：壁炉上方华丽的壁炉台，装饰精美的橡木制品和铜制枝形吊灯。透过四扇临海的大窗，她可以望见曲折的海岸线，望见远处参差不齐的冷杉和波光粼粼的碧海。屋里有股旧书和昨晚烧过的炉火味道，隐约还有股从厨房飘来的香味。今天是星期五，特瑞一定在为周末烹调美食。

莫莉正凝望着高高的书架上那些老旧的精装书，厨房门开了，特瑞急匆匆地奔了进来。

莫莉转过身：“你好！”

“天哪！”特瑞尖叫一声，用手里拿着的抹布紧紧地捂住了胸口，

“吓死我了！你在这里做什么？”

“嗯，这个嘛，”莫莉结结巴巴地说——她也开始想不通了，自己究竟在这儿干吗呢？“我按了几下门铃，然后就自己进来了。”

“薇薇安知道你要来吗？”

薇薇安知道吗？“我不太确定我们是否说定了……”

特瑞眯起眼睛，皱皱眉：“你可不能想来就来，她又不是什么时候都有空。”

“我知道了，”莫莉的脸发起了烧，“对不起。”

“薇薇安肯定不会同意这么早开工的，她有自己的作息习惯：八九点钟起床，十点钟下楼。”

“我还以为老人家起得早呢。”莫莉嘟哝道。

“不是所有老人家都起得早！”特瑞双手叉腰，“但问题不在这儿，你这是擅闯民宅。”

“嗯，我不是……”

特瑞叹了口气，说：“杰克也许告诉过你，我对这个主意并不感冒，就是你来做社区服务这件事。”

莫莉点点头。好吧，开始训话了。

“他可是冒着风险护着你，别问我为什么。”

“我知道，我很感激。”莫莉明知越是跟人对着干越会惹事，可就是忍不住，“我希望我能配得上这份信任。”

“像这样不事先打声招呼就凭空冒出来？那可不行。”

好吧，她活该。上次法律课老师是怎么说的？自己答不上来的事情，千万不要提出来。

“还有，”特瑞接着说，“今天早上我去了阁楼，我真看不出来你在那儿干了什么活儿。”

莫莉气得跳脚，气的是特瑞为了一件不归她说了算的事对她大呼小叫，更气自己没能说服薇薇安扔掉不要的东西。还用说吗，在特瑞看来，莫莉当然只是做做样子，一心在熬时间，活像个打卡上班混日子的政府员工。

“薇薇安什么都不想扔，”她说，“我在把盒子一个个整理出来，把标签贴上。”

“我给你几句建议吧。”特瑞说，“薇薇安在感情……”她又把揉成一团的抹布捂到胸口，“和理智之间难以取舍。”她把抹布向头挪了过去，仿佛莫莉有可能理解不透一样，“把东西扔掉意味着告别她的人生，这对任何人来说都很不容易。你的工作就是说服她。我向你保证，要是你在阁楼上待五十个小时，把东西搬来搬去，却没有任何起色，我可是不会开心的。我爱杰克，但是……”她摇摇头，“老实说，受够了就是受够了。”说到这里，特瑞仿佛是自言自语，又好像在说给杰克听。莫莉只能咬咬唇，点点头，表示自己听懂了。

随后，特瑞不情不愿地同意：其实吧，今天早点开工是个不错的主意。如果再过半小时薇薇安还不出现的话，也许特瑞会上楼叫醒她。在此之后，特瑞让莫莉自便——特瑞自己还得干活儿呢。“你能找到事情打发时间的，对吧？”她说完回了厨房。

薇薇安给莫莉的那本书还放在背包里，她懒得去搭理，主要是因为它活像一份家庭作业，还是一份受苦的工作带来的家庭作业。另外有个原因：她正为英文课重读《简·爱》（讽刺的是，就在莫莉偷书一个星期后，英文老师塔特夫人给每人发了一本）。《简·爱》是本深无边际的书，每次沉浸其中都会给人带来冲击。只要读上一章，莫莉就不得不放慢呼吸，出一会儿神，仿佛一只冬眠的熊。班上所有同学都在倒苦水，抱怨勃朗特就喜欢絮絮叨叨地扯到人性啦，简·爱在洛伍德学校的朋友这些无关紧要的情节啦，还有啰啰唆唆、“不切实际”的大段对话。“她就不能爽快地讲个故事吗？”泰勒·鲍德温在课上嘟囔道，“我一读就犯困。这叫什么？嗜睡症？”

这话得到了大家的一致赞同，莫莉却一言不发。不用说，塔特夫人正留心着一堆湿柴中的点点星火，于是注意到了莫莉。

“你有什么看法，莫莉？”

莫莉耸耸肩膀，不想显得过于热切：“我喜欢这本书。”

“你喜欢它什么地方？”

“我不知道，就是喜欢。”

“你最喜欢的部分是什么？”

莫莉感觉到全班的目光都落在了自己身上，不禁往后缩了缩：“我不知道。”

“不过是本无聊的爱情小说罢了。”泰勒说。

“不，不是的。”她脱口而出。

“为什么不是？”塔特夫人追问道。

“因为，”她思考了一会儿，“简有点叛逆，她富有激情，意志坚定，勇于说出自己的想法。”

“你从哪里读出来的？我一点也感受不到你说的这些。”泰勒说。

“好吧，比如这一段。”莫莉说着，把书翻到刚才正在寻思的那一幕，“我明确告诉他，我生就了硬心肠——硬如铁石，他会发现我经常如此。何况我决计在今后的四周中，让他看看我性格中倔强的一面。他应当完全明白，他订的是怎样的婚约，趁现在还来得及的时候把它取消。[①]”

塔特夫人扬起眉毛，笑了：“听起来像我认识的某人嘛。”

此刻莫莉一个人坐在红色靠背扶手椅上，等待薇薇安下楼。她拿出那本《绿山墙的安妮》，翻开第一页：雷切尔·林德太太就住在阿冯利干道插入一个小山谷的地方。小山谷两边桤树成荫，结满了像女士们的耳坠一样的果子。一条小溪横穿路面，它发源于远处古老的卡思伯特领地的森林……[②]

这显然是本给小女孩看的书，起初莫莉并不确定是否能有共鸣，但读着读着，她却被故事吸引住了。太阳升上了天空，她不得不把书拿偏一点躲开刺眼的光，过了几分钟，又不得不换了把扶手椅，免得被逼着眯起眼睛。

过了大约一小时，莫莉听到大厅的门打开了，抬头望见薇薇安进了屋。薇薇安环顾四周，目光落到莫莉身上，脸上露出了笑容，似乎对她的出现并不吃惊。

“你可真早啊！”薇薇安说，“我喜欢你的热情！说不定今天我会让你清空一个箱子，幸运的话，清空两个！”

---

① 出自黄源深《简·爱》译本。

② 出自马爱农《绿山墙的安妮》译本，中国少年儿童出版社，2011年版。

明尼苏达州，奥尔本斯，1929年

星期一早上，我赶在伯恩夫妇醒来之前早早起了床，在厨房水槽里把脸洗干净，仔仔细细把头发梳成辫子，扎上两条从缝纫室废料堆里找到的缎带，穿上最干净的一条裙子，系上围裙——昨天洗完衣服后，我把围裙晾到了屋侧的一根枝丫上。

吃早餐的时候（燕麦都结成了团，还没有加糖），我问起怎么去学校，又该什么时候去，伯恩太太望了望她的丈夫，目光又落回我身上。她裹紧肩上黑色的佩斯利涡纹花色围巾，说道："多萝西，伯恩先生和我认为，你还没有准备好去上学。"

燕麦吃上去活像凝成了块的动物油脂。我望向伯恩先生，他弯下腰系起了鞋带，鬈发耷拉在前额上，遮住了面孔。

"什么意思？"我问道，"儿童援助协会……"

伯恩太太握起双手，紧抿着嘴微微一笑："你已经不归儿童援助协会管了，不是吗？至于什么最适合你，现在由我们说了算。"

我的心猛地一紧："可是我应该去上学啊。"

"看随后几个星期你的进展如何了。不过目前我们觉得，你最好花点时间适应新家。”

“我……已经适应了。”我的脸在发烫，“您的吩咐我全都照做了，如果您担心我没有时间做缝纫活儿的话……”

伯恩太太不动声色地瞥瞥我，我的舌头打起了结。“学校已经开学一个多月了，”她说，“你落下的课太多，今年死活也赶不上。再说，鬼知道你之前在贫民窟里念过什么书。”

我顿觉一阵刺痛，连伯恩先生也吓了一跳。“行啦，行啦，洛伊丝。”他低声说。

“我住的不是……贫民窟。”我费力地吐出那个词。因为她没有问过我，因为他们两人都没有问过我，我又接着说，“我读四年级。我的老师是乌里希夫人，我参加了合唱团，我们还表演了歌剧《光滑的鹅卵石》。”

他们都盯着我。

“我喜欢学校。”我说。

伯恩太太站起身，开始收拾盘碟。她收走了我的碟子，尽管我还没有吃完吐司。她的动作很猛，银餐具在瓷器上撞得叮当响。她打开水龙头，哐的一声把盘碟和刀叉扔进水池，转过身用围裙擦了擦手。“你这个野丫头，我一个字也不想听了。什么最适合你，这归我们说了算，明白了吗？”

此事就此收场，上学的事再也没有人提了。

伯恩太太每天会像个幽灵一样在缝纫室里出现几次，但她连一根针也没有碰过。据我看来，她会追踪订单、给范妮派活儿（范妮再把活儿分派给我们）、把做好的衣服收起来。她让范妮报告进度，同时一刻不停地审视着整间屋，确保其他人都在卖力干活儿。

对伯恩一家，我憋着一肚子问题，却不敢问出口。伯恩先生究竟是做什么的？他如何处理这些女人缝的衣服呢（我可以说是“我们”缝的衣服，但我只不过做些疏缝和卷边的活儿，如果这么说，岂不是活像削削土豆皮，却声称自己是大厨？）？伯恩太太每天都去哪儿了？她平时都在干些什么？时不时，我能听到她在楼上发出些动静，却压根儿不知道她在做什么。

伯恩太太规矩很多。她会为了鸡毛蒜皮的差错当着其他姑娘的面训斥我：床单叠得不够严实，厨房门没有关等。除了进进出出，家里所有的门必须随时关紧。缝纫室的门，厨房门，饭厅门，甚至楼梯顶端的门——四处的门都层层紧闭，整幢房屋因此显得森严而神秘。夜晚时分，在楼梯脚下黑漆漆的走廊里，我躺在垫子上，摩擦着双脚取暖，心里害怕极了。我还从未这样孤零零一个人。即使在儿童援助协会，在病房的铁床上，也有其他女孩跟我做伴。

伯恩太太不许我去厨房帮忙，我猜她是怕我偷东西吃。实际上，跟范妮一样，我也开始把东西偷偷塞进口袋里，要么一片面包，要么一个苹果。伯恩太太做的饭菜寡淡无味：软趴趴、灰扑扑的罐装豌豆，硬邦邦的煮土豆，稀拉拉的炖菜，而且永远不够吃。我不知道伯恩先生是真的没有注意到饭菜多么难吃，还是根本不在乎，也有可能，他只是心思不在这儿。

伯恩太太不在的时候，伯恩先生倒是挺和气。他喜欢跟我谈爱尔兰。他告诉我，他的家族来自东海岸附近的萨利布鲁克，他的叔叔和堂兄弟们在独立战争时期[1]都是共和党人，曾经与迈克尔·柯林斯[2]并肩作战。1922年4月，英国人冲进都柏林四法院大楼血洗反叛力量时，他们就在场。几个月后，柯林斯在科克郡附近遇刺时，他们也在场。柯林斯是爱尔兰史上最伟大的英雄，你不会不知道吧？

是的，我点点头，我知道。但我不太相信他的堂兄弟在场。爸爸曾经说过，在美国，只要遇见一个爱尔兰人，对方就会发誓说自己的某亲戚曾与迈克尔·柯林斯并肩作战。

爸爸无比爱戴迈克尔·柯林斯。他会唱起革命歌曲，通常大声又不着调，直到妈妈让他安静些——宝宝正在睡觉呢。他跟我讲过许多波澜起伏的故事，例如在都柏林的克迈哈姆监狱，1916年起义的领袖之一——约瑟夫·普朗克特与他的爱人格雷丝·吉福德在小教堂里举行了婚礼，几小时后即被行刑处死。当天被杀的总共有十五人，就连病得站不起来的詹姆斯·康纳利，也被行刑队捆在椅子上带进院子里，用子弹把他打成了筛子。“用子弹把他打成了筛子。”这是爸爸的原话。妈妈总是叫他收声，但他又把她打发走。“让他们知道这些很重要。”他说，“这是他们的历史！现在我们是在美国，可话说回来，天哪，我们的族人还在海那边呢。”

① 爱尔兰独立战争（又称英爱战争）：爱尔兰共和军在爱尔兰发动的游击战，以反对英国政府在爱尔兰的统治。战争起因是1918年由大多数爱尔兰籍英国国会议员建立的第一届爱尔兰国会的合法性。战争从1919年1月21日始，自1921年7月11日休战协议止。

② 迈克尔·约翰·“米克”·柯林斯（1890—1922），爱尔兰革命领导人，《英爱条约》谈判爱尔兰代表团成员，爱尔兰临时政府主席和爱尔兰国民军总司令，1922年8月于爱尔兰内战中被枪击身亡。大多数爱尔兰政治党派承认他对现代爱尔兰国家的建立做出的贡献。

妈妈自有想要忘却的理由。正因为1922年条约[①]，爱尔兰自由邦[②]随之成立，我们才被迫离开金瓦拉，她说。决意击溃反叛力量的英军袭击了戈尔韦郡的大小城镇，炸毁了铁路，经济被破坏殆尽，害得镇里无工可做，爸爸的工作也没了着落。

嗯，都怪这些事，还有酒。她说。

"你本来可以当我的女儿，知道吧。"伯恩先生告诉我，"你的名字——多萝西……以前我们总想着，有一天给自己的孩子取这个名字，但很可惜小孩一直没来。结果你倒来了，还有一头红发。"

别人叫我多萝西的时候，我总是忘了答应。但在某种程度上，我很高兴有个新身份，这样一来，把许多往事抛到脑后就会容易得多。我不再是那个离开金瓦拉的祖母、叔叔、阿姨，坐着艾格尼丝·波琳号横渡重洋的妮芙，不再是和家人一起住在伊丽莎白街的妮芙。不，现在我是多萝西了。

"多萝西，我们得聊一聊。"某天晚餐时，伯恩太太说。我看了一眼伯恩先生，他正认认真真地往烤土豆上抹黄油。

"玛丽说你不……该怎么说呢……学得不怎么快。她说你似乎有

① 即《英爱条约》，是英国与爱尔兰代表于1921年签订的划分爱尔兰岛归属的条约。条约的主要内容是：把原先统一的爱尔兰岛分割为两部分，南部二十六郡成立爱尔兰自由邦；北部六郡（现北爱尔兰）则划归英国。自由邦名义上享有自治自决的全权，但其对外政策和一部分内政仍置于英国监督之下。自由邦必须效忠英王，议会通过的法律需经英国总督批准方能生效。1922年1月7日，爱尔兰国民议会以六十四票对五十七票通过《英爱条约》，1月14日予以正式批准。据此条约在爱尔兰南部实现有限的自治，基本结束了长达七百年的英国殖民统治。

② 爱尔兰自由邦（1922—1937），爱尔兰三十二郡中，由英国和爱尔兰共和国代表于1921年12月6日在伦敦签署的爱尔兰自由邦协定（或称《英爱协定》）规定的从大不列颠和爱尔兰王国分裂出的二十六郡所组成的国家，称作爱尔兰自由邦。

点……不乐意学？要么就是不服管教？她说不好到底是哪种情况。”

“不是这样的。”

伯恩太太眼神炯炯：“仔细听好了，如果依我的主意，我会立刻联络委员会的人，把你送回去换个人来。但伯恩先生让我再给你一次机会，不过……要是再让我听到有人说一句你行为不端，我就把你送回去。”

她顿了顿，喝了口水：“我想，这都是你的爱尔兰血统害的。没错，伯恩先生是爱尔兰人……实际上，这也是我们饶你一次的原因。但我要告诉你的是，伯恩先生大可以娶个爱尔兰姑娘，但他没娶，原因不是明摆着的吗。”

第二天，伯恩太太来到缝纫室，让我去一英里以外的镇中心给她跑趟腿。“没什么难的，”当我问她怎么走时，她不耐烦地说，“我们开车带你回来的时候，你没注意看路吗？”

“她头一次去，我可以带她一起去，夫人。”范妮说。

伯恩太太看上去不太乐意：“难道你不用干活儿吗？范妮？”

“我刚做完这堆活儿，”范妮边说边把青筋毕露的手放在一堆裙子上。“都卷好边，熨好了。我的手指酸得很。”

“好吧，下不为例。”伯恩太太说。

为了照顾范妮的腰腿，我们慢慢穿过伯恩家所在的街区，这里的一片片土地上挤满了小房子。我们从榆树街左拐走上中央大道，一路经过枫树街、桦树街和云杉街，再右转来到主街。房屋大多数看上去很新，设计大同小异，粉刷成各种颜色，有着各色灌木，显得景色宜人。其中有些前门甬路笔直地通向门口，其余则是蜿蜒迂回的小径。快到镇上的时候，我们还经过几幢公寓楼和市郊的几家商店：一家加油站，一家街头小店，一个满是鲜花的苗圃，花朵的颜色犹如秋日落叶——赭色、深红、金色。

“我真是不明白，上次开车回家的时候，你怎么会没记住这条路呢？”范妮说，“天哪，丫头，你还真是不灵光。”我瞥瞥她，她狡黠地笑了。

主街上的百货店里灯光朦胧，十分暖和，过了一会儿我的眼睛才适应过来。抬头望去，我发现天花板上悬挂着腌火腿，一排排货架上摆满了干货。我们挑了几包缝纫针、一些纸样和一匹粗布。付完账，范妮从找来的零钱中取出一便士，从柜台上向我递过来：“自己去买根棒棒糖，回家的路上吃吧。”

糖果罐在货架上依次排开，五彩缤纷，口味各异，让人眼花缭乱。我仔细琢磨了好久，终于挑了一根漩涡形的棒棒糖，掺着粉色西瓜口味和绿色苹果口味。

我撕开糖纸，准备掰一块给范妮，但范妮不要：“我早就不吃甜食了。”

“我还不知道会有人不吃甜食呢。”

“这是给你吃的。”她说。

我们慢悠悠地往回走。我觉得，我们俩都不急着回去。带有凹凸纹路的棒棒糖又酸又甜，让我陶醉不已。吃着吃着，棒棒糖变得尖溜溜的，而我尽情品尝着它的滋味。“你得在我们到家之前吃完。”范妮说。至于原因，她用不着解释。

“玛丽为什么讨厌我？”快到家时，我问范妮。

“咳，她不讨厌你，孩子，她只是害怕。”

“怕什么？”

“你说呢？”

我不知道。为什么玛丽要怕我？

“她认定你会抢走她的工作。”范妮说，“伯恩太太是个铁公鸡。你学一学就能干玛丽的活儿，还不用付你工钱，那伯恩太太为什么还要花钱雇玛丽？”

我尽量不动声色，但范妮的话刺痛了我的心：“这就是当初他们选中我的原因。”

范妮慈爱地笑了：“你一定早就知道了吧。只要是个会做针线活儿的姑娘就成，不要钱的人手终究是不要钱的人手嘛。”走上台阶快要进屋时，她说，“你总不能怪玛丽心里害怕吧。”

从那时起，我不再担心玛丽，而是一头扎进了针线活儿里，一心让针脚间隔保持一致，仔仔细细将每件衣服熨得平整挺括，从我手里交给玛丽（或其他姑娘）的每件衣服都让我有种成就感。

但我跟玛丽的关系还是没有什么起色。我的活儿越干越好，她却变得越来越苛刻。我把一条粗缝过的裙子放进篮子里，玛丽一把抢过去仔细端详，扯开针脚，又扔回来给我。

树叶从淡玫瑰红变成嫣红，又从嫣红变成了褐色。向屋外走去时，我的脚下是一地松软清香的落叶。有一天，伯恩太太上下打量着我，问我还有没有其他衣服。我一直在用带来的两套衣服换洗，一件蓝白格子，一件格仔棉布。

“没有。”我说。

“那好吧，”她说，“你得给自己做几身衣服。”

当天下午晚些时候，伯恩太太开车带我去镇上，一只脚犹犹豫豫地踩着油门，另一只则时不时踩一下刹车。汽车一路颠簸，我们终于来到了百货店门口。

“你可以挑三种不同的布料。”她说，“我想想……每种来个三码？”我点点头。“布料必须又禁穿又便宜，那才适合……”她顿了顿，“九岁的姑娘。”

伯恩太太带我到了布料区，又领我到了便宜布料的货架旁。我挑了一匹蓝灰格子棉布，一匹雅致的绿色印花布，一匹粉红色涡纹布料。伯恩太太对前两匹布点点头，却对第三匹扮了个怪相。“天哪，这跟红头发实在不搭。”她抽出一匹蓝色条纹布。

“我觉得上身可以做点小褶边，简单又朴素；下身配条百褶裙。干活儿的时候可以在外面套上你那条围裙，你还有其他围裙吗？”

我摇摇头，伯恩太太说：“缝纫室里有很多被套料子，你可以用来做件围裙。你有外套吗？毛衣呢？”

“嬷嬷们给过我一件外套，不过太小了。”

店员量好布料，裁剪完毕，用牛皮纸包好扎上麻线。伯恩太太带我沿着大街来到一家女士服装店。她径直走向商店后方的打折区，找出了一件芥末色的羊毛大衣。这件衣服比我的尺寸足足大了好几个号，黑色的扣子闪闪发光。我穿上以后，她皱了皱眉。“嗯，这衣服很划算。”她说，“再说了，买件过一个月就穿不上的衣服有什么意思。我觉得挺好。”

我恨死那件大衣了，它甚至都不暖和；但我不敢顶嘴。还好店里有很多清仓出售的毛衣，我找到了一件合身的深蓝色绞花针织衫和一件米白V领毛衣。伯恩太太又帮我多挑了一件三折的灯芯绒裙子，大得不合身。

那天晚餐时，我穿上了新买的白毛衣和裙子。“你脖子上是什么东西？”伯恩太太问。我回过了神：她说的是我的项链，通常它都被我的高领衣服遮住了。她凑近我端详着。

“一个爱尔兰十字架。”我说。

“看上去真怪。那些是什么，手吗？为什么心上会有皇冠？”她坐回椅子上，“我觉得真是亵渎神灵。”

我告诉她，我的祖母如何在第一次领圣餐时得到了这条项链，又如何在我来美国之前传给了我。“握在一起的手象征着友谊，心象征着爱，皇冠象征忠诚。”我解释道。

她哼了一声，把腿上的餐巾重新叠好：“还是觉得很怪，我有点想让你取下来。”

“行啦，洛伊丝。”伯恩先生说，“不过是件家人给的小玩意儿，不碍事的。”

“也许是时候把那些故国旧事扔一边了。”

“又没有碍到任何人，不是吗？”

我瞥了伯恩先生一眼，很惊讶他会为我说话。他朝我眨眨眼睛，好像在玩游戏。

“碍到我了。”她说，“这姑娘用不着到处告诉人家她是个天主教徒吧。”

伯恩先生放声大笑："瞧瞧她的头发，她明明就是个爱尔兰人，还用说吗？"

"对姑娘家来说太不雅观了。"伯恩太太小声说。

后来伯恩先生告诉我，天主教徒都不讨他太太的欢心，尽管她自己嫁的就是个天主教徒。他从不去教堂，那倒是有点用处。"我俩总算相安无事。"他说。

明尼苏达州，奥尔本斯，1929—1930年

十月末一个星期二的下午，当伯恩太太出现在缝纫室时，明眼人一眼就能看出事情不对劲。她显得饱受打击，十分憔悴。她那黑色的波波头平素梳得服服帖帖，眼下却翘得乱七八糟。柏妮丝跳了起来，伯恩太太挥手将她打发走。

“姑娘们，”她用手掩住喉咙，说道，“姑娘们！我得告诉你们一件事。股市今天崩盘了。股票暴跌，很多人连命都……”她停下喘了口气。

“夫人，您要先坐下吗？”柏妮丝说。

伯恩太太没理睬她。“人们倾家荡产。”她紧紧攥住玛丽的椅背，眼神在屋里游荡，仿佛正在寻找焦点，嘴里喃喃说道，“如果我们连自己都养活不了，那就更没法儿雇你们了，对吧？”她的眼里噙着泪水，边摇头边出了屋。

我们听到前门开了，伯恩太太吧嗒吧嗒地走下台阶。

柏妮丝让大家回去干活儿，但衣服上印着胜家字样的一个女人——琼突然站起了身：“我必须回家找我丈夫。我得知道发生了什么事。如

果拿不到薪水，我们还继续工作干什么呢？”

“如果你非要走，就走吧。”范妮说。

离开的只有琼一个人，但整整一下午，我们全部战战兢兢。要是双手不停发抖，做起缝纫活儿可就难了。

很难说清楚到底出了什么事，但日子一天天过去，我们也开始摸出了一些头绪。很显然，伯恩先生在股市里投资了一大笔钱，现在全泡汤了。定做新衣的订单日渐减少，人们开始自己补衣服——毕竟，这是笔很容易省的开支。

伯恩太太变得更加心神恍惚了。我们不再一起吃晚餐，她把晚餐端上楼去，在厨房台面上留一只干巴巴的鸡腿，要么留一碗烂乎乎的冷肉，还吩咐我吃完务必清洗盘碟。感恩节也跟平日没什么两样。我倒不觉得有什么不妥，反正我们一家子爱尔兰人也从不庆祝这个节日；但其他姑娘一整天都在小声嘀咕：哪个基督徒、哪个美国人不在感恩节放假回家过节？

也许是因为别的出路都暗淡无光，我开始喜欢上了缝纫室。我盼着每天见到那些人：好心的范妮，单纯的柏妮丝，不爱讲话的莎莉和琼（只有玛丽例外，她依然视我为死敌）。我也喜欢上了这份工作。我的十指越来越灵活有力，以前一个多小时才能做完的活儿现在只用几分钟。以前我还有点害怕新针法和新花样，眼下却来者不拒：无论打细褶也好，缝亮片也好，缝制精致的蕾丝花边也好。

其他人看得出我在进步，开始把更多的活儿交给我。无须开口直说，范妮就接替了玛丽来指导我。“仔细点儿，亲爱的。”她轻轻抚摸着我做的针线活儿，说道，“慢慢来，让针脚又细又平。记住，这件衣服总会穿在某个姑娘身上，也许穿了一次又一次，一直到它再也穿不了。不管是贫是富，哪个姑娘不希望打扮得漂漂亮亮呢。”

自从来到明尼苏达州，人们就一直为即将到来的严寒向我敲警钟，眼下我开始感受到它是多么厉害了。金瓦拉终年阴雨，爱尔兰的冬天又冷又湿，纽约则会一连数月凄冷泥泞、灰蒙蒙的，但没有哪个地方比得过这里。目前我们已经遭遇过两场暴风雪。气温越来越低，做针线活儿时我的手指僵得够呛，不得不停下来揉一揉，才能继续干活儿。我发现其他女人都戴着露指手套，于是打听了一下这些手套的来历。她们告诉我，手套是自己织的。

我不会织毛线，妈妈从没教过我。我只知道，我冰冷僵硬的双手太需要一双手套了。

还有几天到圣诞节时，伯恩太太宣布：圣诞节当天，也就是星期三，放一天无薪假，她和伯恩先生要出城访亲。伯恩太太没有叫上我。平安夜那天，干完一天的活儿后，范妮塞给我一个牛皮纸小包裹。“待会儿再打开，”她悄声说，“就说这是你从家里带来的。”我把包裹放进口袋，费力地穿过齐膝的积雪，躲进厕所里。在昏暗的光亮中，伴着从墙上、门上的缝隙呼啸而入的寒风，我打开了包裹。包里是一双露指手套，用深蓝色毛线密密织成，还有一双棕色厚羊毛手套。我戴上羊毛手套，发现范妮用厚厚的羊毛做了内衬，又在拇指顶端和其他手指上加了厚垫。

跟列车上的“德国仔”和卡迈恩一样，这群女人似乎成了我的家人。我仿佛畜棚场里依偎在奶牛身旁、被遗弃的小马驹，也许我渴望的仅仅是一种归属感，一种温暖。如果伯恩夫妇无法给我这种归属感，那我会在缝纫室的女人们身上找到，无论那份暖意多么残缺、多么虚妄。

到了一月份，我瘦得太厉害，自己新做的裙子都大得穿不了。伯恩先生偶尔露面一次，几乎见不到人。我们的活儿越来越少了。范妮教我编织，其他姑娘则把私活儿带到缝纫室来，免得闲得发慌。五点刚下班暖气就关了，七点灯也熄了。我一夜又一夜毫无睡意地躺在垫子上，在黑暗中瑟瑟发抖，聆听着窗外肆虐的暴风雪，它的嘶吼似乎永无止境。我寻思着“德国仔”的处境：他正在牲口棚里跟牲畜同住，只靠猪食果腹吗——希望他别冻着。

二月初的一天，出乎大家的意料，伯恩太太默默地来到了缝纫室。她似乎已经不再梳洗收拾，整个星期穿着同一件衣服，上衣脏兮兮的，头发稀稀拉拉、腻得起油，嘴唇生疮。

她把身穿胜家衣服的莎莉叫到了大厅里。几分钟后，莎莉红着眼眶回屋，一声不吭地收拾起了东西。

几个星期后，伯恩太太又来找柏妮丝。她们去了大厅，随后柏妮丝也回来拿东西走了。

在那之后，缝纫室里只剩下范妮、玛丽和我。

三月底一个刮风的下午，伯恩太太又来缝纫室找玛丽。尽管玛丽对我百般苛刻，尽管有过种种不愉快，我还是为她感到难过。她慢吞吞地收拾好东西，戴上帽子，穿上大衣。她望望我和范妮，朝我们点点头，我们也朝她点点头。“愿主保佑你，孩子。”范妮说。

玛丽和伯恩太太离开房间后，我和范妮紧盯着房门，竖起耳朵想要听清大厅里隐约的低语。范妮说：“老天爷啊，我年纪太老了，可经不起这种事。”

一个星期后，门铃响了。我和范妮对视了一眼。真是怪事：这门铃从来没有响过。

伯恩太太窸窸窣窣地从楼上赶下来，打开沉重的门锁，又打开嘎吱作响的房门。我们听见她跟一个男人在大厅里讲话。

缝纫室的门开了，把我吓了一跳。一个体格魁梧的男人走了进来，身穿灰西服，头戴黑毡帽，蓄着黑色的胡髭，下巴长得活像条短腿猎犬。

“是这个女孩吗？”他伸出粗壮的手指指着我。

伯恩太太点了点头。

来客摘下帽子放在门边的小桌上，从外套的前胸口袋里掏出一副眼镜，低低地架在他的蒜头鼻上。他从另一个口袋里取出一张折好的纸，用一只手翻开。“瞧瞧，妮芙·鲍尔。”他把“妮芙”念成了“内芙”。他从眼镜上方瞥了瞥伯恩太太，“你把她的名字改成了多萝西？”

“我们觉得她应该起个美国名字。”伯恩太太从嗓子眼儿里挤出一声笑，“当然了，不是正式的。”她补上一句。

“姓氏没有改。”

“当然没有。”

“没打算收养她？”

“天哪，当然没有。”

他的目光越过眼镜落在我身上，又落在那张纸上。壁炉上方的时钟大声地嘀嘀嗒嗒。他把纸叠好放回口袋里。

“多萝西，我是索伦森先生，是儿童援助协会在本地的代理人，负责安置‘孤儿列车’上无家可归的孩子。通常来说，安置都进行得很顺利，大家也都满意。但很遗憾的是……”他摘下眼镜放进前胸口袋，“有时候也会有些不顺。”他望着伯恩太太，我发现她的米色丝袜有一处抽丝，眼影也花了。“所以我们必须重新找地方安置。”索伦森先生清清嗓子，“你明白我的意思吗？”

我点点头，尽管我并不确定自己真的明白。

“很好。赫明福德有对夫妇……嗯，其实是赫明福德镇外的一家农场里……想要一个你这种年龄的女孩。那一家有父亲、母亲和四个孩子，那对夫妇的名字叫威尔玛·格罗特和杰拉德·格罗特。”

我扭头向伯恩太太望去，她正凝视着不远处的某个地方。尽管她从未对我格外和善，但她竟然要抛弃我，还是让我大吃一惊。“你不要我了？”

索伦森先生的目光在我们两人身上徘徊：“情况很复杂。”

就在我们说话时，伯恩太太飘然走到窗边，拉开蕾丝窗帘远眺大街，远眺着乳白的天空。

“我相信你一定已经听说了，目前日子不好过。”索伦森先生接着说，“不仅是伯恩家，很多人家的处境都很艰难。而且……嗯，他们的生意也受了影响。”

正在这时，伯恩太太突然放下窗帘转过身。“她吃得太多了！”她大喊道，“我不得不给冰箱上锁！再多也不够她吃！”她伸手掩住面孔，一溜烟奔过我们身旁，穿过走廊，跑上楼梯，砰地狠狠甩上门。

我们沉默了一会儿，范妮说道：“那女人居然好意思说这种话。

这姑娘已经瘦成皮包骨了。”她又说，“他们甚至从来没有送她去上学。”

索伦森先生清了清嗓子。“嗯，也许这样对大家都好。”他的目光再次落到我身上，“我听说格罗特夫妇是好心的庄稼人。”

“四个孩子？”我说，“他们干吗还想要一个？”

“据我认为……也许不一定对，我还没有见过他们，因此都是些传闻，知道吧。但我听说格罗特夫人又怀孕了，她想找个人帮着带孩子。”

我斟酌着，想起了卡迈恩，想起了梅茜，想起了双胞胎兄弟——他们坐在伊丽莎白街那张摇摇欲坠的餐桌旁，耐心地等待着苹果泥。我的脑海里浮现出一幢带有黑色百叶窗的白色农舍，屋后有红色的谷仓，有着篱笆栏，鸡舍里养着一群鸡。还有什么比上锁的冰箱和走廊里的垫子更糟的呢？“他们什么时候要我过去？”

“我现在就送你过去。”

索伦森先生给我几分钟收拾行李，然后出门去找他的汽车。我从走廊的壁橱深处取出我的棕色行李箱，范妮站在缝纫室门口，望着我收拾行李。我叠好自己做的三套裙子，包括还没有完工的蓝色条纹布料的那条，又带上从儿童援助协会带来的衣服，连同两件新毛衣、灯芯绒裙子，还有范妮送我的两双手套。我正要扔下那件难看的芥末色大衣，范妮却劝我把它收起来。镇外那些农场比镇子里还冷呢，她说。

收拾完以后，我们回到缝纫室，范妮找出一把小剪刀、黑白两色线轴各一个、一个针垫、一些别针，还有一小包玻璃纸包好的缝衣针。她又为我那条没有完工的裙子找了一板乳白色纽扣，然后把所有东西用棉布包好，塞到了行李箱上方。

“你把这些都给我，不会惹什么麻烦吧？”我问她。

“哼，我压根儿不在乎。”

我没有跟伯恩夫妇道别：天知道伯恩先生在哪儿，伯恩太太则连楼都没有下。但范妮给了我一个久久的拥抱，用冰凉娇小的双手捧着我的脸颊。“你是个好姑娘，妮芙。”她说，“任何人说你坏话都别理。”

索伦森先生的车是辆深绿色的克莱斯勒卡车，停在车道上那辆A型车后。他帮我拉开副驾驶座一侧的车门，然后绕回驾驶座。车里有股香烟和苹果味。索伦森先生把车倒出车道，向左驶去，驶向了镇外。我还从来没有去过这个方向。汽车穿过榆树街，在尽头处右转驶上一条安静的街道，街上的房屋离人行道颇有一段距离。卡车开到一个十字路口，又拐上一条又长又平的马路，马路两侧是片片农田。

我望着车窗外单调乏味的田野：褐色的奶牛挤在一起，伸长脖子望着卡车呼啸而过。马儿吃着青草，远处几辆农用机器看上去像是没人要的玩具。正前方的天际线平坦而低矮，天空仿佛一汪浑水，黑色的鸟儿流星般划破天际。

一路上，我几乎有点同情索伦森先生了。我能感觉到他心情沉重。当初接下儿童援助协会代理人职位时，他可能没有想到会是这种情形。他不停问我车里温度合不合适，我坐得舒不舒服。当听说我对明尼苏达州几乎一无所知时，他马上一股脑儿向我介绍起来：它如何在七十多年前成为一个州，现在则是美国第十二大州；它的名字源于一个达科他印第安语“天色之水”[①]；它拥有数以千计的湖泊，各种各样的鱼类，比如碧古鱼、鲇鱼、大口黑鲈、虹鳟鱼、鲈鱼和梭鱼。明尼苏达州是密西西比河的源头，你知道吗？再说，这些农田生产了整个国家的口粮，他边说边指着窗外。你看，那就是粮食，出口量最大的产品，打谷机经过一个个农场，乡邻们聚在一起把粮食捆成垛。那边还有甜菜、甜玉米和豌豆。看到远处的矮房屋了吗？那是火鸡场。明尼苏达州是美国火鸡产量最高的地方，没有明尼苏达州，上哪儿去过感恩节呢。要是说起打猎，那就更加说不完了。这儿有野鸡、鹌鹑、松鸡、白尾鹿，要什么有什么，简直是个狩猎天堂。

我听着索伦森先生的话，边听边礼貌地点头，却难以集中心神。我感觉自己正一步步躲进内心深处。明知自己无人怜爱，无人关怀，永远是个局外人——这是种多么悲惨的童年。我感觉自己比实际年龄苍老十岁。我懂的事太多，见过人们最卑劣、最绝望、最自私的一面，而这一切让我变得小心翼翼。于是我学着伪装，学着微笑与点头，学着在毫无触动时佯装感同身受。我学习装模作样，装作与众人一般无二，即便心中早已支离破碎。

① 明尼苏达州是美国第32个州，于1858年5月11日加入联邦。明尼苏达州的名字来自于当地印第安人中的达科他人对明尼苏达河的称呼，minnesota，意思是“天色之水”。明尼苏达州是美国中西部最大的一个州，属于上中西部地区。明尼苏达州最重要的城市地区是由明尼阿波利斯和圣保罗组成的双城地区，这两座城市以及它们周围的城区里的居民占明尼苏达州总居民数的一半以上。

明尼苏达州，赫明福德县，1930年

大约过了半小时，索伦森先生把车驶上一条窄窄的泥路，四溅的尘土扑上风挡玻璃和侧窗。我们又经过田野和光秃秃的白桦林，越过一座破旧不堪的廊桥，桥下是幽暗的小溪，水面还有片片浮冰。卡车驶上一条崎岖不平的泥路，两侧都是松树。索伦森先生手里拿着张卡片，看上去像是路线图。他减速停下车，张望着身后的小桥，又隔着灰蒙蒙的风挡玻璃远眺前方的树丛。“见鬼了，连个路标都没有。”他小声抱怨着，脚踩着踏板，一点点地往前挪。

我指指窗外：那里有根棍子系了块褪色的红布，还有个杂草丛生的地方，看上去像条车道。

“一定是这里了。”他说。

卡车驶下车道，茂密的树杈从车身两侧剐过。开了大约五十码，前方出现了一栋小木屋（更确切地说，是间小棚子），没有漆过，塌陷的前廊里堆满了垃圾。屋子门口有块没长草的空地，一个幼童正在一条黑狗身上爬，黑狗的毛乱蓬蓬的。一个六岁左右的小男孩在用棍子捅泥土，他的头发短得厉害，瘦骨嶙峋地像个干瘪的小老头。天气这么冷，

两个小孩却都光着脚。

索伦森先生把车停在这块小小的空地上，尽量离两个小孩远一些。他走出卡车，我也下了车。

“你好啊，孩子。”他说。

男孩瞪眼望着他，没有接话。

“你妈妈在家吗？”

“你是谁？”男孩说。

索伦森先生笑了：“你妈妈有没有告诉你，你会添个新姐姐？”

“没有。”

“好吧，她应该在等我们，快去告诉她我们到了。”

男孩用木棍捅捅泥地：“她在睡觉，我才不去吵她呢。”

“去叫她起来，说不定她忘了我们要来。”

男孩用棍子在泥地上画了个圈。

“告诉她，是儿童援助协会的索伦森先生来了。”

他摇摇头：“我可不想挨鞭子。”

“她不会打你的，孩子！你妈妈知道我来一定会很开心。”

这小孩肯定是不会去了。索伦森先生搓搓手，示意我跟上，然后小心翼翼地走上嘎吱作响的台阶，向门廊走去。我看得出，他挺担心屋里会是什么情形，我也一样。

他大声敲了敲门，谁知房门一推就开了，门把手所在的位置是个洞。他踏进了一片黑暗中，带着我往前走。

起居室里空荡荡的，闻上去像个洞穴。地上铺着粗木板，有些地方可以清楚地看到地板下的地面。屋里有三扇脏兮兮的窗户，其中一扇的右上角裂了个参差不齐的大洞，另一扇上布满了裂纹。两把布面椅积满灰尘，填料从裂开的缝隙中冒了出来，布面椅与一张磨破的金色沙发中间摆着一个木箱。最左边是条漆黑的走廊，正前方敞开的门后则是一间厨房。

“格罗特太太？有人吗？”索伦森先生抬起头，却没有人答话，“我可不会去卧室找她，绝对不会。”索伦森先生嘟囔道，“格罗特太太？”他又提高声音喊了一句。

随着一阵轻轻的脚步声，大厅里出现了一个三岁左右的小女孩，身穿脏兮兮的粉色裙子。

“嘿，你好啊，小姑娘！”索伦森先生蹲下说道，“你妈妈在吗？”

“我们在睡觉觉。”

“你哥哥告诉我了。她还在睡吗？”

这时走廊里传来一个刺耳的嗓音，把索伦森先生和我吓了一跳：“你们想干吗？”

索伦森先生慢吞吞地站起身。黑暗中走出一个脸色苍白的女人，有着棕色长发，双眼浮肿，嘴唇干裂，身上的睡衣非常薄，我能透过睡衣看见黑色的乳晕。

小丫头像只猫咪般悄悄溜了过去，抱住女人的腿。

“我是儿童援助协会的切斯特·索伦森，您一定是格罗特夫人吧。很抱歉打扰您，但他们告诉我，您知道我要过来。您是想要个女孩，对吧？”

那女人揉揉眼睛：“今天是星期几？”

“今天是星期五，四月四号，女士。”

她咳嗽一声，又弯下腰，掩住嘴咳起来。

“您要坐下吗？”索伦森先生走过去，搀着她的手肘，扶她坐上椅子，“嗯，格罗特先生在家吗？”

那女人摇摇头。

“他快回来了吗？”

她耸耸肩膀。

“那他几点钟下班？”索伦森先生追问道。

“他不上班，饲料店的工作上个星期就不干了。”她环顾四周，仿佛在找什么。她说：“过来，梅布尔。”小女孩悄无声息地溜过去，眼睛一直盯在我们身上。“去看看小杰拉德是不是还好。哈罗德又去哪里了？”女人说。

“是门口那个男孩吗？”索伦森先生问道。

“他在照看宝宝吗？我叫他看着的。”

“他们两个都在外面。”他说。尽管他的语气不露声色，但我能听出索伦森先生并不赞同。

格罗特夫人咬着嘴唇。她还没有跟我搭过话，甚至连望也没有望我一眼。“我只是太累了。”她似乎在自言自语。

“是的，我想一定是这样，女士。”索伦森先生明显急着离开，“我猜这就是为什么您想要这个无父无母的孩子。她叫多萝西，资料上写明了她有照看小孩的经验，应该能帮上您的忙。”

她心烦意乱地点点头。“他们睡觉的时候我才能睡，”她喃喃说道，“只有这种时候，我才能休息一会儿。”

“必定如此 。”

格罗特夫人伸出双手掩住面孔，接着把乱糟糟的长发拨到耳后，朝我扬起下颌：“这就是那个女孩？”

“是的，夫人。她名叫多萝西，即将成为您家的一分子，由您照顾，同时也会给您帮忙。”

她的目光落在我的脸上，眼神却一片空洞：“多大年纪？”

“九岁。”

“我的孩子够多了，我需要一个帮手。”

“这也是其中一方面。”索伦森先生说，“您为多萝西提供食宿，确保她能上学，而她负责做家务琐事作为回报。”他从口袋里掏出眼镜和一张纸，戴上眼镜，歪歪头望着纸条，“四英里外有所学校，离这儿四分之三英里的地方有条驿道，她可以在那儿搭车去上学。”他摘下眼镜，“按规定，多萝西必须上学。格罗特夫人，您同意遵守吗？”

她叠起了双臂。有那么一会儿，看上去她似乎要开口拒绝。也许，我终于不用待在这里了！

这时吱呀一声，前门开了。我们转过身，望见一个满头黑发的瘦高个男人。他穿着格纹衬衣，挽起了衣袖，配着脏兮兮的工装裤。“小姑娘会去上学的。不管她想不想去，我保证。”

索伦森先生大步流星走过去，伸出一只手：“您一定是杰拉德·格罗特。我是切斯特·索伦森，这是多萝西。”

“很高兴见到你。”格罗特先生握紧索伦森先生的手，遥遥地冲我点点头，“她会没事的 。”

“那太好了。”索伦森先生显然如释重负，“那我们把手续办一下。”

有些文件需要签署，不过不多。几分钟后，索伦森先生就把我的行李从车里取出来，然后开车离开了。我透过裂了缝的前窗玻璃远眺着他的背影，小宝宝内蒂在我背上呜咽不停。

明尼苏达州，赫明福德县，1930年

“我要在哪儿睡？”天色黑了下来，我问格罗特先生。

格罗特先生望着我，双手叉着腰，仿佛还没有考虑过这个问题。他指指门廊。“那边有间卧室，”他说，“如果你不想和别人一起睡的话，也可以在这张沙发上睡。我们没那么多臭讲究，大家都知道，我自己就常在沙发上打盹。”

卧室地板上摆着三张没铺床单的旧床垫，不过是区区一层单薄的弹簧。梅布尔、小杰拉德和哈罗德在上面爬来爬去，争抢一条破毛毯和三床旧被子。我不想在这儿睡，但总比跟格罗特先生一起睡沙发强。半夜里，总有一两个孩子蜷进我的臂弯或贴紧我的后背，他们闻上去有股泥土味和酸味，仿佛野生动物。

绝望笼罩着这个家。格罗特太太根本不想要这么多孩子，她和格罗特先生也从未用心照顾过他们。她一天到晚蒙头大睡，孩子们就在床上来来去去。那间屋子敞开的窗户上钉了张牛皮纸，把房间遮得暗无天日，活像地底洞穴。孩子们一心渴求温暖，纷纷钻到她身旁。有时她任由他们黏着她，有时却把他们赶下床。每当被妈妈赶下床，孩子们的哀

号就好似针一般刺进我的耳朵。

房间里没有自来水，没有电，也没有管道。格罗特一家用的是煤气灯和蜡烛。后院有个水泵和厕所，门廊上堆满了木垛。壁炉里烧着潮湿的木头，只能微微冒点热气，却害得整间屋烟雾缭绕。

格罗特太太几乎没有正眼看过我。她会把某个孩子打发出来吃东西，不然就叫我去给她冲杯咖啡。她让我心里很紧张。我一一遵照她的吩咐，尽量离她远些。孩子们则问东问西，努力接纳我。只有两岁的小杰拉德跟大家不一样，他立刻和我亲近起来，小狗般跟着我。

我问格罗特先生是怎么找到我的，他说他在城里见到一张传单，上面写的是：无家可归的孤儿寻去处。威尔玛不肯起床，他根本束手无策。

我有种被人抛弃、被人遗忘的感觉，仿佛遭遇了比过去更加悲惨的厄运。

格罗特先生说，不到万不得已，他绝不会再去找工作。他打算靠天吃饭。他在林间出生长大，他只熟悉这种生活。或者换句话说，只愿意熟悉这种生活。这栋房子是他亲手盖的，他的目标就是完全自给自足，他说。他后院养着一头老山羊、一头骡子和几只鸡。他可以上山打猎，去树林里摘果子，种点粮食，再加上鸡蛋和山羊奶，足够养活一家人了。实在不行的话，他还可以把东西拿到镇上去卖。

格罗特先生每天要奔走好几英里，因此身材精悍而瘦削。活像个印第安人，他说。他有辆车，不过早就坏了，锈迹斑斑的，扔在屋后。由于没钱修车，他不管去哪里都走路，有时也会骑那头老骡子。据格罗特先生说，一辆开往屠宰场的卡车几个月前在路上抛了锚，结果那头老骡子瞎跑到这儿来了。格罗特先生的指甲缝里满是污垢，里面混着机油、泥土、动物的血迹，还有些说不上来的玩意儿。那污垢嵌得太深，洗都洗不掉。自始至终，除了那条工装裤，我从没见过他穿其他的长裤。

格罗特先生根本不相信政府的规定。说实话，他压根儿就不相信政府。他这辈子从来没有上过学，也看不出上学有什么用。但他会送我去上学，免得政府来烦他。

星期一，也就是我来到这里的第三天，在一片夜色之中，格罗特先生猛晃我的肩膀把我叫醒，好让我收拾收拾去上学。屋里冷得很，我能看见自己呼出的白雾。我穿上新裙子，在上面套了两件毛衣，戴上范妮送我的连指手套，又穿上从纽约带来的厚长筒袜和笨重的黑鞋。

我跑到水泵旁，用罐子装了些冷水，进屋放在炉子上加热，把热水倒进一个锡盆，拿了块破布擦了擦脸、脖子、指甲。厨房里有块旧镜子，上面满是黑斑和锈迹，破得几乎照不出人影。我用手拢拢没洗的头发，分成两股紧紧地扎成辫子，辫尾再扎上范妮送我的棉线。梳洗完毕后，我认真端详着镜中的自己。在没洗澡的情况下，收拾得再干净也只能这样了。镜中的我脸色苍白，神情严肃。

早餐我几乎没怎么吃，只吃了点羊奶做的野稻布丁，还有格罗特先生昨天采来的枫树糖浆。今天白天可以离开这间漆黑难闻的小屋了，我简直感觉松了一口气，不禁抱起哈罗德转圈圈，跟小杰拉德开玩笑，又把我的野稻布丁分给梅布尔吃——小姑娘才刚刚开始正视我的目光。格罗特先生拿着小刀在泥地上给我画了张地图：从车道出去，从你进来的地方左转，一直走到三岔路口，然后穿过那边的一座桥，一直向前走到乡村公路，大概半个小时吧。

他没有把午餐给我，我也没有要，只是偷偷地把昨天做晚饭时煮的两个鸡蛋塞进了外套口袋。索伦森先生给了我一张字条，上面写着，某位波斯特先生会开车送孩子们去上学。他会在早上八点半抵达那个拐角，下午四点半送我回来。现在是七点四十分，但我已经准备出发了：在街角等车总比误车强。

我蹦跳着跑过车道，急匆匆地上了路，在小桥上流连了片刻，俯视着水中倒映的天光。黑漆漆的水面上，天空的倒影仿若倾泻的水银。岩石周围泛起万千白色的浪花，树枝上寒冰闪耀，霜花在枯草上结成一张熠熠发光的网。常青树上覆盖着昨夜落下的小雪，就像一片圣诞树林。来到这里后第一次，我被它的美打动了。

车的踪影还没有见到，耳边先传来了隆隆的车声。伴随着刺耳的刹车声，汽车在离我大约二十码的地方停了下来，我只好沿路跑回去上了车。一个头戴褐色帽子的圆脸男人探出头："快上来，亲爱的，没时间磨磨蹭蹭啊。"

卡车后厢顶上盖着一张油布，我爬进车厢，里面放了两根平平的木板，权当座位。角落里有一堆马毯，四个小孩坐在那儿，用马毯裹住肩膀和双腿，帆布的反光给他们染上了一抹微黄。其中两个小孩看上去跟我差不多大。卡车一路颠簸着往前开，我用戴着连指手套的手紧紧地抓住长凳，免得在遇到坑坑洼洼时一头栽到地上。途中，卡车又停了两次去接学生。车厢原本刚好容得下六个人，这下我们八个人紧巴巴地挤在了一起。尽管我们在长凳上挤得慌，但挤来挤去倒是挺暖和。没有人讲话。卡车向前开着，寒风从油布的缝隙里嗖嗖地往里钻。

驶出几英里后，随着刹车嘎吱尖叫，卡车转个弯开上一条陡峭的车道，然后慢慢停了下来。我们从车厢里跳下来，排好队向学校走去。校舍是一幢带有护墙板的小房子，门口挂着一个铃铛。一个年轻女子站在校舍门口，身穿浅蓝色的裙子，围着淡紫色的围巾。她有张美丽、生动的面孔，棕色的大眼睛，满面笑容，光亮的棕发用一条白色缎带扎成马尾。

“欢迎啊，孩子们，跟平时一样排队进来吧。”她的声音洪亮又清晰，“早上好，迈克尔……伯莎……达琳，”她叫着孩子们的名字，逐一跟他们打招呼。当我站到她面前的时候，她说：“嗯……我还没有见过你，但有人告诉我你要来上课。我是拉森小姐，你一定是……”

我们两人几乎同时开口，不过我说的是“妮芙”，她说的是“多萝西”。拉森小姐看见我的表情，说道：“是我弄错了吗？还是你有个小名？”

“不是的，夫人，只是……”我感觉脸颊发烫。

“怎么啦？”

“我以前叫妮芙，有时候我都忘了自己叫什么。在新家里没有人叫过我的名字。”

“那好，如果你愿意的话，我可以叫你妮芙。”

“没关系，就叫我多萝西好了。”

她微微一笑，端详着我。“那就听你的。露西・格林？”她对我身后的女孩说，“请带多萝西去她的课桌，好吗？”

我跟着露西，来到一个装了几排衣服挂钩的地方，把大衣挂到钩子上，接着走进了一间宽敞明亮的大屋。屋里弥漫着柴火烟和粉笔的味道，还有个油炉、一张讲桌、几排长凳和座位，东面和南面的墙上是两块黑板，黑板上方贴着字母表和乘法表。另外两面墙上全是大大的玻璃窗。头顶的电灯洒下明亮的光，矮矮的架子上摆满了书籍。

等到所有人都坐好，拉森小姐把一根细绳上的拉环往下一拽，一幅彩色的世界地图出现在墙上。她叫我过去，把爱尔兰在地图上指出来。我仔仔细细地找着，找到了戈尔韦郡，甚至找到了市中心。地图上没有金瓦拉这个小村，但我摸了摸它所在的位置——就在蜿蜒的西海岸线上，戈尔韦郡的正下方。那是纽约，这是芝加哥，还有明尼阿波利斯。地图上也找不到赫明福德县。

连我在内，班上共有二十三个学生，年龄从六到十六岁不等，大多数来自本地的农场或农家，在这里学习读写。我们闻起来都有股身上没洗干净的味道，尤其是那些已经到了青春期的大孩子。拉森小姐告诉我，学校的厕所里有毛巾，几块肥皂和一盒小苏打，如果想梳洗的话可以用。

跟我讲话时，拉森小姐总是弯下腰望着我的眼睛。问我话的时候，她会等我回答。她身上有股柠檬和香草的味道，而且她似乎拿我当个聪明孩子看待。在我做完阅读水平测试以后，她从讲桌旁的架子里取了一本书给我。那是一册印着黑色小字的精装书，里面一张插图也没有，书名叫《绿山墙的安妮》。她告诉我，等我读完全书，她会让我谈谈读后感。

有这么一大帮孩子，你觉得这个班一定会乱成一团糟吧？但拉森小姐罕少大声训话。校车司机波斯特先生会砍柴火，烧炉子，打扫前门的落叶，还会修车。他也给我们上数学课，一直教到几何学。不过他说他从来没有学过几何，因为当年正闹蝗灾，他不得不去农场帮忙。

课间休息时分，露西叫我跟她们一起玩各种游戏：扔球啦，快快跑啦，绕圈唱歌啦。

到四点半走下卡车，在回格罗特家小屋的漫漫长路上，我不由得放慢了脚步。

我还从来没有在别处见过格罗特家吃的东西。天刚破晓，格罗特先生就带着来复枪和棒子出门了。他会带回来松鼠、野火鸡、长胡子的鱼，时不时还会带回来一头白尾鹿。午后时分，他会回到家中，浑身粘满了松胶，大多数时候带回来的是红松鼠，但它们不如大一点的狐松鼠和灰松鼠好。格罗特先生把灰松鼠叫作“毛毛尾巴”。狐松鼠个头很大，有些狐松鼠看上去活像橙色的猫。松鼠们在树林里叽叽喳喳，格罗特先生用两枚硬币互相敲击，哄得松鼠们现身——敲硬币的声音跟松鼠的叫声差不多。格罗特先生告诉我，灰松鼠的肉最多，但也最难找。它们害怕或发怒的时候会发出“切克切克”的声音，他就是循着这种声音找到它们的。

格罗特先生一气呵成地把小动物剥皮，剖开，取出内脏，然后把小小的心脏、肝脏和一块块深红色的肉递给我。我告诉他，我只会做煮卷心菜和羊肉，但他说其实差不多。他教我怎么做烧什锦，也就是把肉丁、洋葱和蔬菜炖成一锅，再加上芥末、生姜和醋。先把肉用油煎一下，然后放进土豆、蔬菜和其他配料。“就是大杂烩，”他说，“手头有什么，就放什么。”

刚开始，我被那令人毛骨悚然的场面给吓坏了：剥了皮的松鼠血肉淋漓，好似拉森小姐书本里的人体解剖图。但饥饿终究战胜了不安。没过多久，我便对炖松鼠习以为常了。

格罗特家屋后是一块菜园，即使正值四月中旬，也还有些根菜可以挖：枯萎了的土豆、番薯、硬皮萝卜和芜菁。格罗特先生把我带到菜园，给我一把鹤嘴锄，教我怎么把蔬菜挖出来，然后在水泵下清洗。但菜园里有些地方尚未解冻，蔬菜很难挖。为了去年夏天种下的那些又老又硬的菜，我们两人冒着寒气挖了约莫四个小时，才挖出一小堆难看的菜。孩子们不时在屋里进进出出，坐在厨房的窗户旁边朝我们张望。谢天谢地，幸好我还有双露指手套。

格罗特先生告诉我他如何在小溪中播种野稻，如何收割粮食。野稻是棕色，口感很硬。在夏末收成以后，他播下种子，来年就能收割了。格罗特先生解释说，野稻是一年生的，也就是说，到了秋天就会枯死。落下的种子来年春天会在水中扎根，接着长出水面，稻苗好似高高的野草一般在水中摇曳。

到了夏天，他会在屋后的空地上种香草——薄荷、迷迭香、百里香等，然后挂在房子里晾干，他说。目前厨房就有一盆薰衣草，在污秽不堪的屋子里显得如此奇特，仿佛垃圾场里的玫瑰。

四月底的一天，在学校里，拉森小姐让我去门廊取些柴火。当我回到教室，全班同学已经站了起来，由露西·格林领头，为我唱起了生日歌。

泪水涌上了我的眼眶："你们怎么知道？"

"资料里写着你的生日嘛。"拉森小姐微笑着递给我一块葡萄干面包，"是我的房东太太亲手做的。"

我望着她，一时难以置信："给我的吗？"

"我跟她说过，班上要新来一个女生，而且她的生日快到了。房东太太喜欢烘焙。"

面包的质地绵密盈润，尝上去有股爱尔兰的滋味。只咬了一口，我便仿佛回到了祖母那间温暖的小屋，回到她那暖意融融的炉灶前。

"九岁到十岁可是一大步啊，"波斯特先生说，"年龄从一位数变成两位数了。接下来九十年，你的年龄可都是两位数啦。"

当天晚上，我在格罗特家取出没吃完的面包，跟他们提起下午的生日派对。格罗特先生哼了一声："庆祝什么生日，太可笑了。我连自己是哪天生的都不知道，他们的生日我当然也不记得。"他冲着他的孩子们摆摆手，"不过，吃面包吧。"

缅因州，斯普鲁斯港，2011年

社工洛丽一边仔细查阅莫莉的档案，一边坐到凳子上："这么说，还有……我来看看……你一月份满了十七岁，所以还有九个月，你就要结束寄养了。到时候你有什么打算吗？"

莫莉耸耸肩膀："没什么打算。"

洛丽往她面前的卷宗上龙飞凤舞地写了几句。她长着一双目光炯炯的圆眼睛和一只尖鼻子，爱管莫莉的闲事，总让莫莉想起雪貂。现在是午餐时间，在学校某间空荡荡的化学教室里，她们坐在实验桌旁——每隔一个星期，到了星期三中午，她们都会见上一次。

"跟锡伯度一家相处有什么问题吗？"

莫莉摇摇头。迪娜基本不跟她搭话，拉尔夫倒是挺和气——一切如常。

洛丽用食指拍拍自己的鼻子："你没戴这玩意儿了。"

"杰克怕我吓到老太太。"她确实是为了杰克把鼻环取掉的，但事实上，她也不急着把它戴回去。莫莉挺喜欢鼻环的某些特质，比如，它让她显得很叛逆。戴好几个耳环远不及鼻环那么朋克风十足，这岛上每个四十出头的离婚女子耳朵上都戴了一排耳环。但鼻环打理起来太费心了。它总有感染的风险，洗脸、化妆时也必须格外小心。说起来，脸上不戴金属环，也算是种解脱。

洛丽慢慢翻阅着卷宗，嘴里说道："已经有二十八个小时的记录了，干得不赖。感觉怎么样?

"还不坏，比我想象中好。"

"这话怎么说？"

莫莉惊讶地发现，自己居然盼着去薇薇安家干活儿。九十一年是漫长的一生，那些盒子里装满了历史，你永远不知道自己会发现什么。比如，那天她们清理了一个盒子，里面装满了二十世纪三十年代的圣诞装饰品，薇薇安自己已经不记得这个盒子了。盒子里有纸板做成的星星和雪花，上面金光银光闪闪发亮，还有装饰精美的玻璃球，红的、绿的、金色的。薇薇安还跟莫莉讲起当初过节时装饰家庭商店的故事，在橱窗里放上一棵真正的松树，树上挂上这些装饰品。

"我喜欢她，她挺酷的。"

"你是指那位'老太太'？"

"没错。"

"嗯，不错啊。"洛丽挤出一丝微笑，像雪貂一样的微笑，"你还剩下二十二个小时要完成，对吧? 好好利用这段经历吧。另外，我希望用不着提醒你：你还在察看期，如果被抓到饮酒、吸毒或其他违法行为，我们只能从头开始。明白吗？"

莫莉差一点就开口说："真该死，你是说我必须把制毒工厂关掉?还得把贴到Facebook上的裸照通通删了？"但她只是镇定地对洛丽笑了笑，说道："明白。"

洛丽从档案中抽出莫莉的成绩单："瞧瞧，你的SAT考了600多分，这学期的平均分是3.8，很不错嘛。"

"这所学校比较好混。"

"才不是呢。"

"没什么大不了。"

"实际上挺了不起的。这分数足以申请大学了，你考虑过吗？"

"没有。"

"为什么？"

去年从班戈高中转学过来的时候，她差点及不了格。在班戈，她根本不愿意做家庭作业。她的寄养父母都是派对动物，每次放学回家，总能看见一屋子酒鬼。在斯普鲁斯港，分心的事情没那么多。迪娜和拉尔夫不沾烟酒，生活也很严谨。杰克有时会来杯啤酒，但也仅此而已。再说，莫莉还发现，自己其实很喜欢学习。

从来没有人跟她谈过上大学的事情，除了上学期生物课拿了个A的时候，学校辅导员漫不经心地向她推荐过护理学校。谁也没有注意到，她的成绩一下子升了上来。

"我不觉得自己是念大学的料。"莫莉说。

"嗯，很显然你就是。"洛丽说，"既然满十八岁你就正式独立了，也许你还是好好研究一下的好。有些很不错的奖学金是专为年满十八岁的寄养青少年设立的。"她说着合上文件夹，"不然的话，你也可以去索姆斯维尔便利店找个站柜台的工作。你自己决定吧。"

“社区服务怎么样了？”吃晚餐时，拉尔夫边问边给自己倒了一大杯牛奶。

“还行。”莫莉说，“那位老太太年纪真的很大，东西非常多。”

“要花五十个小时收拾？”迪娜问。

“不知道。不过我想，就算盒子清理完了，我还能找到别的事情做，那栋房子太大了。”

“没错，我在那家干过活儿，全是些很老的管道。”拉尔夫说，“你见到特瑞了吗？那个管家？”

莫莉点点头：“其实吧，她是杰克的妈妈。”

迪娜一下子来了精神：“等等，你说的是特瑞·加兰特？她是我的高中同学！我还不知道杰克是她的儿子呢。”

“是的呀。”莫莉说。

迪娜挥舞着叉着热狗的叉子，嘴里说道：“呦，真是三十年河东，三十年河西啊！”

莫莉向拉尔夫使个眼色，意思是——“搞什么鬼”？但他只是不动声色地回望莫莉。

“有些人的境遇真是揪心，你知道吗？”迪娜摇着头说，“当初特瑞·加兰特人气多旺啊，还当过返校节女王呢。后来她跟个墨西哥苦力工搞上了。瞧瞧，现在成了个用人。”

“明明是多米尼加人。”莫莉嘟囔道。

“管他呢。那些非法移民全都一个样，不是吗？”

深呼吸，保持冷静，把饭吃完。“你爱怎么说就怎么说吧。”

“我就要这么说。”

“嘿，女士们，行了，行了。”拉尔夫在笑，可惜还是一副苦瓜脸。他知道莫莉很恼火。有时候莫莉发表看法，迪娜会学着真人秀节目《幸存者》里的名言阴阳怪气地说——“部族发话了”。每当这种时候，拉尔夫总会给迪娜找借口：“她没恶意”“她在跟你闹着玩呢”。莫莉让迪娜别这么讲话，迪娜却说：“你得学着别把自己太当回事，小丫头。如果你不能做到自嘲，你的人生将会相当艰辛。”

于是莫莉挤出一个微笑，端起碟子，谢了迪娜做的美食。她说她有很多家庭作业要做，拉尔夫说他会去打扫厨房，迪娜则说，看肥皂剧的时间到了。

“《斯普鲁斯港主妇》，”拉尔夫说，“这片子什么时候上映？”

“也许特瑞·加兰特会出演该片呢。先放一张她头戴宝冠的年鉴照，接着镜头切换到她拖地板的一幕。”迪娜咯咯地笑了，“我肯定会看！”

缅因州，斯普鲁斯港，2011年

这几个星期的美国历史课上，莫莉的班级正在学习瓦班纳基诸部落——由五个操阿尔贡金语[1]的印第安部落组成的联盟，其中包括居住在北大西洋海岸的佩诺布斯科特族。里德先生告诉全班学生，缅因州是全美国唯一一个要求学校必须教授美洲原住民文化和历史的联邦州。学生们已经读过原住民的故事，读过同时期一些针锋相对的观点，去巴尔港的印第安博物馆考察了一趟，现在则要就这一主题写一篇研究报告，报告成绩占期末总成绩的三分之一。

该报告的主题叫作“运输”。过去的瓦班纳基人在经由陆路从一个水域搬到另一个水域时，必须随身带上他们的独木舟和其他所有家当，因此他们不得不谨慎地做出取舍：该带什么，不该带什么。他们学会了轻装上阵。里德先生要求学生们找某人做次采访，母亲也好，父亲也好，祖父母也好，了解此人生命中那些不得不奔赴某段旅程的时刻，不管是一段字面意义上的旅程，还是一段心灵之旅。学生们必须将访谈用

① 阿尔贡金语，一种北美印第安语族，说这种语言的人们漫游在从大西洋边的纽芬兰至特拉华州之间到落基山脉。它与马斯科吉语组被归在大阿尔贡金语语系中。

录音机录下来，进行所谓“口述历史”研究，向访问对象提问、根据录音记下回答，再按时间顺序记录成文。作业单上的问题包括：*当时你选择带些什么和你一起上路？你扔掉了什么？哪些事物至关重要，你从中得到了哪些启示？*

莫莉对这个项目有点兴趣，但她不想采访拉尔夫，更别提迪娜了。

杰克？他太年轻。

特瑞？她肯定不会答应。

社工洛丽？嗨，算了吧。

这么一来，只剩薇薇安了。莫莉已经陆续听说了薇薇安的一些事情：她是被人领养的，在中西部长大，从富裕的养父母手中继承了家族生意，又和她的丈夫一起把生意发展壮大。最后他们把生意转手卖出，赚了一大笔，足以到缅因州的一栋豪宅里养老。最重要的是，薇薇安的年纪真的非常非常大。也许，想在薇薇安的“旅途”中找到波澜起伏的故事不太容易，毕竟幸福安稳的生活哪来什么有趣的故事？但莫莉听说，有钱人也有烦恼。这就得靠她掘宝了，如果她能说服薇薇安接受采访的话。

莫莉自己的童年记忆支离破碎。她记得客厅里那台电视机似乎总是开着，拖车有股烟味、霉味和猫砂味道。她记得妈妈把窗帘拉上，躺在沙发上一支接一支地抽烟，然后再去便利店工作。她记得妈妈不在家时，她到处找东西吃，冰凉的热狗也好，吐司也好，有时即便妈妈在家也是这样。她还记得拖车门口的积雪融化后成了一个大水坑，大得不得了，她不得不从拖车的最上面一级台阶往下跳过水坑，才不会被溅湿。

当然，也有些幸福的回忆。比如和爸爸一起煎鸡蛋，用一把又大又黑的塑料铲把鸡蛋翻过来。“别太快了，莫莉·莫拉斯，”爸爸说，“慢慢来，不然鸡蛋会散。”复活节去圣安妮教堂的时候，他们会挑上一盆盛开的番红花，种在绿色塑料花盆里，裹上一面银色、一面亮黄的箔纸。每年复活节，她和妈妈都会在车道两边的篱笆旁种上番红花，用不了多久，一簇簇白色、紫色、粉色的花束便好似变魔术一样从四月光秃秃的地面破土而出。

她记得，在印第安岛学校念三年级的时候，她了解到“佩诺布斯科特”一词源于“Panawahpskek”一词，意思是部落河流的源头“岩石散布的地方”，也正是他们所住的地方。瓦班纳基的意思是“黎明之地”，因为瓦班纳基人所住的地方能见到美洲大陆的第一缕曙光。在后来成为缅因州的这片土地上，佩诺布斯科特人已经生活了一万一千年，追随着食物按季节迁徙。他们设陷阱猎捕驼鹿、驯鹿、水獭和海狸，用长矛叉起鱼类、蛤蜊和贻贝。正处瀑布上方的印第安岛成了他们的聚集地。

她还了解到一些已经融入美国英语中的印第安语，比如“moose”“pecan”和“squash”，还有佩诺布斯科特人的问候语“kwai kwai”和感谢用语“woliwoni”。她了解到，他们并非生活在帐篷里，而是生活在茅屋里，会用一棵白桦树的树皮制成独木舟，取树皮时整片一起剥下，以免那棵白桦树死掉。她了解到，佩诺布斯科特人现在还在用生长在缅因州湿地里的桦树皮、白菖蒲和深色白蜡木做篮子，老师甚至指导莫莉亲手做了一个小篮子。

她还了解到，她的名字“莫莉·莫拉斯”是跟着一位著名的佩诺布斯科特印第安人取的。这位“莫莉·莫拉斯”在美国宣布独立之前就已出生，在印第安岛上来来去去，一直活到了九十多岁。传说她拥有“m’teoulin”（一种印第安魔法），也就是神灵为造福众生而赋予少数人的力量。爸爸告诉莫莉，拥有神力的人能够解梦，能够救死扶伤，能为猎人指出猎物的方向，能够驱使幽灵御敌。

但直到今年，莫莉才在里德先生的课上学到：1600年，生活在东海岸的瓦班纳基人足有三万多，到了1620年，其中百分之九十已经丧命，几乎全部死于跟移民们打交道：移民们带来了异国疾病、酒精，耗尽了资源，为了争夺领土跟部落展开战争。她刚刚了解到，印第安女人比白种女人享有更多权利与权威，这在那些印第安囚俘故事里有详细描述。相比在同一片土地上耕作的欧洲人，印第安人的技能更高，收成也更多。不，他们并不“原始”；他们的社会网络高度发达。尽管他们被称为野蛮人，但就连著名将军菲利普·谢里登也不得不承认：“我们夺走了他们的故土，夺走了他们的谋生之道，他们正是因此而战，也为此而战。难道不是理所当然吗？”

莫莉一直以为印第安人打的是游击战，剥人头皮，掠人财物，现在才知道：他们曾经尝试与移民们协商，身穿欧式西服、带着善意对国会陈词，可惜遭到的是一次次欺骗与背叛。这让莫莉怒火中烧。

里德先生的教室里有张“莫莉·莫拉斯”像，摄于其即将去世之时。相中人笔直地坐着，戴着高耸的串珠头饰，脖子上围着两枚大大的银饰针，黑黑的脸上布满皱纹，表情十分凌厉。一天放学后，莫莉坐在空荡荡的教室里，盯着那张脸望了很久，寻找着一些问题的答案，虽然她并不知道这些问题该如何问起。

八岁生日那天晚上，妈妈从便利店带回了冰激凌三明治和“Sara Lee”蛋糕。在吹熄一根根粉色条纹小蜡烛时，莫莉紧闭着眼睛，满心期盼地许下了愿望（她记得，当时自己许愿得到一辆粉色自行车，扎着白色和粉色的饰带。对街的女孩前几个月过生日就收到了这么一辆自行车）。吃完蛋糕，许完愿，莫莉坐在沙发上等爸爸回家，妈妈则在一旁来回踱步，不停地重拨爸爸的电话，一边低声嘀咕：“你怎么会忘了独生女儿的生日？”可是爸爸始终没有接电话。过了一会儿，她们只好拉倒，上床睡觉去了。

过了大约一个小时，有人拍拍莫莉的肩膀，把她从梦中叫醒。爸爸坐在床边的椅子上，椅子摇摇摆摆，他手里拿着一个塑料袋，嘴里轻声说：“嘿，莫莉·莫拉斯，你醒了吗？”

她睁开眼睛，眨了眨。

“醒了吗？”他又问了一声，伸手把从跳蚤市场买回来的公主台灯打开。

她点点头。

“把手伸出来。”

爸爸在袋子里摸索了一阵，掏出三张缀有饰品的灰色塑料卡，卡片的其中一面是灰绒，缀着一个小饰品。“小鱼，”他一边说，一边递给她一个蓝绿相间、光泽闪闪的小鱼，“乌鸦，”——他递给她一只白镴小鸟，“小熊。”——这回是一只丁点小的棕色泰迪熊，“本来想送你一只缅因黑熊的，但店里只有这个。”他的口吻听上去满是歉意，“我想给你找一份有意义的生日礼物，而不是像芭比娃娃这种随处可见的玩意儿。我想着，我们两个都是印第安人嘛。你妈妈不是，但我和你是。

我一直都很喜欢印第安象征物。知道什么叫象征物吗？”

莫莉摇摇头。

“就是代表了某种玩意儿的玩意儿。让我来瞧瞧我记得对不对。”他坐在床上，从她手中拿过小鸟卡，翻了过来，“好，这家伙拥有魔力，能够保护你不受恶咒之苦，能够辟邪，那些怪事你可能都意识不到。” 他小心地从卡片上解下饰品，把小鸟放在床头柜上，又拿起了泰迪熊，“这只猛兽则是个守护者。”

莫莉笑了。

“别笑，是真的。看上去可能不太像，但外表常常会欺骗人。这家伙英勇无畏，对需要勇气的人们来说，正是勇气的化身。”他从卡片上取下泰迪熊，在小鸟旁边放下。

“好啦，现在轮到小鱼了。它也许是最棒的一个，因为它能给你抵御他人魔法的力量，是不是很酷？”

她凝神想了想：“那跟恶咒有什么不一样呢？”

爸爸解开小鱼，放在其他饰品旁边，又仔细地把它们排好：“这个问题问得非常棒。你还没怎么睡醒呢，却比大多数毫无睡意的人看得清楚。好吧，我明白它们听上去很相像，但它们的不同点至关重要，所以仔细听好啰。”

莫莉坐直了身子。

“别人的魔法不一定全是恶咒，有可能看上去格外美好，听上去格外动听。有可能是……嗯，有人试图劝你做一些你知道不应该做的事情，比如抽烟。”

“好恶心，我才不会抽呢。”

“那就好。但也有可能是没那么恶心的事情，比如不付钱就拿走便利店里的糖果。”

“可是妈妈在那里上班啊。”

“没错。可就算她不在那儿工作，你也知道偷糖果是不对的，对吗？不过，也许有人魔力高强，非常让人信服。‘哦，来吧，莫莉，不会有人抓住你的。’”他压着嗓子低声说，“‘难道你不喜欢吃糖吗？不想要一点吗？来吧，就这一次？’”他拿起小鱼，学着小鱼的声音斩钉截铁地说，“‘不，我不要！我知道你在打什么主意。你别想对我施魔法，办不到。我马上就会从你身边游走，听到了吗？再见。’”他举着小鱼，用手画了一弯上下起伏的波浪。

他又伸出手在袋子里摸索：“哎呀，不好。我本想给你买条项链把这些坠子挂起来的。”他拍拍莫莉的膝盖，“别担心，下回就是它了。”

两个星期后，在深夜驾车回家的路上，爸爸的汽车失控，他也因此丧生。不到半年，莫莉被送去别处生活，直到多年以后，她才给自己买下了那条项链。

缅因州，斯普鲁斯港，2011年

“运输。”薇薇安皱皱鼻子，“听上去有点像……嗯，怎么说呢……香肠派。”

香肠派？好吧，采访薇薇安这件事可能有点悬。

“扛着我的独木舟从一个水域到另一个水域？哦，亲爱的，我可不怎么擅长打比方，”薇薇安说，“到底是什么意思？”

“嗯，”莫莉说，“我觉得，独木舟代表了你在迁徙途中携带的东西，也就是那些重要事物。至于水域嘛……嗯，我觉得就是你一直想要到达的目的地。这样讲得通吗？”

“说实话，我比刚才更糊涂了。”

莫莉取出问题清单，说道：“我们先开始好了，随后再看情况。”

现在是傍晚时分，天色渐暗，她们坐在客厅的红色靠背椅上。今天的工作已经结束，特瑞也回家了。刚才下了一场瓢泼大雨，眼下窗外的云层镶着一层晶莹剔透的亮边，如同天空中绵延的山脉，洒下万道金光，简直跟儿童版《圣经》的插图差不多。

莫莉摁了摁微型数字录音机的按钮，试试能不能用——这是她从学校图书馆借来的。她深吸一口气，手指拨弄着脖子上的项链。“这些吊坠是爸爸给我的，每一个都代表着不同的含义。乌鸦可以抵御黑魔法，熊能激发勇气，鱼儿意味着拒绝他人的魔法。”

“我从来不知道那些小吊坠另有含义。”薇薇安茫然地伸出手，摸了摸她自己的项链。

莫莉第一次认真端详着那枚白镴吊坠，嘴里问道：“您的项链……也象征着什么吗？”

“嗯，对我来说是的。不过，它可没有什么魔力。”薇薇安微笑着说。

“说不定有呢。”莫莉说，“在我看来，这些魔力都是打比方，对吧？黑魔法代表着把人们引向黑暗面的力量，例如人性自身的贪婪，或者缺乏安全感，因而导致他们做出一些伤天害理的事情。熊所代表的勇士精神不仅保护我们免受他人的伤害，也保护我们不受自身心魔的伤害。他人的魔法，我觉得是指我们的软肋，也正是我们容易误入歧途的地方。因此，我要问你的第一个问题有点怪，你也可以把它当成是打比方。”莫莉望了一眼录音机，深吸了一口气，“好，我们开始了。你相信幽灵或者鬼魂吗？”

“天哪，这个问题还真是不寻常。”薇薇安向窗外望去，一双孱弱而又满是青筋的手握在怀中。有那么一会儿，莫莉以为她不会再回答了。可是紧接着，薇薇安轻声说道：“是的。我相信。我相信鬼魂。”她的声音那么轻，莫莉不得不向前探身才能听清。

“你觉得他们……在我们的生活中出没吗？”

薇薇安用褐色的双眼凝望着莫莉，点了点头。“他们是那些今日流连不去的幽灵，”她说，“那些昔日抛下我们的故人。”

明尼苏达州，赫明福德县，1930年

家里已经没有什么东西可吃了。过去的三天里，格罗特先生天天都从林间空手而归，我们只能吃些鸡蛋和土豆充饥。情况糟透了，格罗特先生决定杀掉一只鸡，还开始打山羊的主意。这些天，他回家的时候都不爱吭声，不和孩子们说话。孩子们嚷嚷着扑向他，抱住他的腿，他却像赶苍蝇一样把他们赶开。

到了第三天晚上，我能感觉到他在审视我。他的脸上有种古怪的表情，好像肚子里正在打什么算盘。他终于开口了："你脖子上是个什么东西？"他打的主意真是再清楚不过了。

"这东西不值钱。"我说。

"看上去像银的，"他的眼神一直盯在我的项链上，"变色了。"

我的心怦怦直跳："是锡的。"

"给我瞧瞧。"

格罗特先生凑近了些，用脏兮兮的手指碰了碰吊坠上那颗凸起的心和紧握的双手："是什么东西？异教符号吗？"

我不知道"异教"是什么意思，但听上去透着邪气，"也许吧。"

“谁给你的？”

“我的祖母。”这是我第一次跟他提起我的家庭，这种感觉让我难受。要是能收回刚才那句话就好了，“这东西对她来说一文不值，当初她正想把它扔了。”

他皱了皱眉头：“看上去确实很怪，说不定卖都卖不掉。”

格罗特先生一天到晚跟我搭话，无论我在拔鸡毛，煎土豆，还是抱着一个孩子坐在客厅的火堆旁。他跟我谈起他的家庭：十六岁时，他哥哥在一场争吵中杀死了他的父亲，于是他离家出走再也没有回去。他就是在那时遇见格罗特太太的，他俩十八岁时哈罗德就出生了。他们直到有了这一屋孩子以后才真正结婚。他只想要捕鱼狩猎，他说，可是他得养活这些孩子。说实话，这些孩子他一个也不想要，而且他怕总有一天被这些孩子逼疯，到时候说不定他真会伤害他们。

时间一天天过去，天气慢慢暖和起来了。格罗特先生开始坐在门廊前削东西，一直待到深夜，身边摆着一瓶威士忌。他总会叫我跟他一起坐，在黑暗中跟我说一些我不想知道的事情。他和格罗特太太已经几乎不说一句话了，他说。她讨厌谈话，但她喜欢做爱。可他不愿意碰她，她懒得把自己收拾干净，身边还总有孩子。他说：“我原本应该娶一个像你这样的姑娘，多萝西。你不会这样缠着我的，对吗？”他喜欢我的红头发。他对我说：“有人说，要想跟自己过不去的话，就找个红发女郎吧。”他吻过的第一个女孩就是满头红发，但那已经是很久以前的事了，他说，在他还年轻帅气的时候。

“是不是挺惊讶？我也曾是翩翩少年呢，你知道的，我现在也不过二十四岁。”

他说，他从未爱过他的妻子。

叫我杰拉德，他说。

我知道格罗特先生不该跟我说这些。我才十岁。

格罗特家的孩子一个个像受伤的小狗般呜咽不停，凑在一起互相慰藉。他们不像普通孩子一样蹦跳着玩耍，倒是整天拖着绿幽幽、黏糊糊的鼻涕，眼睛里汪着两泡眼泪。我像只披着硬甲的甲虫一样在房间里穿行，无论格罗特太太尖酸刻薄的毒舌、哈罗德的怨气，还是小杰拉德的哭叫（这孩子太想要人抱抱他了，恐怕一生也无法心满意足），通通都伤不到我。我眼见着梅布尔变成了一个阴沉沉的女孩，她太清楚这个糟糕的家是如何拖累她、虐待她、抛弃她。我清楚活在这样的家里，孩子们怎么会变成这样，但我难以去爱他们。他们的不幸只会让我更加意识到自己的不幸。我用尽全力保持整洁，保证每天早起出门上学。

一个暴雨倾盆的夜里，我饥肠辘辘地躺在床垫上，身下的弹簧隔着薄薄的套子硌着我，雨水滴在我的脸上。我想起有一次在艾格尼丝·波琳号上，天也下着雨，所有人都晕船不止。为了分散孩子们的注意力，爸爸教我们闭上眼睛，在脑海里描绘出完美的一天。那是三年前的事了，当时我才七岁，但想象中那完美的一天却还历历在目。那是个星期天的下午，我正要去城郊，到祖母那栋舒适的小屋去看望她。我翻过石墙，穿过草地，向祖母家走去，风中的野草仿佛海浪般波涛起伏。我闻见好闻的泥煤烟味，听着乌鸫的吟唱。远远地，我望见祖母家的茅草屋顶，刷成白色的墙壁，一盆盆在窗台上盛放的红色天竺葵。祖母那辆经久耐用的黑色自行车靠在门里，不远处的树篱上挂着一串串深蓝色的黑莓和黑刺李。

走进祖母家，烤箱里正烤着一只鹅，黑白相间的小狗蒙蒂在桌子下等骨头吃。祖父要么拿着自制的鱼竿去河里钓鳟鱼了，要么就去野地里打松鸡或鹧鸪了。就剩下我和祖母两人，一起在家待上好几个小时。

祖母正在做大黄馅饼，用一根大擀面杖来回擀着面团，又往黄色的面团上撒些面粉，摊薄放在馅饼碟里。时不时，她会抽两口阿夫顿香烟，轻烟在她的头顶袅袅不绝。祖母会给我吃一颗圆形糖果，她把糖藏在围裙兜里，跟半打烟屁股放在一块儿，那种滋味我永远也忘不了。黄色香烟盒上印着罗伯特·彭斯的一首诗，祖母喜欢伴着一首古老的爱尔兰曲调唱起它：

可爱的阿夫顿河，请你轻轻流过翠绿的山川；

轻轻地流吧，我来唱首歌把你颂赞。

我坐在一个三条腿的凳子上，听着烤鹅在烤箱里嗞嗞作响。祖母把面团搓成条形，沿着馅饼碟的边缘围上一圈，剩余的便在中央打个十字，再刷上一层搅匀的蛋液，用叉子在面饼上叉些小孔，最后撒上糖霜。等到馅饼进了烤炉，我俩来到被祖母叫作“好地方”的前厅，开始享用只属于我们俩的下午茶：加了好多糖、浓浓的红茶，热乎乎的切片葡萄干面包。祖母从玻璃柜里的玫瑰瓷器中挑出两只茶杯，还有配套的茶碟和小盘子，小心地放在一张上过浆的亚麻餐具垫上。午后的阳光透过窗边的爱尔兰蕾丝窗帘映照着祖母的面孔，让她的轮廓添了几分柔和。

坐在带椅垫的椅子上，我能看见祖母的摇椅前放着木头搁脚凳，上面罩着绣花罩子，还能看见一个小书架，放的大多是祷告书和诗歌。我看见祖母一边倒茶，一边轻声哼唱，看见她有力的双手、温柔的微笑，看见她对我的爱。

此时此刻，躺在这张潮湿酸臭的垫子上辗转反侧，我竭力去想那完美的一天，可惜美好的回忆也勾起了悲凉的思绪。在卧室里呻吟不已的格罗特太太，其实跟我妈妈没什么两样。她们都不堪重负，难以为继，要么天性软弱，要么不知所措，嫁的丈夫都那么固执自私，她们便靠着整天昏睡聊以度日。妈妈指望着我做饭、做清洁，照顾梅茜和双胞胎弟弟，向我倒苦水。当我坚持说情况会好转的时候，她却说我太天真。“你不知道，”她会说，“你根本不知道麻烦在哪儿。”有一次，就在火灾前不久，我听见妈妈蜷在床上哭，黑暗中我进了屋，想要哄哄她。当我伸出手臂抱住她，她却猛地跃起，把我赶开。“你根本就不关心我，”她厉声道，“别装了，你不过是想要你的晚餐吃。”

我不禁往后缩，脸颊像被扇了一耳光一样烫。在那一刻，有些事已经不复原样了。我不再信任她，我对她的哭泣无动于衷。从那以后，她骂我铁石心肠，骂我冷酷无情。也许我的确如此。

六月初，我们通通长了虱子，就连只有几根头发的内蒂也一样。我还记得当初轮船上的虱子。当时妈妈生怕我们染上，每天都会检查每个人的头发。当听说其他船舱里的人长了虱子，她还把我们关起来不准出门。“这是世界上最难治的顽疾。”她告诉我们，她在金瓦拉女子寄宿学校念书的时候，有一回很多人长虱子，每个女孩都被剃光了头。妈妈对她那一头漆黑浓密的长发颇为得意，才不肯再剪掉一次呢。然而那次在船上，我们却依然没能逃过。

杰拉德不停地挠头，我把他的头发拨开，发现里面全是虱子。另外两个孩子的头上也有。沙发、椅子，甚至格罗特太太，这屋里每样东西说不定都爬着虱子。我明白接下来会是什么样的苦日子：休学、剃头、一小时又一小时地干活儿、洗床单……

那一刻，我真想逃走。

格罗特太太跟宝宝一起躺在床上，靠着两个脏枕头，被子一直拉到下巴。我进屋的时候，她就那么盯着我，一双眼睛深深地陷进眼眶。

“孩子们都长了虱子。”

她噘了噘嘴：“你呢？”

“既然他们都得了，我也有可能得。”

她似乎寻思了一会儿，接着说：“是你把虫子带进来的。”

我的脸红了：“不，夫人，我不这么认为。”

“它们总是谁带进来的吧。”她说。

“我觉得……”我开口说道，但实在难以启齿，“我觉得您可能得查一下这张床，也查一下您自己的头发。”

“就是你带来的！”她边说边掀开被子，“你跑到这里来，一副高高在上的样子，好像你比我们谁都强……”

她的睡衣在肚子上皱成一团。我看到她大腿间毛茸茸、黑黝黝的一从，赶紧尴尬地转过身。

“你敢走！”她尖叫起来，一把抓起哇哇大哭的内蒂夹在胳膊下，用另一只手指着床说，“先把床单用开水烫了，然后用梳子给孩子们清理头发。我早就警告过杰拉德，不能把个流浪儿带到家里来，天晓得她去过哪里。”

接下来的五个小时比我想象中更凄凉：我烧了一罐又一罐开水，倒进一个大盆里，同时还得提防着，免得烫伤孩子们；把所有能找到的毯子、床单、衣服放进热水里，用碱皂费力刷洗，再把它们塞进手动绞拧机。我几乎转不动机器的手柄，手臂阵阵疼痛。

格罗特先生回到家，跟待在客厅沙发上的妻子说了会儿话。他们的只言片语飘到了我的耳边：“垃圾”“寄生虫”“肮脏的爱尔兰人”。过了一会儿，格罗特先生走进厨房门，发现我跪在地上，正用力扳动绞拧机的手柄。“上帝啊！”他边说边开始帮忙。

格罗特先生也认为床垫上可能有虱子。他觉得我们只要把床垫拽到门廊上，浇上开水，就能灭虫。“我真有点想也这么收拾那些小孩。”他说。我知道，他这话可不仅仅是玩笑。他拿着刮胡刀飞快地给四个孩子剃了头。尽管我已经用尽全力扶住他们的头，孩子们还是扭来扭去，因此头上到处是刮胡刀留下的划痕和血口子。他们的模样让我想起一战后返家士兵的照片：秃着头，眼神空洞。格罗特先生在每个孩子的头上擦上碱水，小孩们的尖叫哭喊此起彼伏。格罗特太太就坐在沙发上看着。

“威尔玛，轮到你了。”他转身面对着她，手里拿着刮胡刀。

“不。”

“至少让我查一下吧。”

“去查那个女孩，就是她带来的。”格罗特太太扭过头，望着沙发后背。

格罗特先生示意我过去。我解开梳得紧紧的发辫，蹲在他面前，他轻轻地理着我的头发。他的呼吸吹上我的脖子，手指轻抚我的头皮，让我感觉很古怪。过了一会儿，他手里捏到了什么东西。“嗯，你头发里也有虫卵。”

在所有兄弟姐妹中，只有我一个人长着红头发。我曾经问过爸爸，这头红发是从哪里来的，他开玩笑说，一定是生锈了。爸爸的头发就是黑色的——他说是多年辛劳中熏黑的，但他年轻的时候，头发的颜色却更偏赤褐色。他说，跟你的头发不一样，你的头发那么明丽，就像金瓦拉的落日，像秋日的红叶，像戈尔韦郡那家饭店橱窗里的锦鲤。

格罗特先生不愿意把我的头发剃光，他说，那简直是犯罪。他用拳头绕起我的头发，从颈背处一刀削落。一绺绺发丝滑落到地上，他又把我剩下的头发剪到差不多两英寸长。

接下来四天里，我困在这间苦不堪言的屋子中，又是生火又是烧水。孩子们照旧碍手碍脚，哭闹不休。格罗特太太带着长满虱子的头发又躺回潮乎乎的床单和发霉的床垫上。而我对眼前的一切无能为力，毫无办法。

“我们很想你，多萝西！”回学校的那天，拉森小姐对我说，“哇，新发型啊！”

我摸摸头顶上竖起的短发。拉森小姐知道我为什么要剪短头发。当天从校车上下来，我递给她一张便条，便条里写得清清楚楚，但她一个字也没有提。“其实吧，”她说，“你看上去像个摩登女郎。你知道摩登女郎是什么吗？”

我摇摇头。

“就是那些大都市里的姑娘，剪短了头发，出门跳舞，总之随心所欲。”她冲我友好地笑笑，“谁知道，多萝西，说不定将来你就是她们中的一员呢。”

明尼苏达州，赫明福德县，1930年

夏末时分，格罗特先生似乎开始走运了。他把猎物一股脑儿装在麻袋里带回家，然后马上剥皮，挂到屋后的棚子里。他在棚子后面搭了个熏肉炉，熏肉炉一天到晚没歇过，挂满了松鼠、鱼，甚至浣熊。野味的膻香味让我反胃，但总好过饿肚子。

格罗特太太又怀孕了。她说，孩子三月份就会出生。我有点担心，到时候他们会让我帮忙吗？妈妈生梅茜的时候，伊丽莎白街上有不少生过孩子的邻居，我只管看着弟弟们就好。走廊对面的夏茨曼太太和楼下生过七个孩子的克拉斯诺姐妹纷纷来到我家，操持着接生的事，关上了卧室门。爸爸不在家，也许是被她们支出去了。当天深夜，他从酒吧回来，吵醒了邻居们，而我正在客厅玩拍手游戏，背字母表，唱着爸爸曾经引吭高歌的那些曲子。

九月中旬，在我上学的路上，金黄的田野里到处点缀着一捆捆圆滚滚、金灿灿的稻草，要么堆成几何形，要么堆成金字塔形，要么随处乱放。我们从历史课上学到1621年普利茅斯种植园的新移民们，了解到印第安人带到他们餐桌上的野生火鸡、玉米和五头鹿。我们谈起家庭

传统，但格罗特家跟伯恩家一样，根本不管什么节日。有一次，我跟格罗特先生提起感恩节，他说："火鸡有什么大不了？我随时能抓上一只。"但他从来没有捕过火鸡。

格罗特先生变得更冷漠了。他每天天刚亮就出门打猎，晚上剥皮熏肉。在家的时候，他要么冲孩子们大喊大叫，要么干脆躲着他们。有时他会抓着内蒂一直摇晃，直到她再也哭不出声。我甚至不知道他是否还在卧室里睡，我倒经常发现他睡在客厅的沙发上，被子下的身躯仿佛毫无遮掩的老树根。

十一月的一个早晨，我醒来发现身上落了一层细细的霜。昨天夜里一定有场暴风雪，雪花从屋顶和墙壁的裂缝飘进了屋，在床垫上积了起来。我坐起身，四下张望。屋里还有三个小孩，跟绵羊一样挤在一块儿。我起了床，把雪花从头发上抖掉。昨晚我是穿着白天的衣服睡的，但我不愿意让拉森小姐和学校里别的女孩看到我一连两天穿同一件衣服上学，尤其是露西（虽然我注意到，其他孩子才不觉得不换衣服很丢脸呢）。我的手提箱一直敞开着放在屋角，我从里面取出一条裙子和另一件毛衣，飞快地换上。我的衣服没有哪件特别干净，但我依然坚守着这套礼仪。

想到温暖的校舍、拉森小姐友好的微笑，想到可以遁入书本里那些别样的人生、别样的世界，我才有了出门的勇气。到街角的路越来越难走了，每下一场雪，我就得重新辟出一条路。格罗特先生告诉我，再过几个星期大风暴就会来，到时候我可就别想再去上学了。

到了学校，拉森小姐把我带到一旁。她握着我的手，望着我的眼睛问道："家里一切还好吗？多萝西？"

我点点头。

“如果有什么事想要告诉我……”

“没什么，夫人，”我说，“都挺好。”

“你的家庭作业没有交。”

回家根本没有时间，也没有地方读书做作业，而且五点钟太阳落山以后，屋里也没有灯。整间屋只有两个蜡烛头，格罗特太太放了一个在她的卧室里。但我不希望拉森小姐同情我，我不想被另眼相待。

“我会加油。”我说。

“你……”她的手指对着脖子比了比，又放了下来，“是不是不容易收拾干净？”

我耸耸肩，感觉到满脸发烫。脖子。看来以后还要洗得更彻底些。

“家里有自来水吗？”

“没有，夫人。”

她咬咬嘴唇：“好的。如果有事跟我说，你就来找我，听到了吗？”

“我没事，拉森小姐，”我说，“一切都好。”

被小孩们挤下床垫后，我正躺在一堆毯子上熟睡，突然感觉到有只手放在我脸上。我睁开眼睛，发现格罗特先生弯着腰，把一根手指放到唇边，示意我别出声，又做个手势让我跟他走。我摇摇晃晃地站起来，在身上裹了床被子，跟着他到了客厅。淡淡的月光透过云层和脏兮兮的窗户照进来，我看见他坐在金色的沙发上，拍了拍他身旁的垫子。

我把被子裹紧了些。他又拍拍垫子。我走了过去，但没有坐下。

“今晚真冷，”他低声说，“我想找个人陪。”

“你该回卧室去找她。”我说。

“我不想去。”

“我累了，”我说，“我要回去睡了。”

他摇摇头：“今晚你就待在这儿陪我。”

我心里一颤，转身就走。

他伸手一把攥住我的胳膊：“我说了，我要你留下。”

黑暗中，我望着格罗特先生。以前他从未让我害怕，但现在他的声音有些异样，我知道自己必须小心。他嘴角轻挑，露出一抹古怪的微笑。

他扯扯我的被子：“我们可以彼此暖暖嘛。”

我猛地裹紧被子，再次转身想走，谁知道却一跤跌倒，手肘狠狠地磕在坚硬的地板上，面朝下着了地，我感觉到一阵钻心的剧痛。我扭着身子，抬起头想看看怎么回事，却感觉到一只粗糙的手摁住了我的头。我想要挣扎，被子却裹得我动弹不得。

“照我说的做。”我感觉他那胡子拉碴的脸贴上了我的面颊，闻到他那难闻的呼吸。我又扭动着想要挣脱，他一脚踩在我背上，“安静。”

他把一只粗糙的大手伸进了被子，伸进了我的毛衣、我的裙子。我想逃，但我逃不了。他的手在我身上游走，我感觉天旋地转。他的手伸进了我的大腿之间，手指直往里探。他那砂纸般的脸还贴着我的面孔，来回蹭着，呼吸急促起来。

“哦。”他贴着我的耳朵倒吸一口气，像条狗一样趴在我身上，一只手用力地在我身上摩挲，另一只手则解开自己的长裤。听见扣子一个个嗒嗒地解开，我弓起身扭动着想要躲，但被子把我裹得好似落入蛛网的小虫。我看见他的长裤解开褪到了臀下，露出两腿间勃起的阴茎和结实的小腹。我见过院子里的动物交配，我知道他要做什么。但我的双手动弹不得，只能滚来滚去，想把被子蒙在身上。他猛地把它掀开，在我耳边低声说：“放轻松，你喜欢这样，不是吗？”我不禁发出了呜咽。他的两根手指伸进了我的身体，参差不齐的指甲刺破了我的皮肤，我痛得叫出了声。他用另一只手捂住我的嘴，猛地将手指捅得更深，摩挲着我，我像匹马一样嘶吼起来，从喉咙深处发出了狂乱的呼喊。

他抬起身子，把手从我的嘴上拿开。我尖叫了一声，立刻狠狠地挨了一巴掌，被扇得头晕眼花。

正在这时，走廊那头传来了一个声音：“杰拉德？”他呆住了，但片刻后就像只滑溜溜的蜥蜴般利落地放开我，摸索着开始系扣子，从地上站起身。

“上帝啊，你们……”格罗特夫人靠在门框上，一手掩着大腹便便的肚子。

我匆匆穿上内裤，拉好裙子和毛衣，磕磕绊绊地起身，紧紧地把被子裹在身上。

“怎么是她！”她号啕大哭。

“威尔玛，不是你看到的那样……”

“你这个畜生！”她的声音又粗又野。她向我转过身，“还有你……你……我就知道……”她指着门口，“滚。给我滚出去！”

愣了一会儿，我才明白过来她的意思：她要我滚，现在就滚，就在这严寒刺骨的夜半时分。

“别这样，威尔玛，冷静一点。”杰拉德——格罗特先生说道。

“我要那女孩……那个贱货……滚出我家。”

“我们好歹谈一谈吧。”

“我要她滚！”

“好吧，好吧。”他用无神的双眼看着我，我顿时明白：尽管事情已经糟成这样，下一步却只会更糟。我根本不愿意待在这儿，可在外面我怎么活得下去？

格罗特太太的身影消失在走廊里。我听见屋后有个孩子在哭。过了片刻，她拎着我的手提箱回屋，把箱子狠狠地扔过来，手提箱撞在墙上，里面的东西撒了一地。

我的靴子和芥末色大衣还挂在前门旁边的钉子上，大衣口袋里装着范妮送我的宝贝羊毛手套，脚上穿的是唯一一双破袜子。我走到手提箱旁边，把能找到的东西都收起来，打开了门。刺骨的寒风迎面扑来，我的呼吸变成了一道白雾。我把散落的衣服扔在门廊上，开始穿靴子。正在摸索着系鞋带，格罗特先生的声音传了过来：“要是她出了什么事怎么办？”格罗特太太回答道：“如果那个蠢货自己想要逃跑，我们也没有办法，对吧。”

于是我迈步狂奔，抛下的几乎是我在这世上所拥有的一切：我的棕色行李箱、在伯恩家做的三条裙子、露指手套、换洗内衣、深蓝毛衣、书本、铅笔，还有拉森小姐给我的作文练习簿。至少，范妮送我的缝纫包还藏在我的大衣内袋里。我抛下了四个我无力相帮、也并不心爱的孩子，离开了一个堕落肮脏之地，从此永不再受这种苦。而我仅剩的一丝一缕的童年，也就此抛在了那间客厅粗糙的地板上。

明尼苏达州，赫明福德县，1930年

我在严寒中费力地往前走，仿佛正在梦游。走过车道，向左拐弯，吃力地走过布满车辙的泥路，向摇摇欲坠的小桥走去。有时候，我不得不嘎吱嘎吱地踏过一层跟馅饼皮一样厚的冰雪，冰层的尖边割破了我的脚踝。我抬头仰望满天繁星，寒气夺走了我的呼吸。

走出树林来到大道，一轮圆月洒下珍珠般的清辉，照亮了四野。脚下的碎石咯吱作响。透过单薄的鞋底，我能感觉出石子的形状。我摸了摸手套里柔软的羊毛，它是如此温暖，就连我的指尖也不冷。我并不害怕——那间小屋比这月下的道路可怕多了。我的外套很薄，但我把带出来的所有衣服都穿在身上了，一路奔波让我身上发热。我想好了——我要去学校，不过区区四英里而已。

远处的地平线还是黑幽幽的一片，头顶的天空则亮了几分，好似岩石一样层次分明。我已经下定决心去校舍，只是要抬脚走到那里。我踩着碎石稳步走着，边走边数数，数到一百再从头开始。爸爸曾经说过，时不时挑战一下自己的极限，了解一下身体的潜能，了解一下你能承受多少，对人是有好处的。他说这话的时候，我们正在艾格尼丝·波琳

号上忍受疾病的折磨；另外一次则是刚到纽约的那个严冬，包括妈妈在内，我们四个全染上了肺炎。

挑战你的极限，试试你能承受多少。现在我不是正在这么做吗。

我朝前走着，感觉轻飘而虚无，犹如被风卷起的一片薄纸，从路面蹁跹拂过。我想起曾被自己忽略的条条出路：我怎么会这么睁眼瞎，怎么会蠢到没有防备之心呢。我想起了“德国仔”——他就知道要做最坏的打算。

前方的地平线渐渐露出了第一道粉色的曙光。就在离地平线不远的地方，半山腰上，带有护墙板的白房子依稀可见。学校就在眼前，我却一下子筋疲力尽，一心只想在路边倒下。我的双脚像灌了铅，感觉疼痛难忍，一张脸已经麻木，鼻子也已经冻僵。我不知道自己是怎么走到学校的，但无论如何，我还是到了。我来到学校前门，发现学校上了锁，于是又绕到后面堆柴火的门廊里，打开门，倒在了地上。柴火堆旁边叠着一条旧马毯，我用毯子裹住身子，跌进了断断续续的梦乡。

我在金黄的田野里奔跑，穿行于迷宫般的干草堆，不知路在何方……

“多萝西？”我感到有只手放在我的肩头，顿时一下子从梦中惊醒。那是波斯特先生，“天哪，这到底是……”

有那么一会儿，我自己也有点摸不着头脑。我抬头望着波斯特先生，望着他红通通的圆脸和疑惑的表情，又环顾四周，目光落在木头堆上，落在门廊墙壁宽宽的白木板上。教室大门半开着，很显然，波斯特先生是来取柴生火的。每天早晨驾车来接我们之前，他一定会给炉子生火。

“你还好吗？”

我点点头。

“家里人知道你在这里吗？”

“不知道，先生。”

“你是怎么来的？”

“走过来的。”

他瞪大眼盯着我看了一会儿，然后说：“先让你暖和起来吧。”

波斯特先生领我到教室的椅子上坐下，把我的脚搁在另一张椅子上，拿走我肩上的脏马毯，换上一条从橱柜里找到的干净的格纹毯。他脱下我的靴子，放在椅子旁边，还对我袜子上的破洞啧啧惊讶了几声。我望着他生起一堆火。过了几分钟，拉森小姐进屋的时候，教室里已经开始暖和了。

“这是怎么回事？”她说，“多萝西？”她解开紫色的围巾，摘下帽子和手套。透过她身后的窗户，我看见一辆车正在开走。拉森小姐长长的头发在颈背卷成一个髻，棕色的双眸清澈而明亮，身上的粉色羊毛裙将她的脸颊衬得格外娇艳。

她在椅子旁蹲下来，问道：“天哪，孩子，你已经来了很久了吗？”

波斯特先生把我安顿完毕，于是戴上帽子，穿好外套，准备出门去给卡车做例行检查。“我来的时候，她就睡在门廊那儿。”他笑了，“把我吓得够呛。”

“还用说吗。”

“她说她是走着来的，四英里路呢。”他摇摇头，“没冻死就是福气了。”

“看上去，你帮她弄得挺暖和嘛。”

“她在慢慢缓过来。好了，我得出发接孩子们去了。”他拍了拍外套，“回头见。”

他刚走出门，拉森小姐说：“嗯，告诉我出了什么事。”

于是我告诉了她。我并不打算这么做，但她眼中的关切如此真挚，我肚子里的话不禁一涌而出。我跟她讲起终日卧床的格罗特太太，出没在林间的格罗特先生，清晨落在我脸上的薄雪，污渍斑斑的床垫。我跟她讲起冰冷的炖松鼠肉，哭哭啼啼的孩子。我又跟她讲起沙发上的格罗特先生，讲起他那摸到我身上的手，讲起走廊里怀孕的格罗特太太大喊着让我滚出去。我告诉她，我不敢停下脚步，生怕一停下就会睡去。我还把范妮替我织的手套告诉了她。

拉森小姐伸手握住我的手，一直没有放开，不时捏上一捏。“哦，多萝西。”她说。

过一会儿她又说：“感谢上帝，还有那副手套。范妮听上去是个很不错的朋友。”

“是的。”

她支起下巴，用两根手指轻轻敲着：“是谁带你去格罗特家的？”

“儿童援助协会的索伦森先生。”

“好。等波斯特先生一回来，我就让他去找这位索伦森先生。”她打开午餐盒，取出一块饼干，“你一定饿了吧。”

要是放在平时，我不会接受——我知道那是她的午餐。但我饿得厉害，光是看见那块饼干就让我流出了口水，于是我顾不上羞耻，狼吞虎咽地吃了起来。与此同时，拉森小姐在炉子上烧水泡茶，把一个苹果切成片，从架子上取下一只缺了口的瓷碟，摆上苹果。我望着她舀起一些茶叶放进滤网，用烧开的水泡了两杯茶。我还从来没有见过她泡茶给任何孩子喝，当然也没有给过我。

"拉森小姐，"我开口说，"你能不能……你愿不愿意……"

她似乎知道我要问什么。"带你回家跟我一起住？"她微微一笑，表情却有些难过，"我很关心你，多萝西，我想你也清楚。但我不能……我没法照顾孩子，我寄宿在房东家里。"

我点点头，喉头有些哽咽。

"我会帮你找到一个家的，"她温柔地说，"一个安全整洁的地方，过十岁女孩该过的生活，我向你保证。"

其他孩子从卡车上鱼贯而入，个个好奇地看着我。

"她在这儿干什么？"一个叫罗伯特的男孩问道。

"多萝西今天来得早。"拉森小姐理了理身上漂亮的粉色羊毛裙。"请坐下拿出练习册，孩子们。"

波斯特先生从屋后拿了些木头进来，摆好炉子旁边的柴火，拉森小姐向他使了个眼色，他便跟着她走回了门廊。几分钟后，他又穿着大衣、戴着帽子出门了。随着引擎的轰鸣声和刺耳的刹车声，波斯特先生的卡车驶下了陡坡。

大约过了一个小时，耳边传来了卡车的咔嗒声，我赶紧朝窗外张望。车子慢慢地爬上坡，停了下来。波斯特先生走出卡车，进了门廊，拉森小姐让全班等一等，然后动身去了屋后。不一会儿，她大声叫着我的名字。在全班的注视下，我从课桌旁站起身，走进门廊。

拉森小姐看起来有些担心，不停地摸着自己的发髻："多萝西，索伦森先生不信……"她住了嘴，又摸摸脖子，用求援的眼神望着波斯特先生。

"我想，拉森小姐想说的是，"波斯特先生一个字一个字地说道，"你得把事情的经过向索伦森先生详细地解释一次。你明白吧，理论上，他们并不希望重新安置，索伦森先生觉得，说不好这件事是否只是个……误会。"

我悟出了波斯特先生的言外之意，顿时感觉天旋地转："他不相信我？"

他们两人交换了一下眼色，拉森小姐开口了："不是相不相信的问题，他只是必须听你亲口说一回。"

生平第一次，我感觉一腔不肯顺服的热血涌遍全身，眼泪夺眶而出："我不回去，绝不。"

拉森小姐伸手搂住我的肩膀："多萝西，别担心。你把你的遭遇告诉索伦森先生，我也会把我知道的告诉他。我不会让你回那里去的。"

接下来的几个小时一片混沌。露西做什么，我就做什么。她拿出拼写书，我也拿出拼写书，她去黑板上写字，我也跟在她身后排队，但我几乎记不得周围发生了什么。她轻声问我："你没事吧？"我耸耸肩膀。她捏捏我的手，却没有追问。我不知道是因为她感觉到我不想提，还是因为她害怕我嘴里可能说出来的话。

午饭后，大家刚回到座位上，我就看见一辆汽车从远处驶来。发动机的轰鸣声充斥着我的耳朵。除了那辆驶向学校的深色卡车，我的眼睛什么也看不见。车来了——爬上陡峭的斜坡，尖叫着停在波斯特先生的那辆卡车后。

我遥遥望见了驾驶座上的索伦森先生。他在那里坐了一会儿，摘下黑毡帽，捻了捻黑胡须，接着打开了车门。

“天哪，天哪，天哪。”我讲完整件事以后，索伦森先生叹道。我们坐在后廊硬邦邦的椅子上，阳光和炉火替这里添了几分暖意，总算是比刚才暖和些了。他伸出手想要拍拍我的腿，接着似乎改了主意，单手叉起腰，另一只手捻着胡髭。“天寒地冻里走了这么远，你一定很……”他咽下了后半句，“可是，可是，我有点好奇，深更半夜的，你是不是有可能……？”

我冷静地望着他，一颗心怦怦直跳。

“……误会了？”

他向拉森小姐望去：“一个十岁的女孩……难道你不觉得，拉森小姐，有可能会有些……情绪过激？有点夸张的倾向？”

“这得看是哪个女孩，索伦森先生，”拉森小姐昂起头，一板一眼地说，“多萝西从不撒谎。”

索伦森先生讪笑着，摇摇头：“啊，拉森小姐，我不是这个意思，当然不是！我只是说，某些时候，尤其是幼年时遭遇过不幸的人，容易对事情过早下结论……无意中夸大事实。我亲眼见过格罗特家的居住条件，嗯，确实不太理想。不过话说回来，我们总不能个个都有十全十美的家庭，对吧，拉森小姐？人生不如意十之八九，当我们得靠别人施恩才活得下去时，我们总不能动不动就抱怨吧。”他冲我微微一笑，“我的建议是，多萝西，再试一次吧。我可以跟格罗特夫妇谈谈，让他们一定要改善条件。”

拉森小姐目光熠熠，亮得惊人，脖子涨得发红：“你没有听到那丫头的话吗，索伦森先生？”她的声调绷得很紧，“他企图……施暴。格罗特太太撞见了那种骇人听闻的场面，却把她赶出了家门。你一定不希望多萝西回到那种泥潭里吧，对吗？坦率地说，我很奇怪你为什么不叫警察去查一查。对他们家别的孩子来说，那个家听上去也同样不利。”

索伦森先生缓缓点着头，仿佛在说：“好了好了，我也就是说说，不要生气，都冷静一下。”但他开口说的却是：“嗯，你要知道，现在的情况有点棘手。据我所知，目前没有家庭愿意领养孤儿。当然了，我可以去远点的地方问问。要么跟纽约的儿童援助协会联络联络。如果真到了那一步，我想多萝西可以搭下一列经过此地的火车回去。”

“当然用不着到那一步。”拉森小姐说。

他微微耸耸肩膀：“没人希望会那样，可谁知道呢。”

她把手搁到我的肩头，轻轻捏了捏：“那我们来想想办法，好吗？索伦森先生？与此同时……这两天，多萝西可以住在我那儿。”

我惊讶地抬头望着她：“可我以为……”

“只是暂时的，”她飞快地说，“我住在寄宿公寓里，索伦森先生，那里不许带孩子。不过我的房东很好心，她知道我是个老师，而且不是所有学生都……”她似乎在谨慎地措辞，“有便利的居住条件。我觉得她会站到我这边的，就像我刚说的，一两天而已。”

索伦森先生轻抚胡须，说道：“很好，拉森小姐，我会找找其他机会。那么这几天多萝西就交给你了。这位年轻的小姐，我相信你会懂礼貌，守规矩。”

“是的，先生。”我郑重地回答，一颗心却早已乐开了花。拉森小姐要带我回家了！我简直不敢相信自己有多么走运。

明尼苏达州，赫明福德县，1930年

来接拉森小姐放学的男人发现凭空多出了一个人，惊讶得扬了扬眉毛，但什么话也没有说。

“耶茨先生，这是多萝西，”拉森小姐向他介绍道，他从后视镜里冲我点点头，“多萝西，耶茨先生是房东太太墨菲夫人的司机，因为我不会开车，他就好心地每天送我上下课。”

“乐意效劳，小姐。”他说。从他那双涨红的耳朵，我能看出他说的是真心话。

赫明福德比奥尔本斯大多了。耶茨先生驾车缓缓地驶过主街，我凝视着车窗外的一块块招牌：皇家剧院、赫明福德纪事报、瓦拉游乐厅（游乐厅的玻璃橱窗广告是——桌球、喷泉、糖果、烟草），农民州立银行、辛德勒五金行，还有尼尔森百货商店，招牌上写着：“应有尽有”。

从镇中心驶出几个街区以后，汽车在主街与帕克街的拐角处停了下来。前方是一座淡蓝色的维多利亚式房屋，有一圈环形门廊。门口的椭圆形标牌上写着：“赫明福德青年女子之家”。

随着悦耳的门铃声，拉森小姐打开门，将我领进屋。她竖起一根手指放在唇边悄声说："在这儿等一会儿。"接着她摘下围巾和手套，在走廊尽头的一扇门后消失了身影。

门厅布置得颇为庄重，紫红色植绒壁纸，一面有镀金镜框的大镜子，一个雕刻精美的深色五斗橱。我四下打量了一会儿，坐到了一张滑溜溜的马鬃椅子上。屋角有一座富丽堂皇的落地式大摆钟，发出洪亮的嘀嗒声，我差点被突然响起的报时声吓得从椅子上掉下来。

几分钟后，拉森小姐回来了。"房东太太墨菲夫人想见见你。"她说，"我把你的处境告诉她了，我觉得有必要向她解释清楚我带你回来的原因。希望你不要介意。"

"当然不介意。"

"随意就好，多萝西。"她说，"那好，走这边吧。"

我跟着她穿过走廊，经过一扇门来到客厅。熊熊的炉火旁，粉色丝绒沙发上坐着一位灰白头发的丰满女人。她的鼻翼两侧长着深深的法令纹，好似牵线木偶，眼神警觉而犀利。"嗯，孩子，听起来你受了不少苦啊。"她一边说，一边示意我坐到她对面的花饰靠背椅上。

我坐过去，拉森小姐坐到另一张靠背椅上，有点不安地对我笑笑。

"是的，夫人。"我回答道。

"哦！你是爱尔兰人，对吧？"

"是的，夫人。"

她露出了满面笑容："我就觉得是嘛！不过几年前我这儿有个波兰姑娘，她的头发比你的还红呢。当然啦，还有苏格兰人，不过这一带苏格兰人不多。嗯，如果你看不出来，那我多说一句，我也是爱尔兰人。”她说，“也是你这么大的时候来的。我来自恩尼斯科西，你呢？”

“金瓦拉，在戈尔韦郡。”

“是吗！那地方我知道！我的表兄就娶了个金瓦拉的姑娘。你知道斯威尼家族吗？”

我从来没有听说过这个家族，但我还是点了点头。

“那就对了。”她看上去挺高兴，“你姓什么？”

“鲍尔。”

“你的名字是……多萝西？”

“不是，是妮芙，收养我的第一户人家替我改了名字。”我猛然悟到自己刚刚承认接连被两户人家抛弃过，一张脸顿时涨得通红。

可她似乎压根儿没注意，也有可能她根本不在乎：“我也这么猜！多萝西就不是个爱尔兰名字。”她俯身凑近我，审视着我的项链，“克拉达十字架。我好久好久没见过这个了。从家里带来的？”

我点点头：“祖母给我的。”

“好，瞧瞧她把它护得多严实。”她对拉森小姐说。

她说这句话的时候，我才意识到自己的手正握着坠子：“我不是故意……”

“哦，小姑娘，没关系，”她拍拍我的膝盖，说道，“这是唯一能让你记起家人的东西了，对吧？”

等到墨菲夫人的心思落到桌上的西洋玫瑰茶杯上，拉森小姐给我使了个眼色。我想，我俩都没想到墨菲夫人这么快就开始喜欢我了。

拉森小姐的房间整洁明亮，大小跟个储藏室差不多，刚好能容下一张单人床，一个高大的橡木梳妆台，一张摆着黄铜台灯的松木小书桌。被单叠成豆腐块，四角掖得整整齐齐，枕套干净洁白。墙壁的挂钩上挂着几幅花卉水彩画，梳妆台上的镀金镜框里放着一张黑白照，相中人是一对表情凛然的夫妇。

“这是你的父母吗？”我仔细端详着相中人。身穿深色西服的男人留着胡须，笔直地站在瘦削的女人身后，女人则坐在一张靠背椅上，身穿朴素的黑裙，看上去活脱儿是个表情严厉的拉森小姐。

“是的。”她走过来，凝望着照片。“他们都不在了。这么说起来，我也是个孤儿。”过了半晌，她说道。

“其实我不是孤儿。”我告诉她。

“哦？”

“至少我不确定。当时出了场火灾……我妈妈去了医院，从此我就再也没见过她。”

“但你认为她可能还活着？”

我点点头。

“你想去找她吗？”

我想起了火灾后夏茨曼夫妇说的话，妈妈疯了，她因为失去那么多孩子发疯了。“那是家精神病院。她……不太好，没出事之前就这样了。”这是我第一次向人承认这件事。话出口后，我感觉如释重负。

“哦，多萝西。”拉森小姐叹道，“你年纪轻轻，经历却如此坎坷，对吧？”

晚上六点钟，当我们下楼来到餐室的时候，我被眼前的盛宴惊呆了：桌子中间摆着一只火腿，加上烤土豆、泛着油光的甘蓝，还有一篮面包卷。餐具是货真价实的瓷器，紫色勿忘我花纹，镶着银边。即便在爱尔兰，我也只在节日里见过这么丰盛的餐桌，可今天只是一个普通的星期二啊。五位住客和墨菲夫人站在椅子背后，我坐了拉森小姐旁边的空位。

“女士们，”站在主座旁的墨菲夫人说，“这位是来自戈尔韦郡的妮芙·鲍尔小姐。你们可能从报纸上读到过孤儿列车，她正是搭乘这种列车从纽约来到了明尼苏达州。她会在这儿待几天，让我们大家尽到地主之谊吧。”

其余女士都是二十出头的年轻人。其中一位是尼尔森百货公司的柜台小姐，一位在面包店工作，另一位则在《赫明福德纪事报》做前台接待。在墨菲夫人的眼皮底下，所有女士都表现得非常有礼，就连那位骨瘦如柴、满脸愁容的格伦德小姐也不例外——她是个鞋店店员（格伦德小姐从餐桌另一头抛过来冷冰冰的眼神，拉森小姐悄悄对我说道：“她不习惯和小孩子相处”）。我看得出来，这些女人有点怕墨菲夫人。吃晚餐的时候，我发觉墨菲夫人脾气躁、性子急，还喜欢对别人发号施令。如果某人的看法不合她的意，她会环视众人，寻求支持者。不过，她对我真的很好。

昨晚在学校冰冷的门廊里，我几乎没怎么睡觉。在此之前，我又住在一个恶臭难闻的地方，跟三个孩子一起挤在肮脏的床垫上。可今天我有了自己的卧室，整洁的床上铺着雪白的床单和两床干净的被子。墨菲夫人向我道了晚安，同时递给我一件睡袍、换洗内衣、毛巾和牙刷。她带我来到楼下的浴室，那儿有自来水池、抽水马桶和大大的陶瓷浴缸。

她让我好好洗个澡，想在浴室里待多久就待多久。别的姑娘可以用另一个盥洗室。

墨菲太太离开以后，我审视着镜中的自己：自从来到明尼苏达州，这是我第一次在一块完完整整、没有污损的镜子里端详自己。一个几乎认不出来的女孩从镜中回望着我。她瘦弱而苍白，双眼无神，颧骨高耸，暗红色的头发乱蓬蓬的，脸颊皴裂，鼻头发红，嘴角生疮，身上的毛衣又脏又旧。我咽了口唾沫，她也咽了口唾沫。我的喉咙痛得很，一定是病了。

在温暖的浴缸里，我闭上眼睛，宛如身在天堂。

我穿着新睡袍，暖和干爽地回到卧室，把门关好锁紧。我背贴着房门站在那里，尽情品味着这一刻。我还从未有过自己的卧室，无论在爱尔兰的家里也好，伊丽莎白街的家里也好，儿童援助协会里也好，伯恩家的走廊也好，格罗特家也好。我掀开床垫上齐整的床罩，钻进了被窝。就连散发着肥皂清香的棉枕套，也让人惊叹不已。我开着灯平躺着，凝望雪白的墙纸上那红蓝相间的小花，头顶洁白的天花板，纹理清晰、有着白色把手的橡木梳妆台，脚下的碎呢地毯和发亮的木地板。我关上灯，躺在黑暗中。等到眼睛适应以后，我能辨认出屋里每件东西的轮廓：电灯、梳妆台、床架、我的靴子。从一年多前走下那辆列车踏上明尼苏达州的土地算起，这是我第一次感觉安全无虞。

接下来有一个星期的时间，我几乎没有下床。一位满头白发的医生来给我做检查，把冰凉的金属听诊器放在我的胸口，仔细听了一会儿，然后宣布我得了肺炎。我发了好几天烧，她们帮我撩起了被子，拉低了窗帘，卧室门也开着，好让墨菲夫人听见我的喊声。墨菲夫人在梳妆台上放了一个银色小铃铛，叫我有事就摇铃。“我就在楼下。”她说，“马上就能上来。”她整天忙忙碌碌，嘴里嘟囔着她要做的事情太多，嘟囔着哪个小姑娘（尽管她们都工作了，她还是叫她们小姑娘）没有铺床，哪个把盘子扔在了水池里，哪个离开客厅的时候忘了把茶具带回厨房。但只要我一摇铃，她马上丢下一切赶来看我。

刚开始那几天里，我时睡时醒，一会儿睁开眼睛发现柔和的阳光正透过窗帘照进来，再睁开时夜色却已经降临。墨菲夫人端着一杯水给我，透着酸味的呼吸扑上我的面颊，我的肩膀靠在她温暖厚实的身上。过了几个小时，拉森小姐又仔细地把一条叠好的凉凉的毛巾敷在我的额头。墨菲夫人还用鸡汤帮我养病，里面放满了胡萝卜、芹菜和土豆。

意识清醒的那些时候，我总觉得自己在做梦。我真的躺在这温暖的床上，在这整洁的屋子里？真的有人精心照顾我吗？

后来某天我睁开眼睛，感觉好多了。墨菲夫人帮我量了体温，结果体温已经降到华氏100度以下。她一边拉起窗帘，一边说道：“瞧瞧你错过了什么。”我坐起身，目光落到窗外：漫天雪花如絮，在空中飞舞。积雪笼罩了一切，却还下个没完没了，树木、汽车、人行道，还有隔壁的房子，通通成了一片白。此刻醒来，意义重大。我的心也裹上了一层暖意，身上的尖刺渐渐融化。

当墨菲夫人得知我几乎一无所有时，她便开始着手收罗衣服。大厅里有个大箱子，里面装满了住客们留下的衣服，有衬衣、长筒袜、裙子、毛衣套装和短裙，甚至还有几双鞋。墨菲夫人把这些东西全摊在她那间大卧室的双人床上，让我一一试穿。

几乎没有一件不大，但有几件能凑合穿：一件绣着白花的天蓝色羊毛衫，一条带珍珠纽扣的棕色裙子，几双长袜，还有一双鞋。“珍妮·厄尔利，”墨菲夫人轻抚着一条格外漂亮的黄色花裙，叹道，“真是个身材单薄的小姑娘，长得也很美。可后来她发现自己怀孕……”她望了望拉森小姐，拉森小姐摇摇头，“已经是过眼云烟了。我听说珍妮办了个风风光光的婚礼，还生了个活蹦乱跳的儿子，所以嘛，结局好，一切都好。”

我的病渐渐好起来，但我开始担心好景不长。我不会被送走吧？我挨过了这一年，因为我必须这么做，因为我别无选择。可现在我已经尝过安全舒适的滋味，又怎么回得去？这些念头逼得我几近绝望，因此我让自己……我逼着自己不要想。

第三部分

一条离家又归家的路，永远没有尽头。从卵石遍地的爱尔兰海边小村来到纽约的一间公寓，再登上一辆满载孩子的列车（这趟列车经过片片田野，全速驶向西部），最后在明尼苏达州度过了一生。而此时此刻，距离当初已近百年，她与她的项链来到了缅因州一栋老房子的门廊上。

缅因州，斯普鲁斯港，2011年

莫莉到的时候，薇薇安正在门口等她。“准备好了吗？”莫莉刚进门，薇薇安转身就往楼上走。

“等等。”莫莉脱下军装夹克，挂在屋角的黑色铁制衣帽架上，“不喝茶了吗？”

“没时间了，”薇薇安扭过头，大声说道，“我老了，知道吧，随时可能咽气。我们得抓紧！”

“真的吗？茶都不喝？”莫莉一边嘀咕，一边跟着她上楼。

一件怪事正在发生：对莫莉的问题，薇薇安原本问一个答一个，不问就不答，不催也不答，现在却接二连三地讲起了故事，根本无须莫莉开口催促，故事多得连薇薇安自己也似乎吓了一跳。“谁想得到这老头儿会有这么多血？”某次访谈结束以后，她说，“这是《麦克白》里的台词，亲爱的，去查查看。”

薇薇安从未跟任何人真正谈起过她在孤儿列车上的经历。她说，那段经历太丢人，难以解释，也难以置信。那么多孩子像垃圾和废物一样被人从纽约的大街小巷搜来，带上列车送往中西部，送得越远越好，远到视野之外。

再说了，失去一切这种事，又从何谈起呢?

“那你的丈夫呢? ”莫莉问，“你一定跟他讲过吧? ”

“我跟他说过一些，”薇薇安说，“但我有太多痛苦的经历，我不想给他压力。有时候，试着遗忘来得比较轻松。”

每打开一个盒子，薇薇安就会想起一些事。粗棉布裹着的针线包让她想起了阴森的伯恩家，还有镶着军用纽扣的芥末色大衣、羊毛内衬针织手套、镶珍珠纽扣的棕色裙子、包裹得仔仔细细的西洋玫瑰瓷器。没过多久，故事中的人物就在莫莉脑海中变得清晰起来：妮芙、祖母、梅茜、斯卡查德夫人、多萝西、索伦森先生、拉森小姐……这些故事一个个环环相扣。正如用碎布拼成一床被子，莫莉把故事按先后顺序理顺串起来，拼出了一幅图——那些片段支离破碎的时候，可看不出这副全貌。

当薇薇安谈起任由陌生人摆布的滋味，莫莉点点头。她太了解压抑自我、迎合他人的感觉了。过上一阵儿，你就再也分不清自己真正想要什么了。你对别人的一星半点善意感激涕零，随着年岁渐长，又变得将信将疑。如果没有回报，别人为什么要帮你? 话说回来，大多数时候，也确实没人会理睬你。你多半会见到人性最恶的一面。你发现大多数成人会撒谎，大多数人只顾自己；你会发现，对某些人来说，你对他们有多少用处，他们才会对你有多少兴趣。

于是，你的人格就此成形。你懂的事太多，这让你小心翼翼。你变得害怕，多疑。情感的流露并非自然而然，于是你学会了伪装，假装感同身受。你学会了装模作样，如果足够幸运的话，你看上去会跟众人一般无二，即便心中早已支离破碎。

“哦，我说不好。”有一天美国历史课上，全班看完一部关于瓦班纳基人的影片以后，泰勒·鲍德温说，“话是怎么说的来着？‘胜者为王’对吧？我是说，这种事哪天没有，哪里没有？有人赢就有人输嘛。”

“嗯，从古至今，人类的确一直在互相支配压迫，”里德先生说，“你认为被压迫的一方就应该默默承受吗？”

“是的，谁让你输了呢。我有点想说，面对现实吧。”泰勒说。

莫莉顿时感觉心中腾起了一股怒火，愤怒得眼冒金星。四百多年来，印第安人备受欺骗、歧视，被赶到小小的聚集地，被人称作肮脏的印第安人、野蛮人，起了各种绰号。他们找不到工作，也买不了房。掐死泰勒这个白痴会不会害她过不了察看期？她深吸一口气，努力平静下来。接着，她举起了手。

里德先生惊讶地望着她。莫莉可难得举一次手。“莫莉？”

“我是个印第安人。”除了杰克，她还从未向任何人提起过这件事。她明白，对泰勒来说，她只是个……走哥特风的家伙。咳，或许他压根儿不会想起她。“是个佩诺布斯科特族人，出生在印第安岛。我只想说，发生在印第安人身上的一切跟英国统治下的爱尔兰人如出一辙。那不是公平的争斗，他们的土地被抢走、信仰被禁止，被迫屈服于外来统治。那是对爱尔兰人的不公，也是对印第安人的不公。”

“哎哟喂，好一通演说啊。”泰勒小声嘀咕。

坐在莫莉前排的梅根·麦克唐纳举起了手，里德先生点点头。“莫莉说得对，”她说，“我祖父是从都柏林来的，他常常说起英国人当时的暴行。”

“那我爷爷的爸妈还在大萧条中倾家荡产呢，也没见我哭着四处求人啊。别怪我用词粗鲁，倒霉事常有嘛。”

“泰勒的粗话先不提，”里德先生对着全班挑起眉毛，仿佛在说——他并不赞同，但还是稍后再处理，“那是他们的作为吗？求人施恩？”

“他们不过是想得到公平的对待。”后排有个学生说。

“可那到底是什么意思？到哪里是个头呢？”另一个学生问道。

班上学生纷纷加入了讨论，梅根转过头，眯起眼睛端详着莫莉，仿佛第一次注意到她。“印第安人，嗯。真酷。”她低声说，“就像‘莫莉·莫拉斯’对吗？”

最近一阵儿，每逢星期一至星期五，莫莉不再等杰克送她去薇薇安家，她会搭校门外的观光巴士过去。

“你还有别的事情要做。”她说，“我知道你等我等得难受。”实际上，如果乘观光巴士过去，那薇薇安乐意留莫莉待多久，莫莉就能待多久，还不必回答杰克的问题。

莫莉没有跟杰克提起那个采访项目。她知道，他准会说这是个坏点子，说她在薇薇安的生活里掺和得太深了，说她不该对薇薇安索求太多。尽管她没有提，杰克最近的语气还是有点凶巴巴的。“喂，你的时间快满了吧？”他会这么说。要不然就是，“阁楼的活儿有什么进展吗？”

这些天来，莫莉静静地溜进薇薇安家，把头一低，飞快地跟特瑞打个招呼，然后悄悄地上楼。她和薇薇安打成了一片——这件事太难解释，也无关紧要。别人怎么想有什么关系呢？

“我觉得吧。”一天午餐时分，杰克和莫莉坐在学校的草坪上，杰克说。那是个美丽的早晨，空气温和而清新。蒲公英翩翩飞舞，如同草丛间的万点烟火。“对你来说，薇薇安跟母亲差不多。祖母，曾祖母……随便吧。她听你讲述，向你讲述，还让你帮忙。她让你觉得自己被人需要。”

“不，”莫莉恼火地说，“不对。我要完成我的社区服务，她要清理她的阁楼，就这么简单。”

“没那么简单，莫莉。”他的口气似乎理性得有点过头，“我妈告诉我，阁楼上没什么变化。”他砰一声打开一大罐冰茶，喝了一大口。

“我们在干活儿，只是不太看得出来。”

“看不出来？”他笑了，打开一个赛百味意大利三明治，“我还以为那活儿就是把盒子都扔了，看上去简单明了啊，不是吗？”

莫莉猛地把一根胡萝卜棒掰成两截：“我们是在整理物品，以便以后容易找到。”

“谁找？房产销售？以后来找东西的只能是他们，知道吧，薇薇安可能再也不会踏进阁楼一步。”

这跟他有关系吗？“那我们就是为了方便房产销售，不行吗？”实际上，尽管莫莉至今不肯亲口承认，但她差不多已经决定不扔任何东西了。说来说去，这有什么关系呢？薇薇安的阁楼上为什么不能堆满对她而言意义重大的东西呢？事实摆在眼前：薇薇安的日子已所剩无几，随后专业打理房屋的人就会现身，高效而熟练地把值钱的东西跟那些只会惹人掉泪的旧物分开，恐怕只有弄不清出处或价值的东西才会让他们流连片刻。所以吧，没错——莫莉已经开始从另一种角度看待她在薇薇安家的那份活儿了。也许收拾了多少并不重要，也许，其价值在于过程本身：触摸每一件物品，叫出它们的名字，辨认它们的来历，了解一件羊毛衫或一双童靴的意义。

“那是她的东西，”莫莉说，“她不愿意扔，我总不能逼她吧，你说呢？”

杰克咬了口三明治，馅料飞溅到了他嘴边的蜡纸上。他耸耸肩膀：“我不知道。我觉得……”他嚼嚼，咽了一口，莫莉很烦他这种“以退为进”的招数，不由得扭开了面孔，“重要的是看上去不太好。”

“什么意思？”

“也许在我妈看来，你有点像在占便宜。”

莫莉低头望着自己的三明治。

“我知道，你再试一次就肯定会爱上它。”当莫莉告诉迪娜别再往她的午餐包里放腊肠三明治时，迪娜轻描淡写地说，“要不然的话，你可以自己做该死的午餐啊。”于是，现在午餐都是莫莉自己做。她拉下面子，向拉尔夫要了钱，在巴尔港的健康食品店里买了杏仁酱、有机蜂蜜和果仁面包。午餐并不坏，但她买来当午餐的东西受尽了白眼，活像刚被猫带进家门的死老鼠（作为素食主义者，可能更糟些），不配放在储藏室里。迪娜把她买来当午餐的东西放在门厅的一个架子上，“这样就不会弄混了。”她说。

莫莉顿时怒从心头起，她气迪娜不愿接纳真正的自己，气特瑞指手画脚，还气杰克不得不哄她。她气他们所有人。“问题是，这不关你妈妈什么事，对吧？”

话一出口，她就后悔了。

杰克抛过来一个狠狠的眼色：“你不是开玩笑吧？”

他把手里的赛百味包装纸揉成球，塞进了赛百味给的塑料袋。莫莉还从来没有见过他这副模样：下巴绷得紧紧的，眼神冷酷又愤怒。“我妈为你担了风险，”他说，“把你带进了那个家。要我再提醒你一次，她对薇薇安撒了谎吗？一旦出了什么事，她的工作可能就保不住了，就像这样。”他在空中打了个响指。

“杰克，你说得对。对不起。”她说，但杰克已经站起身，走开了。

缅因州，斯普鲁斯港，2011年

“终于到春天啦！”厨房里，眉开眼笑的拉尔夫正在戴工作手套，莫莉为自己冲上了一碗麦片粥。今天的确挺像春季，是真正的春季，树木枝繁叶茂，水仙盛开，天气暖和得不用穿毛衣。“走啦。”他边说边出门修剪灌木。拉尔夫最爱在院子里干活了，锄草啊、栽种啊、培育啊。整个冬天，他都心急火燎地想出门。

与此同时，迪娜正坐在客厅沙发上边看电视边涂脚指甲。莫莉拿着葡萄干麦片进屋时，她抬起头，皱了皱眉。“有什么事吗？”迪娜把小刷子伸进珊瑚色的指甲油瓶，在瓶口处刮掉多余的指甲油，熟练地在脚的大拇指上涂抹起来，一边还用拇指修正线条。“记住，客厅里不许吃东西。”

“你还没跟我道早安呢。”莫莉心想。她一言不发地转过身，回了厨房，摁下快捷键给杰克打电话。

“嘿。”他的声音冷冰冰的。

“你在干吗？”

“薇薇安雇我帮她做春季大扫除，剪剪枯枝之类，你呢？”

“我准备去巴尔港图书馆，有个研究项目再过几天就要收尾了。还打算叫你一起去呢。”

“不好意思，去不了。”他说。

自从上个星期午餐期间不欢而散以后，杰克就成了这样。莫莉知道，他费了很大的劲才忍住怨气——这种事跟他的个性太不符了。她想跟杰克道歉，和他重归于好，但又担心说什么都无济于事。如果杰克知道她在采访薇薇安，清扫阁楼变成了聊天的话，他只怕会更生气。

她听见脑海中有个隐隐的声音：“适可而止吧，做完你的社区服务，就此拉倒。”可是她无法就此拉倒，她不愿意。

观光巴士里空空荡荡，仅有的几个乘客上车时都互相点头致意。莫莉知道，戴上耳塞的自己看上去就是个典型的青春期少女，但她其实在听薇薇安的录音。从录音中，莫莉听出了与薇薇安对坐时不曾听出的东西：

要知道，时间可收可放，权重不均。某些时刻会在你心间萦绕，某些则消失无踪。我人生的前二十三年塑造了我，而往后将近七十年无关紧要，与你所问的问题毫无瓜葛。

莫莉打开笔记本，手指抚过记下的一个个姓名与日期。她又是倒带又是快进，停停播播，飞快地记下之前遗漏的信息：金瓦拉、戈尔韦郡、爱尔兰、艾格尼丝·波琳号、埃利斯岛、爱尔兰玫瑰、德兰西街、伊丽莎白街、多米尼克、詹姆斯、梅茜·鲍尔、儿童援助协会、斯卡查德夫人、柯伦先生……

你选择带些什么和你一起上路？你扔掉了什么？你从中得到了哪些启示？

薇薇安的人生平凡而平静。随着岁月流逝，她失去的亲朋一个接着一个，仿佛页岩层层累积。就算当年她母亲没有在火灾中丧生，现在也一定已经过世了；收养薇薇安的人已经过世；她的丈夫已经过世；她没有任何子嗣。除了花钱雇来照顾她的人，她是名副其实的孑然一身。

她从未试过寻找家人的下落，无论她的母亲也好，还是爱尔兰的亲人也好。但一遍又一遍听着录音带，莫莉逐渐理解，薇薇安抱有一个念头——我们生命中那些至关重要的人，将始终守在我们身旁，与我们共度最平凡的时刻。我们在杂货店时，他们相伴左右；我们绕过街角时，他们相伴左右；我们跟朋友聊天时，他们相伴左右。他们从地底飘起，我们一抬脚就与他们交融。

薇薇安让莫莉的社区服务有了意义，莫莉希望有所回报。再没有其他人知道薇薇安的故事了。没有人去读收养文书，去认可她所珍视的一切，那一切只对真正关心她的人才有意义。但莫莉很在意。她可以帮着解开薇薇安故事里的那些空白与存疑。有一次，莫莉曾经在电视上听一位人际关系专家说过，只有找到所有真相，你才能找到心灵的平静。她想帮薇薇安找到某种平静，尽管这平静虚无缥缈而又转瞬即逝。

莫莉在巴尔港绿地下了车，向图书馆走去。图书馆是一栋砖房，坐落在沙漠山大街上。她在主阅览室里跟图书馆员聊了聊，对方帮她找到了一堆有关爱尔兰历史和二十世纪二十年代移民的书。莫莉花了好几个小时仔细地边读边记，接着取出笔记本电脑，打开Google（互联网搜索引擎）。不同的关键词组合搜出的页面也不同，于是她试了几十种组合：“1929 纽约火灾”“下东区 伊丽莎白街 火灾 1929”“艾格尼丝·波琳号”“埃利斯岛 1927”。在埃利斯岛的官方网站上，她点击了旅客记录搜索栏——**按船名搜索，从以下列表中点击船名**……找到了，**艾格尼丝·波琳号**。

她在乘客记录中找到了薇薇安父母的全名：帕特瑞克·鲍尔和玛丽·鲍尔，来自爱尔兰戈尔韦郡。仿佛故事里的人物一下子活了过来，莫莉激动得头晕眼花。她又将他们的名字分开搜了搜，合起来搜了搜，找到了一条不起眼的火灾通知，死亡名单上有帕特瑞克·鲍尔和他的两个儿子——多米尼克和詹姆斯，但并没有提到梅茜。

她又输入“玛丽·鲍尔”“梅茜·鲍尔”，却什么也没有搜到。她突然想起了夏茨曼，于是输入“夏茨曼 伊丽莎白街”“夏茨曼 伊丽莎白街 纽约”“夏茨曼 伊丽莎白街 纽约 1930”。一个家庭聚会博客弹了出来。2010年，某位莉莎·夏茨曼女士在纽约州北部举办了一次家庭聚会。在“家族历史”一项下，莫莉找到了一张阿格妮塔·夏茨曼和伯纳德·夏茨曼夫妇的泛黄合影。这对夫妇于1915年从德国移民至此，住在伊丽莎白街26号。夏茨曼先生是个小贩，夏茨曼太太则以缝补为生。伯纳德·夏茨曼于1894年出生，阿格妮塔·夏茨曼于1897年出生。直到1929年，他们两人还没有孩子，当时夏茨曼先生35岁，夏茨曼太太32岁。

那一年，他们收养了一个婴儿，名叫玛格丽特。

梅茜。莫莉在椅子上往后一仰。这么说，梅茜并没有在火灾中丧生。

又花了不到十分钟，莫莉在网上找到一张一年前的旧照。相中白发苍苍的老太太一定就是薇薇安的妹妹。玛格丽特·雷诺兹（娘家姓夏茨曼），时年八十二岁，相中的她身边满是儿孙和曾孙，照片摄于她家，位于纽约州莱茵贝克，距纽约城仅两个半小时车程，离斯普鲁斯港也不过八个多小时路程。

她接着输入“玛格丽特·雷诺兹，莱茵贝克，纽约”。屏幕上弹出了一份五个月前刊登在《波基普西日报》上的讣告。

玛格丽特·雷诺兹夫人，享年83岁。于星期六在睡梦中平静病逝，身边是她深爱的家人……

失去——找回——再失去。她该如何告诉薇薇安这一切？

明尼苏达州，赫明福德县，1930年

身体好些以后，我就跟着拉森小姐搭那辆黑色汽车上学。墨菲夫人几乎每天都会给我东西：一条她说在橱柜里找到的短裙、羊毛帽、驼色大衣、长春花色的围巾和配套手套。这些衣服有的少了纽扣，有的裂了口，有的必须缝边或者改小。有天墨菲夫人发现我在用范妮给我的针线补裙子，顿时惊呼起来："哎呀，你还真是心灵手巧啊！"

她做的饭菜那么熟悉，勾起了我一段又一段回忆：烤箱里嗞嗞作响的香肠加土豆，祖母清早泡的一杯茶；屋后晾衣绳上迎风招展的衣服；远处教堂隐约的钟声。也有别的一幕幕：爸爸躺在地上醉得不省人事，祖母和妈妈在吵架。妈妈高喊："都是你把他惯坏了！他一辈子都成不了男子汉！"祖母回嘴道："你就天天招惹他吧，眼看着他就连家也不回了！"有时候，当我留在祖母家过夜，我会不小心听到祖父母在餐桌边小声讲话。"那我们怎么办呢？是不是得养他们一家一辈子？"我知道他们很生爸爸的气，但他们也不怎么容得下妈妈，谁让她的家人远在利默里克，而且从来连个小忙也不肯帮呢。

祖母送我克拉达十字架那天，我正坐在她的床上，抚摸着带有纹路

的白床单，望着她梳妆打扮准备去教堂。她坐在小梳妆台旁，梳妆台上有一面椭圆的镜子。祖母用一把心爱的梳子轻拂头发，那梳子是用最好的鲸骨和马鬃做成的，她说。她让我摸了摸梳子光滑的米色手柄，摸了摸坚硬的刷毛，然后把它放进一个小匣里。她告诉我，为了攒钱买这把梳子，她帮人家补衣服，补了整整四个月。

祖母把梳子放好，打开她的首饰盒。那是个米白色人造革首饰盒，带有镀金装饰和一只金扣，内衬是毛茸茸的红色天鹅绒，装满了各式珠宝：闪闪发光的耳环、坠着玛瑙珍珠的沉甸甸的项链，还有金手镯（后来妈妈愤愤地说，那些全是从戈尔韦郡的廉价商店里买来的便宜货，但对当时的我来说，那些珠宝看上去奢华极了）。她挑了一对珠串耳环，一个接一个夹在她那低悬的耳垂上。

首饰盒底躺着那枚克拉达十字架。我从未见过祖母戴它。她告诉我，这是她爸爸在她十三岁第一次领圣餐时送给她的，他过世已经很久了。她本打算传给她的女儿，也就是我姑姑布丽吉德，但布丽吉德姑姑要了一枚镶诞生石的金戒指。

“你是我唯一的孙女，我希望你能拥有它。”祖母一边说，一边把链子系到我的脖子上，“看到这些交织的纹路了吗？”她用瘦骨嶙峋的手抚摸着浮雕花纹，“它们勾勒了一条永无止境的路，离家远去，又重返故里。只要戴上它，你将永远不会远离你起步的地方。”

祖母送我克拉达十字架之后，过了几个星期，她和妈妈又吵了一架。她们的争吵声越来越响，我带着双胞胎弟弟进了走廊尽头的卧室。

“他是上了你的当，他根本没有准备好。”我听见祖母大吼。接着是妈妈的反驳，我听得一清二楚：“一个被母亲宠坏的男人，对他妻子来说，就是扶不上墙的烂泥。”

前门砰的一声，我知道那是祖父厌恶地摔门离开。接着是一声巨响，一声尖叫，一阵哭号。我跑到客厅，看见祖母的鲸骨梳掉在壁炉前摔得粉碎，妈妈的脸上露出胜利的表情。

不出一个月，我们便上了艾格尼丝·波琳号，向埃利斯岛驶去。

我听说，墨菲夫人的丈夫在十年前去世，给她留下了这幢老旧的大房子，却没有留下多少钱。为了物尽其用，她当起了房东。住在这里的姑娘们有个轮值表，每星期更换一次：做饭、洗衣、打扫、拖地板。没过多久，我也开始帮忙了：我摆好早餐桌，收拾盘子，打扫大厅，晚饭后洗碗碟。最勤快的还是墨菲夫人，她每天早起做烤饼、饼干和麦片粥，晚上最后一个关灯就寝。

到了晚上，姑娘们聚在客厅里，谈论她们穿的袜子，是背后有接缝的好呢，还是无缝的好呢；哪些牌子比较经穿；哪些牌子穿着扎人；哪种口红的颜色最称心如意（姑娘们一致认为是里茨查尔兹牌唇膏的篝火红色）；还有她们最喜欢的香粉品牌。我静静地坐在壁炉边听着。拉森小姐很少参加，晚上她要忙着做课程计划，也忙着学习。读书的时候，她会戴上一副小小的金边眼镜——不过看上去，她只要不在做家务，就一定在读书。她的手里不是拿着一本书，就是拿着一块洗碗布，有时候还两样都有。

我在这里待得越来越自如。但无论我多么希望墨菲太太忘了我的身份，但她显然没有忘。一天下午，当我与拉森小姐放学乘车回来，索伦森先生正站在门厅里，手里拿着黑毡帽，仿佛那是个方向盘。我的胸中顿时翻腾起来。

“啊，她回来了！”墨菲太太大声说，“过来，妮芙，到门厅里来。请你也来一下，拉森小姐。把门关上，不然会得场大病。要来杯茶吗，索伦森先生？”

“那敢情好，墨菲夫人。”索伦森先生说着，跟着她慢吞吞地穿过双开门。

墨菲夫人朝玫瑰红丝绒沙发示意，他一屁股坐了下来，活像图画书上的大象，圆滚滚的大腿上方挺着一个大肚子。拉森小姐和我坐进了靠背椅。等到墨菲夫人的身影消失在厨房里，索伦森先生向我俯过身，讪笑着问道：“又叫回妮芙了？对吧？”

“不知道。”我的目光落在窗外，落在飘雪的街道和索伦森先生那辆墨绿色的卡车上——刚才我竟然没有注意到，那辆车就停在大屋门口。跟索伦森先生比起来，那辆车更让我不寒而栗。我正是坐着这辆车到了格罗特家，当时索伦森先生还高高兴兴地唠叨了一路。

“还是改回多萝西吧，好吗？”他说，“容易些。”

拉森小姐望着我。我耸耸肩膀：“行啊。”

他清清嗓子：“我们谈正事吧。”他从胸前的口袋里掏出小眼镜戴上，又拿起一张纸，把手臂伸得笔直，“此前两次安置都未能成功，一次是伯恩家，一次是格罗特家，两家都是因为与女主人不和。”他的目光越过银色的镜框，落到我身上，“我不得不告诉你，多萝西，看上去……你身上有些毛病。”

“可我没有……”

他冲我挥了挥粗壮的手指：“你一定清楚，困难之处在于你是个孤儿。无论事实怎样，看上去都可能会像个……不服管教的问题。现在有几条路可以走，第一，当然，我们可以把你送回纽约，或者试着再给你找户人家。”他重重地叹了口气，“可是老实说，再找人家可能有点棘手。”

墨菲太太一直在带着她的西洋玫瑰茶具忙进忙出，眼下正把茶倒进精美的薄边茶杯，又把茶壶放在咖啡桌中间的一个三脚架上。她把一杯茶和糖罐递给索伦森先生。“好极了，墨菲夫人。”他边说边往杯子里放了四勺糖，加上牛奶，叮叮当当地搅了搅，将小银勺搁在碟子边上，长长地咂了一口。

“索伦森先生，”等他放下茶杯，墨菲夫人说，“我想到一个主意，能和你去门厅那儿聊聊吗？”

“当然。”他用一张粉色的餐巾擦擦嘴，站起身跟着墨菲夫人进了走廊。

门刚关上，拉森小姐端起茶杯抿了一口，又咔嗒一声把茶杯放回茶碟。我们之间隔着一张圆桌，桌上的铜灯洒下琥珀色的光。“很遗憾你要受这种折磨。但我相信你能理解，即使墨菲夫人这么好心的人，也不能一直留你在这里。你能理解的，对吗？”

“是的。”我的喉头哽咽，我怕再多说一个字就要哭出声来。

当墨菲夫人和索伦森先生回到房间的时候，她一直微笑着望着他。

“你可真幸运！”他告诉我，“这位了不起的女士！”他对墨菲夫人露出灿烂的笑容，她垂下眼帘，“墨菲夫人提醒我，她的朋友——中央大街百货商店的店主尼尔森夫妇五年前失去了他们唯一的孩子。”

“白喉病，可怜的孩子。”墨菲夫人补上一句。

“是的，是的，真是个悲剧，”索伦森先生说，“嗯，显然他们正想找个看店的帮手。尼尔森太太前几个星期找过墨菲夫人，问她这儿的租客有没有人要找工作。然后，当你突然漂到她家门口……”也许是感觉这么说有点欠妥，他讪笑了一声，“请原谅我，墨菲夫人！只是打个比方！”

“完全没问题，索伦森先生。我们知道你没有恶意。”墨菲夫人往他的杯子里加了些茶递给他，又转向我，“跟拉森小姐谈过你的情况以后，我对尼尔森太太提起了你。我跟她说，你是个头脑清楚、思想成熟的女孩，马上就要十一岁了。你能缝补衣服和打扫屋子，我相信一定能帮上她的忙。我解释说，也许最皆大欢喜的结局就是收养，但也不一定非要这么做。”她合上双手，“所以尼尔森先生和夫人同意见见你。”

我知道我应该表示感谢，但我好不容易才挤出一个微笑，半天说不出话来。我并不感激，我很失望。我不明白我为什么非要离开，如果墨菲夫人觉得我这么乖，那她为什么不能把我留下呢？我不愿意再去另一个把我当仆人看待的家庭，在那种地方，人们容忍我，不过是因为我会给他们干活儿。

“墨菲夫人，您真是个好人！”拉森小姐欢呼道，打破了沉默，“真是个天大的好消息，不是吗，多萝西？”

“是的，谢谢您，墨菲夫人。”我艰难地挤出几个字。

“不客气，孩子。真的不客气。”她满面笑容，颇为骄傲，“索伦森先生，或许我们俩也该参加这次会面？”

索伦森先生一口喝光茶，把杯子放到茶碟上：“是的，墨菲夫人，我还想着，我们两个人应该单独讨论一下……具体细节。你觉得呢？”

墨菲夫人脸一红，眨眨眼睛，扭扭身子，端起茶杯，一口没喝又放了回去。“也许是个明智的提议。”她说。拉森小姐掉过眼神，给了我一个微笑。

明尼苏达州，赫明福德县，1930年

接下来的几天里，只要一见到墨菲夫人，她就会给我几条建议，教我在跟尼尔森家会面时该有什么样的举止。“握手要有力，但又不要捏得太紧。”在楼梯上碰到我时，她说，“你得像个淑女。得让他们知道，你值得信赖，可以去站柜台。”晚饭时，她又开始教导我。

其他人也纷纷插话。“别多问。”有个姑娘提议道。

“但答话要快。”另一个补上一句话。

“指甲要修剪干净。”

“去之前用小苏打刷刷牙。”

“你的头发一定……”格伦德小姐做个怪相，伸手拍拍自己的头发，像是要压下几个肥皂泡，“要弄顺。你永远说不好他们怎么看待红头发的人。”

“好了，好了，”拉森小姐说，“我们快把这小可怜吓得手足无措啦。”

会面安排在十二月中旬的一个星期六，当天早晨，我听见有人轻轻敲响了我的卧室门。来人是墨菲夫人，手里拿着一条挂在衣架上的深蓝

色丝绒裙子。“看看合不合身。”她把衣服递给我。我正在为难是该邀请她进屋，还是把门关好换衣服，她已经闪身进了房间，一屁股坐在床上。

墨菲夫人看上去如此一本正经，因此我脱掉外衣，只穿短裤站在那儿，也并不觉得害臊。她把裙子从衣架上解下来，从侧面拉开一条我根本没有注意到的拉链，举到我头上，帮我穿上长袖，理好百褶裙，再把拉链拉好。她后退几步，仔细打量着我，左拉一下右拉一下，又扯扯袖子。“来看看头发。”她让我转个身，让她好好瞧瞧。她在围裙兜里摸了片刻，取出小夹子和一个发卡。接下来几分钟，她在我的头上左拨右捋，把头发往后梳，再理顺捋平。等到她心满意足，她让我转身面对着镜子。

尽管跟尼尔森夫妇的会面还让我满心惴惴，我却还是忍不住露出了笑容。自从几个月前被格罗特先生剃掉头发以后，破天荒第一次，我看上去还挺像样。以前我从未穿过丝绒长裙。裙子很重，还有点硬，裙摆一直垂到我的小腿肚。我走到哪里，裙子上淡淡的樟脑丸气味就飘到哪里。我觉得裙子很漂亮，可惜墨菲夫人还不满意。她一边眯眼望着我，嘴里嗬嗬作声，一边捏着布料。“等等，我马上回来。”她一溜烟奔了出去，片刻后拿了一根宽宽的黑缎带回来，“转身。”我乖乖转个身，她把腰带系在我的腰间，又在背后打了个大蝴蝶结。我们俩在镜子里审视着她的大作。

“好了。你看上去就像个公主，亲爱的。”墨菲夫人说，“你的黑色长筒袜干净吗？”

我点点头。

“那就穿上，你的黑鞋子也还行。”她的手搭在我的腰上，笑着说，“爱尔兰红发公主，就在明尼苏达州！”

当天下午三点钟，伴着那年第一场雪暴的降临，我在墨菲夫人的门厅里见到了尼尔森夫妇，索伦森先生和拉森小姐也站在一旁。

尼尔森先生简直活像只硕大的灰老鼠，胡须不时抖一抖，耳朵泛红，还有张小嘴。他身穿灰色三件套西装，系着真丝条纹领结，手里拄了根黑拐杖。尼尔森太太身材单薄，弱不禁风，泛白的黑发在脑后梳成一个髻。她有着黑色的眉毛、睫毛，一双深陷的棕色眼眸，涂着深红色口红，橄榄色的肌肤没有擦任何脂粉。

墨菲夫人把客人安顿好，奉上茶和点心，又问他们下雪天穿城过来感觉如何，最后谈起了天气。最近几天怎么降温啦，雪成云正慢慢向西边飘啦，还有今天果然不出所料，暴风雪终于开始了。大家纷纷猜测今晚雪能下多厚，能在地上积多久，什么时候还会有更大的雪，今年冬天又会是个什么模样。当然比不过1922年的冬天，那年暴雪后又接着来了风暴，大家个个被折腾得够呛。还记得1923年的黑尘暴雪吗？夹着尘土的雪从北达科他州吹过来，整个城市堆的积雪足有七英尺厚，人们好几个星期出不了门。不过话说回来，今年也不大可能像1921年那么暖和，那可是有史以来最温暖的十二月。

尼尔森夫妇的提问颇有分寸，我答话时尽量不显得过于渴望，也不显得漠然。其他三人专心致志地望着我们，我能感觉到他们在心里督促我好好表现，坐直一些，回答问题的时候把句子说完。

终于，随着一个又一个话题的结束，索伦森先生说：“好了，我想我们都很清楚今天来到这里的目的，就是要决定尼尔森夫妇是否愿意收留多萝西，以及多萝西是否满足他们的需求。因此，多萝西，你能跟尼尔森先生和太太说说你为什么希望加入他们的家庭，你又能为这个家庭带来什么吗？”

如果说实话（当然，我不会对索伦森先生的问题说实话），我会说我只是需要一个安全、干爽的住处。我想要穿暖吃饱，想要平静有序。而最重要的是，我想要一个让我感觉安全的被窝。

“我会缝纫，我很爱清洁，数学也不错。”我说。

尼尔森先生扭头问墨菲夫人：“这位年轻的小姐会做饭和打扫吗？勤快吗？”

“她是新教徒吗？”尼尔森太太加了一句。

“她是个勤快的孩子，我可以证明。”墨菲夫人说。

“我会做一些菜。”我说，“不过在上一户人家，他们让我做炖松鼠和浣熊肉，我希望再也不要做那些菜了。”

“天哪，不会的。”尼尔森太太说，“那另一个问题呢？”

“另一个问题？”我有点没跟上。

“问你去不去教堂，亲爱的。”墨菲夫人给我提词。

“哦，对。我寄住的家庭都不去教堂。”我老老实实地回答。事实上，自从离开儿童援助协会的小教堂以后，我就再也没有去过教堂了。在那之前，我也只跟祖母去过教堂。我还记得紧紧握着她的手，跟她一起走到金瓦拉镇中心的圣约瑟夫教堂。那是一幢石头砌成的小教堂，有着宝石色调的彩色玻璃窗，深色的橡木长凳，薰香和百合花的香气，为逝去的挚爱所点亮的蜡烛，牧师低沉洪亮的声调，还有管风琴庄严的乐声。爸爸说他讨厌宗教，它从未给任何人带来过任何好处。而当伊丽莎白街上的邻居们因妈妈不做礼拜而侧目时，妈妈说："你去试试星期天早上应付一群孩子，其中一个发烧，另一个得了疝气，你的丈夫还醉倒在床上呢。"我还记得自己望见的天主教徒，身穿圣餐会礼服的女孩和穿着锃亮皮鞋的男孩子们从我家楼下的大街走过，他们的妈妈推着婴儿车，爸爸则在一旁漫步。

"她是个爱尔兰女孩，维奥拉，我想她应该是个天主教徒。"尼尔森先生对他的妻子说。

我点点头。

"也许你信仰的是天主教，孩子，"这是尼尔森先生第一次直接跟我搭话，"可我们是新教徒，我们希望你星期天能和我们一起去路德教会做礼拜。"

反正我已经多年没做过任何礼拜了，有什么关系呢？"当然可以。"

"还有，你知道我们会送你去城里的学校吧，就在家附近，所以你不能继续上拉森小姐的课了。"

拉森小姐说："无论如何，我们学校本来就快赶不上多萝西的进度了，她是个非常聪明的女孩。"

"放学以后，"尼尔森先生说，"我们需要你在店里帮忙，当然我们会按小时付你薪水。你知道我们家商店吗，多萝西？"

"算是一个面向大众、什么都有的地方吧。"尼尔森太太说。

我除了点头还是点头。目前为止，他们的言语中没有任何异常的地方，但我并不感觉与他们息息相通，半点也没有。他们似乎并不急着了解我，当然话说回来，本来也没有几个人急着了解。我有种感觉，比起我能给他们的生活带来什么用处，我的被弃和遭遇对他们来说无关紧要。

第二天早上九点钟，尼尔森先生开着一辆蓝白相间、镶着银边的斯蒂庞克轿车过来，敲响了前门。承蒙墨菲夫人的好心，我现在有了两个手提箱和一个书包，里面装满了衣物、书本和鞋。在房间收拾行李的时候，拉森小姐走进屋，把一本《绿山墙的安妮》塞到我手里："这是我自己的书，不是学校的。我想把它送给你。"说完，她和我拥抱道别。

于是，从一年前踏上明尼苏达州的土地开始，我第四次把我所拥有的一切放进一辆交通工具，开始了新的旅程。

明尼苏达州，赫明福德县，1930—1931年

尼尔森家是一栋两层高的殖民地风格楼房，漆成了黄色，配着黑色百叶窗，一条长石板甬道通往前门。它坐落在一条安静的街上，离镇中心有几个街区。室内布局是一个圈，右侧那间洒满阳光的客厅通向深处的厨房，厨房则通到餐室，餐室再连回门厅。

我在楼上有间属于自己的大屋，漆成了粉色，还有一扇可以俯瞰街巷的窗户。我甚至有一间专用浴室，里面有个大大的陶瓷盥洗盆，粉色瓷砖，以及明丽宜人、粉色镶边的白窗帘。

我做梦也不敢奢望的一切，在尼尔森先生和尼尔森太太眼里却理所当然：所有房间都配备着带有黑漆云纹的钢制通气孔。即使没有人在家，热水器也会开着；这样一来，到尼尔森夫妇收工回家的时候，就不必等着烧热水了。一个名叫贝丝的女子会每星期来打扫房子一次，做清洁。冰箱里摆满牛奶、鸡蛋、奶酪和果汁，尼尔森太太还会留心我喜欢什么口味，然后多买一些备着——比如燕麦早餐啦、水果啦，即使是橘子和香蕉这种异国水果。我在药柜里找到了阿司匹林和店里买来的牙膏，在走廊壁橱里找到了干净的毛巾。尼尔森先生告诉我，他每隔一年

就会换一辆新款车。

星期天早晨，我们会去教堂。路德会恩典堂跟我见过的所有宗教场所都不一样：那是一栋简单的尖顶白楼，配着哥特式拱窗、橡木长凳和一个备用圣坛。我感觉恩典堂里的仪式抚慰人心——赞美诗颇有效用，布道的牧师温文尔雅、姿态放松，着重宣扬礼仪和礼貌。尼尔森先生和其他教友对风琴手抱怨颇多，那家伙要么弹得飞快，害得我们咬不清词，要么弹得很慢，让曲子变得悲悲戚戚。他的脚似乎没办法从踏板上抬起来。但并没有人站出来抗议，教友们只是一边听曲一边互相挑挑眉毛，耸耸肩膀。

大家理所当然地认为，人人都在尽力做到最好，我们个个只需善待对方，而我喜欢这种想法。我喜欢喝着咖啡，吃着杏仁饼的时光。我也喜欢被人当作尼尔森家的人，人们似乎普遍认为尼尔森夫妇正直又和气。生平第一次，认同的目光落到我身上，甚至将我团团包围。

在尼尔森家度过的日子平静而有序。每星期六天，每天早上五点三十分，尼尔森太太都会为丈夫做早餐（通常是煎鸡蛋和吐司）。尼尔森先生在早上六点离开家，为农夫们开店门。我收拾收拾去上学，七点四十五分走出家门，花十分钟步行到校舍——那是一栋砖楼，共有六十个孩子，分成不同年级。

到新学校的第一天，五年级老师布什科沃斯基小姐让全班（我们班上总共十二个学生）做自我介绍，再说出一两个爱好。

我还从来没有听过“爱好”这个词。但排在我前面的男孩提到了棍球，排在他前面的女孩提到了集邮，所以轮到我的时候，我说的是缝纫。

“真不错，多萝西！”布什科沃斯基小姐说，“你喜欢缝纫些什么？”

“基本上是衣服。”我对全班说。

布什科沃斯基小姐露出鼓励的微笑：“给你的娃娃吗？”

“不，是做女装。”

“嗯，棒极了！”她的口吻太欢快了，我不禁从中悟出：也许，大多数十岁小孩是不做女装的。

于是，我开始改变自己。同学们知道我来自异乡，但随着时光流逝，再加上一番苦功，我已经没有半点口音了。我留心着同龄女孩的穿着、发型和话题，也努力抹去身上的异国味，广交朋友，融入大家。

三点钟放学后，我会径直去店里。尼尔森商店宽敞空旷，分成条条过道，商店后方有一家药店，前方有块糖果区，还有服装、书籍、杂志、洗发水、牛奶和农产品。我负责摆货架，帮忙盘点库存。如果店里忙不过来，我还会帮着收银。

站在柜台里，我看见了不少满怀渴望的孩子面孔：这些孩子悄悄溜进店里，在糖果区徘徊，仔细端详着条纹棒棒糖——对他们脸上那种挠心挠肺的馋劲，我太记忆犹新了。我问尼尔森先生，我可以时不时用自己的收入买块一分钱的棒棒糖给小朋友吗？他哈哈大笑：“听你的，多萝西。我不会从你工资里扣的。”

到了五点钟，尼尔森太太会离开商店回家准备晚餐，有时我跟她一起回家，有时则留在店里，帮尼尔森先生关门。他总在六点钟从店里离开。晚餐时分，我们聊聊天气、商店和我的家庭作业。尼尔森先生加入了商会，所以经常谈起如何在这种“不守规矩”的经济中（按他的说法）想办法把生意做好。夜晚时分，尼尔森先生坐在客厅的翻盖书桌旁，审查店里的账目；尼尔森太太准备次日的午餐，收拾厨房，处理家务；我则帮着洗碗、扫地。等到做完家务，我们会玩跳棋和红心牌戏，听收音机。尼尔森太太教我刺绣，她给沙发绣繁复精巧的抱枕，我就给凳子绣花卉图案的罩子。

我在店里接手的第一批差事还包括帮忙装饰店铺，以备圣诞节。尼尔森太太和我把装满玻璃球、亮珠子、缎带和陶瓷饰品的箱子从地下室储藏间搬上来。尼尔森先生派手下的两个送货员——亚当和托马斯开车到城郊砍了一棵树装饰橱窗，我们还花了一下午把点缀着红丝绒蝴蝶结的青枝放到商店大门上，然后装点圣诞树，用箔纸包起空盒子，再系上丝线和植绒丝带。

一起干活儿的时候，尼尔森太太零零星星地将她的经历告诉了我。她是瑞典裔，但根本看不出来——她的族人是黑眼睛的吉卜赛人，从欧洲中部来到哥德堡。她的父母都已经过世，兄弟姐妹散布在各地。她和尼尔森先生已经结婚十八年了，结婚时她二十五岁，他则刚过而立。他们以为自己生不了孩子，但大约十一年前，她怀孕了。一九二〇年七月七日，他们的女儿薇薇安来到了人世。

“你的生日是什么时候，多萝西？”尼尔森太太问道。

“四月二十一日。”

她将银色丝带小心地从枝条间穿过，飞快地低下头，免得我看见她的面孔。她开口说：“你们两个人年纪差不多。”

“她怎么了？”我爹着胆子问道。尼尔森太太从未提过自己的女儿，我感觉到如果现在不问，我可能再也不会有机会了。

尼尔森太太将丝带绑到一根枝条上，又弯腰拿起另一条丝带，把它的一头缠在同一根枝条上，与之前那条丝带相接，飞快地编了起来。

“六岁时，她发了一次烧。我们以为是感冒，于是让她上床，叫了医生。医生说，要让她休息，多喝水，总之是那些常见的建议。但她的病并没有起色。一晃到了半夜，她变得神志不清，真的发了狂，我们又打电话给医生，他检查了她的喉咙，发现了不祥之兆——一些斑点。我们不知道那是什么，但他清楚。”

“我们带她去了罗切斯特市[①]的圣玛丽医院，院方对她进行了隔离。当医院声称他们无能为力时，我们不相信，但那终究只是个时间问题。”她摇摇头，仿佛要赶走那个念头。

对她来说，失去女儿是多么难熬啊，我寻思着，又想起了我的兄弟和梅茜。尼尔森太太和我的心中各自深藏着隐痛，我为我们两个人感到难过。

到了平安夜，在翻飞的小雪中，我们三个人步行来到教堂，点亮圣坛右侧那棵高达二十英尺的树上的蜡烛。路德教派一众金发的小孩、父母、祖父母打开歌集放声齐唱，牧师宣讲起了至为基本的教义——博爱与同情。“有人急需帮助，”他告诉教友们，“如果你能够施与，那就施与，体现出你们最好的一面吧。”

他提起了几户处境堪忧的人家：养猪的农户约翰·斯拉特瑞在脱粒时出了事故，丢了右臂，他家需要些罐头食品，为救农场脱离困境，

① 美国明尼苏达州东南部城市。

还需要大家能腾出来的任何人手；八十七岁的阿贝尔太太瞎了眼睛，孤零零一个人，教友如果愿意每星期腾出几个小时帮忙，教会将会非常欢迎……格罗特一家七口身陷水深火热之中，父亲失业，四个年幼的孩子和一个月前早产的婴儿全都体弱多病，母亲难以下床……

“真惨呢。”尼尔森太太低语道，“我们想个法子帮帮他家吧。”

她不知道我跟格罗特一家的过节。他们只是另一户遥远的悲惨人家。

仪式过后，我们穿过安静的街道往回走。雪已经停了，夜晚晴朗而寒冷，煤气灯投下圈圈光晕。我们三人一步步走近尼尔森家，大宅遥遥映入我的眼中，仿若初识：门廊上亮着的灯，门上的长青环，黑色的铁栏杆，平整的人行道。大宅之中，在一幅窗帘后，客厅里还亮着一盏灯。这里让人乐于重返它的怀抱，这是一个家。

每隔一个星期，星期四吃完晚餐以后，尼尔森太太和我会跟墨菲太太及其他六位女士一起缝被子。这群太太中间最阔气的那位住在城郊一栋宏伟的维多利亚式大宅里，我们就在她家宽敞的会客厅里碰头。在一屋子女人中，我是唯一一个小孩，却一下子感觉如鱼得水。我们会一起用某个会员带来的图样和面料缝制同一床被子，缝完一床就换一床，每床被子大约要缝四个月。据我所知，正是这群太太缝出了我那间粉色卧室床上名叫“爱尔兰花冠”的被子——黑色的背景上，四朵带绿茎的紫色鸢尾在中心交会。“有朝一日，我们也会为你做一床被子，多萝西。”尼尔森太太告诉我。她开始把店里布摊的边角料存起来，把每片碎布都放进一个写着我名字的扁皮箱。吃晚餐时，我们会谈起它：“一位女士买了十码半漂亮的蓝色印花布，我把剩下的半码给你存起来了。”她说。而我已经挑好了图样：双婚戒花色，也就是一串相扣的环形，是用一小块一小块方形布料拼起来的。

每个月，尼尔森太太和我都会在某星期日下午擦擦银器。她会从餐室橱柜一个长长的抽屉里取出一个沉重的红木盒子，里面装着她母亲送给她的结婚礼物——一套餐具。尼尔森太太告诉我，这也是她继承的唯一一件遗物。她一件接一件取出餐具，在桌上的抹布上摆成一排。我则从客厅的壁炉架上取来两只小银碗和四支烛台，从餐具柜里取来一个大浅盘，再从她的卧室里取来一个盒子，盒子上用细长的手写体写着尼尔森太太的芳名“维奥拉”。我们还会用上一罐沉甸甸、泥巴色的膏剂、几把又小又硬的刷子、清水和一大堆抹布。

一次，我正在擦拭一只花饰华丽的勺子，尼尔森太太指着自己的锁骨说：“如果你愿意，我们可以把它擦亮。”说话时，她并没有正视我。

我轻抚着脖子上的项链，一路摸到了那个克拉达十字架。我伸出双手到颈后，解开搭扣。

“用刷子吧，动作轻些。”她说。

“这是祖母给我的。”我告诉她。

她望着我，笑了。“还要用温水。”她说。

我用刷子一路刷过，暗沉沉、灰扑扑的项链登时变得熠熠生辉，一度晦暗失色的克拉达十字架也再次活灵活现起来。

“瞧，”当我洗净、擦干项链又重新戴上时，尼尔森太太说，“好看多了。”尽管她一个字也没有问，我心里却清楚，她正在示意，她明白这条项链对我有着多么重大的意义。

我搬到尼尔森家以后，过了几个月，有一天吃晚餐时，尼尔森先生说："多萝西，尼尔森太太和我有件事要跟你商量。"

我以为尼尔森先生会提起他们正在筹备的拉什莫尔山之行，但他望望自己的妻子，而她对我微微一笑。我回过了神，尼尔森夫妇要谈的是别的事情，更重大的事。

"在你刚来明尼苏达州的时候，有人给你取名叫多萝西。"她说，"你是格外中意这个名字吗？"

"不怎么中意。"我不太摸得清楚状况。

"你知道我家的薇薇安对我们意味着什么，对吧？"尼尔森先生说。

我点点头。

"嗯。"尼尔森先生的双手平放在桌上，"如果你能沿用'薇薇安'这个名字的话，对我们来说意义非常重大。我们把你当成自己的女儿，从法律上讲暂时还不算是，但我们心里已经开始把你当女儿看待了，我们也希望你开始把我们当父母看待。"

他们眼巴巴地望着我，一时间我茫然无措。我对尼尔森夫妇的感情——感激也好、尊重也好、欣赏也好，却跟亲子之爱并不相同，应该说是不尽相同。但那是一种什么样的爱，我却也不知道自己能否说清。我很高兴能跟这样一对夫妇生活在同一屋檐下，我也已经开始了解他们安静、谦虚的做派，我感谢他们收留我。但我每天都会意识到，自己与他们是多么南辕北辙。他们非我族类，也绝不会是。

对于沿用他们女儿的名字，我也说不清楚自己的感受，我不知道自己是否担得起这副担子。

“不要逼她，汉克。”尼尔森太太扭头面对着我，说道，“不要急，决定了再告诉我们。无论你做出什么样的决定，我们家都会有你的位置。”

几天后，在商店罐头食品区的货架旁，我听见一个男人的嗓音。我认得出那个人的声音，却又一时想不起来。我把余下的玉米和豌豆罐头放到面前的货架上，拿起空纸箱，慢慢站起身，暗自希望能偷偷瞧瞧对方是谁。

“我可以干计件工，来跟你换东西，如果你乐意的话。”我听到一个站在柜台后面的男人对尼尔森先生说。

每天都有人来到店里，嘴里说着一堆不付款的理由，要么要求赊账，要么提议用东西换货。看上去，尼尔森先生每天傍晚都会带些从顾客那里得来的东西回家：一打鸡蛋啦，叫“lefse”的挪威软饼啦，一条长长的针织围巾啦。尼尔森太太会翻个白眼，说句“哎呀”，但并没有怨气。我觉得她很为尼尔森先生自豪：他不仅如此善良，而且有法子如此善良。

“多萝西？”

我转过身，略微吃了一惊：那是伯恩先生。他的褐色头发又乱又长，双眼布满了血丝，我说不清他是否一直在酗酒。他到这里来做什么？到一个离他自己家三十英里的杂货店做什么？

“嗯，真是没想到。”他说，“你在这里工作？”

我点点头：“这里的店主……尼尔森夫妇……收留了我。”

尽管二月里寒气逼人，伯恩先生的太阳穴却滴下了一溜汗珠。他用手背擦了擦：“那你待得开心吗？”

“是的，先生。”我不明白他的举动为什么这么怪，“伯恩太太怎么样？”我设法换个话头客套几句。

他眨了几下眼睛：“看来你还没有听说。”

“对不起，什么意思？”

他摇摇头，嘴里说：“她不是个坚强的女人，多萝西。受不了屈辱，受不了求别人施恩。但我又能怎么办呢？我哪天不在琢磨啊。”他的脸扭曲了，“范妮走了以后，那……”

“范妮走了？”我不知道自己为什么大吃一惊，但我确实很惊讶。

“是在你走后没几个星期的事。有天早上她来了，说她那个住在帕克拉皮兹的女儿想让她跟他们一起住，范妮决心离开。剩下的人都走光了，知道吧，我觉得洛伊丝只是受不了……”他用手在脸上摸了一把，仿佛想把五官通通抹去，“还记得去年春天那阵诡异的暴风雨吗？四月下旬那次。嗯，洛伊丝抬脚走进了风暴里，一步步直往前走。有人发现她冻死在离我家大约四英里的地方。”

我想同情伯恩先生，我想有所触动。但我没有。“我很遗憾。”我告诉他。我猜自己确实很遗憾，为他，为他那一团糟的生活。但对伯恩太太，我实在找不出一丝悲伤。我想起她冰冷的眼神，时时紧锁的眉头，想起她只把我当作可以使唤的人手，除了穿针引线的十指别无他用。我并不为她离开人世开心，但我也并不遗憾。

当天吃晚餐时，我告诉尼尔森夫妇，我会沿用他们女儿的名字。就在那一刻，昔日画上了句号，我的生活掀开了新的一页。尽管我难以相信自己还会一路吉星高照，但对抛在脑后的昔日，我却没有任何怀念。因此几年后，当尼尔森夫妇告诉我他们想收养我时，我欣然答应下来。我会当好他们的女儿，尽管我永远无法逼着自己开口称呼他们“爸爸”“妈妈”，我们之间感觉太拘礼了些，没法用这种称呼。即便如此，显而易见的是，从现在开始，我是尼尔森家里人了，他们会管我，照顾我。

随着时光流逝，我真正的家庭变得越来越难以记起。我没有昔日留下的旧照、信件甚至书籍，只有祖母留下的爱尔兰十字架。尽管那条克拉达项链很少离身，但随着我日渐长大，我却逃不开一个念头：血亲只给我留下了一件东西，而留下它的那个女人将自己的独生子及其家人赶上了茫茫大海，赶上了一叶孤舟，尽管她明知道，也许今后再也见不到他们了。

明尼苏达州，赫明福德县，1935—1939年

我十五岁那年，尼尔森太太在我的钱包里发现了一包香烟。

当时我走进厨房，一眼就看出：我不知怎的惹她不开心了。她比平常更加安静，有种伤心欲怒的模样。我纳闷自己是否在做白日梦，于是搜肠刮肚地寻思着今天上学之前说错过什么话，办错过什么事，居然惹她难过。我连想也没想过那包烟——那是我的朋友朱迪·史密斯的男友在镇外的埃索加油站买给她的，她顺手递给了我。

尼尔森先生进了厨房，我们坐下吃晚餐，尼尔森太太把那包好彩烟从餐桌上向我推过来。“我在找我的绿手套，以为是你拿去用了，结果找到了这个。”她说。

我抬眼望着她，又望望尼尔森先生——他举起刀叉，正把猪排切成小块。

“我只抽了一支，尝一尝。”我说道，尽管他们一眼就能看出那包香烟已经所剩无几。

“你从哪儿弄来的？”尼尔森太太问。

我想告诉他们是朱迪的男朋友道格拉斯给的，但我明白把别人搅进

这摊浑水只会更加糟糕。“这是……试试而已。我很不喜欢抽这东西，害我咳个不停。”

她对尼尔森先生挑挑眉毛，我看得出来，他们已经想好怎么罚我了。养父母只能拿一件事罚我——每星期日下午，我都会跟朱迪一起去看电影，因此接下来两个星期，我只能待在家里，还要忍受他们俩不作声的责备。

从此以后，我认定：惹恼养父母的代价实在太高了。我不会像朱迪那样从自己的卧室窗户爬出去，沿着水管溜下楼。我会乖乖上学、在店里干活、帮忙准备晚餐、做好家庭作业、上床就寝。我会偶尔出门跟男生约会，通常是四人约会，或者成群结队。其中一个名叫罗尼·肯的男孩对我尤其钟情，还给了我一枚定情戒指。但我很担心自己的举动让养父母失望，因此见到任何出格的苗头都一概避开。有次约会后，罗尼想要吻我道别，他的嘴唇刚刚挨上我的唇，我就唰一下抽了身。没过多久，我就把戒指还给了他。

我一直隐隐有种担心：说不定什么时候，索伦森先生就会出现在门前台阶上，嘴里告诉我，尼尔森夫妇认定我花的钱太多，惹的事太多，要不就让人失望透顶，于是已经决定不要我了。在梦魇中，我独自一个人待在火车上，正前往茫茫荒野，或者正身处干草堆，找不到出路，不然的话，我便正在大都市的街道上穿行，凝望着每扇窗口的万千灯火，望见屋里的户户人家，其中却没有一个是我的家。

有一次，我无意中听到一个男人在柜台旁跟尼尔森太太闲聊。“我太太让我来店里买点东西，我们教会正在为某个乘孤儿列车来的小子凑一篮子东西呢。”他说，“还记得那些列车吗？以前会载着一堆无家可归的流浪儿经过这里？我曾经去奥尔本斯的格兰其礼堂见过他们一次，可怜兮兮的小家伙。总之，这小子真是撞上了一连串霉运，先是被收养他的农夫打得够呛，后来收养他的老太太又去世了，那小子又落得个无依无靠。真丢人呢，居然把那些可怜的孩子送出去自生自灭，指望大家照顾，好像我们没有家累一样。”

“嗯。”尼尔森太太不置可否地说。

我往前凑了凑，想知道他是否在说“德国仔”，但又转念一想，眼下“德国仔”已经十八岁了，足以自己谋生。

快满十六岁时，我环顾着店里，发现自从我来到这儿，它就几乎没有变过；但我们大可以想些办法让它变得更棒。法子还真不少。首先，跟尼尔森先生商议过后，我把杂志挪到了商店的前方，靠近收银台。洗发水、乳液和香脂原来摆在商店的后方，我把它们搬到了药房附近的货架上，这样一来，配药的人们也可以顺便买点膏药和软膏。女性用品区的存货少得让人发愁——这倒不奇怪，因为尼尔森先生对此一窍不通，尼尔森太太又不感兴趣（她偶尔会涂涂口红，但看上去总像是随便挑了一支，匆匆了事）。我还记得大家在墨菲太太家没完没了地聊长袜、吊袜带和化妆，于是提议店里扩充女士用品区，比如买个转盘式货架，摆上某家供应商的有缝丝袜和无缝丝袜，再在传单上打广告。养父母将信将疑，但第一个星期商店就卖光了所有存货，接下来的一个星期，尼尔森先生把订单翻了一倍。

我想起范妮曾经说过，就算手头不宽裕，女人们却仍然希望打扮得漂漂亮亮，于是说服尼尔森先生订了些廉价的小玩意儿、闪闪夺目的珠宝饰品、全棉平绒手套、塑料手镯、五颜六色的印花丝巾。学校里有几个女生经常吸引我的关注，她们比我高一两个年级，家境优越的父母会带她们去双城[①]买衣服。我留心着她们爱吃什么，爱穿什么，爱听什么样的音乐，爱什么样的汽车，追什么样的电影明星。我把这些点点滴滴搬回店里，好似喜鹊搜罗碎片和树枝。如果其中有个女生换上了新颜色或新款的皮带，或者把一顶平顶圆帽歪着戴，那到当天下午，我就会查遍店里供应商的产品目录，找到类似的设计。我从目录里挑出跟这些女生相像的模特，一个个有着两弯纤纤细眉、玫瑰般的娇唇和柔软起伏的秀发，再给她们装扮最新的款式和颜色。我挑出那些女生喜爱的香水，比如伊丽莎白·雅顿的“青青芳草”。商店会把这些款跟那些最受欢迎的流行款一样屯上一批货，比如Jean Patou（香水品牌）的“喜悦”和娇兰的“午夜飞行”香水。

随着业务增长，我们把货架凑近了些，在过道尽头竖起了专门的展架，上面摆满乳液。隔壁名叫里奇氏的珠宝店关门歇业时，我说服尼尔森先生改装并扩建了我们的商铺。库存不再放在店后，转而放进了地下室，店面也被分成了不同部门。

我们的商店一直坚持低价，加上每星期打折和发放纸质优惠券，价格就更低廉了。商店设立了分期付款机制，好让人们分期购买昂贵商品，还设置了冷饮柜台，好让大家有个久待的地方。没过多久，商店的生意便蒸蒸日上。在一片萧条之中，我们商店的生意似乎是唯一一宗欣欣向荣的生意。

“你的眼睛是你身上最漂亮的地方，你知道吧？”念中学最后一年

① 指美国明尼苏达州的圣保罗和明尼阿波利斯两个城市。

的时候，汤姆·普莱斯在数学课上告诉我，同时俯身越过我的课桌端详我的双眸，轮番凝望我两只眼睛，“有点棕，有点绿，还有点泛金色。我还从来没有在一双眼睛里见过这么多颜色。”他的目光害得我很不自在，但当天下午回家以后，我却凑近浴室的镜子，盯着自己的眼睛打量了好一会儿。

我的头发再也不是当初的黄铜色了。多年来，它变成了深赤褐色，恰似落叶的颜色。我剪了个时髦的发型（至少在我们镇上算时髦），正好齐到肩膀。等到开始使用化妆品，我还发现了一件事：迄今为止，我一直将自己的往昔看作一串毫无联系的转变，从爱尔兰的妮芙到美国的多萝西，再到转世的薇薇安。一重重身份被投射到我身上，刚开始颇不合体，就像一双你必须先硬塞进去的鞋，稍后才会合脚。但有了红色唇膏，我却可以打造出一副崭新的面具（也是暂时的面具）。下一次要变成谁，现在由我说了算了。

我跟汤姆一起参加了返校节舞会。他带着一串腕花来到我家门口——一朵饱满的白色康乃馨加两朵娇小的玫瑰。我的礼服裙则出自自己之手，是用粉色雪纺按金吉·罗杰斯在《欢乐时光》里穿的一条裙子缝制而成的，尼尔森太太还把她的珍珠项链和配套耳环借给了我。汤姆一直显得和蔼温厚，直到他从他爸爸那件有点嫌大的西装外套里摸出了一瓶威士忌，结果喝得酩酊大醉。他跟另一个毕业班学生在舞池里扭打起来，害得他自己和我都被赶出了舞会。

到了星期一，十二年级的英语老师弗莱太太在课后把我叫到了一旁。“你为什么要把时间浪费在这种浑小子身上？”她责怪道。弗莱太太敦促我申请州外的大学，比如她的母校——马萨诸塞州的史密斯学院。“你的人生将会更加广阔。”她说，“薇薇安啊，你不希望如此吗？”虽然她的好意让我受宠若惊，我心里却清楚自己永远也不会走那么远。我不能离开养父母，他们已经非常依赖我了。再说，尽管身边是汤姆·普莱斯这种浑小子，对我来说，人生却已足够广阔了。

高中一毕业，我就开始管理商店。我发觉自己不仅适合这份工作，而且还挺中意（我在圣奥拉夫学院念会计和工商管理课程，但课程都安排在晚上）。我雇用人手（现在总共有九个人了），还负责很大一部分订货。晚上我则与尼尔森先生一起复核账目。我们共同管理员工、安抚顾客、扶植供应商。我一直设法谋求最优惠的价格、最吸引人的商品、最新鲜的货色。尼尔森公司是全县首家出售直立式电动吸尘器、搅拌机、冻干咖啡的商店。我们从未这么忙碌。

跟我同一个毕业班的姑娘们会到店里来，挥舞着一颗颗钻石，仿佛炫耀的是至高无上的荣誉军团勋章，仿佛她们已经达成了一项重大使命——我猜吧，她们也确实这么想。但在我眼中，那条路却只通向为某个男人洗衣服，做家事。我完全不想跟嫁人扯上半点关系，尼尔森太太也颇为赞同。“你还年轻，用不着着急。”她说。

缅因州，斯普鲁斯港，2011年

“我的薪水就花在买这些花里胡哨的蔬菜上了。”迪娜抱怨道，“我不知道我们还能不能撑得下去。”

迪娜说的是莫莉从巴尔港图书馆回家后匆忙炒的一道菜：豆腐、青红椒、黑豆，再加上西葫芦。最近一阵子，莫莉经常下厨，心里盘算着：如果迪娜多尝几道不含动物蛋白的菜，她就会发现这世上还有许多美食。因此，上个星期莫莉做了芝士蘑菇馅玉米饼、茄子千层面和素食辣汤，可惜迪娜还是抱怨个没完没了：吃不饱啦，菜色很怪啦（在莫莉烤出茄子之前，迪娜还从未吃过这东西）。至于现在，她又抱怨花销太高。

“我觉得也没花太多啊。”拉尔夫说。

“还得加上多出来的一张嘴呢。”迪娜小声说。

“别管了，”莫莉心想，可是……“等一下，收留我你是有钱拿的，对吧？”她说。

迪娜惊讶地抬起头，餐叉举在半空中。拉尔夫挑高了眉毛。“我不知道那跟这些有什么关系。”迪娜说。

“那笔钱不是足以支付多出一张嘴的费用吗？”莫莉问，“还有剩的，对吗？说实话，这不就是你同意当寄养家庭的原因吗？”

迪娜霍地站起身。“你在开玩笑吧？”她转身面对着拉尔夫，“她居然这么跟我讲话？”

“嗯，你们俩……”带着哆哆嗦嗦的笑容，拉尔夫开口说道。

“鬼才跟她是‘我们俩’，你怎么敢把她跟我算成一伙呢。”迪娜说。

“嗯，好吧，我们……”

“不，拉尔夫，我受够了。罚做社区服务，见鬼去吧。要是我说了算，这小孩就该乖乖在少教所里待着。她是个小偷，就这么回事。她从人家图书馆偷东西，鬼才知道她从我们家偷了什么，从老太太那里偷了什么。”迪娜迈开大步向莫莉的卧室走去，开门进了屋，不见了踪影。

“嘿。”莫莉边说边站起来。

片刻后，迪娜又现了身，手里拿着一本书，仿佛举的是一幅表示抗议的标语——那是《绿山墙的安妮》。“你从哪儿弄来的？”她断然问道。

“你不能随随便便……”

“这本书你是从哪儿弄来的？”

莫莉坐回椅子上：“薇薇安给我的。”

“才怪。”迪娜翻开书，用一根手指使劲戳着封里，“这里明明写着，主人是‘多萝西·鲍尔’，那是谁？”

莫莉转身面对着拉尔夫，缓缓说道：“我没偷那本书。”

“没错，我敢肯定她只是‘借’书而已。”迪娜伸出一根魔爪般的粉色长手指，直指莫莉，“听好了，小姑娘。自从你踏进这个家，就尽给我们惹事，我简直受够了。我可是认真的，我真是受——够——了。”她叉腿站着，气喘吁吁地摆着头，暗淡的金发摇来晃去，好似一匹神经兮兮的小马驹。

“好吧，好吧，迪娜，听着。”拉尔夫举手在空中拍了拍，活像个乐队指挥，“我看闹得有点过了。大家能不能深呼吸一下，冷静冷静？”

“你这是在开玩笑吗？”迪娜这回真是口沫横飞了。

拉尔夫望了望莫莉。从他的脸上，她发现了一种从未见过的神情：他看上去满脸倦意，他看上去也受够了。

“我希望她滚。”迪娜说。

“迪……”

“滚。”

到了晚上，拉尔夫敲响了莫莉房间的门。“嘿，你在干什么？”他说着东张西望：里昂比恩行李袋正敞着口，莫莉珍藏的书堆在地板上，其中就有那本《绿山墙的安妮》。

莫莉一边把袜子塞进食品超市的塑料袋，一边说：“我看上去像是在干吗？”通常她不会对拉尔夫凶，但此刻她心想，谁在乎呀？刚才他不也没护着她吗。

“你还不能走，必须等我们先联络社工，可能要花一两天的工夫。”

莫莉把那袋袜子塞到行李袋的一头，正好撑起袋子。她又开始把鞋摆放整齐：从二手店买来的马丁靴，黑色人字拖，黑色沃尔玛运动鞋，一双被狗啃过的勃肯鞋——某个以前的养母把它扔进了垃圾桶，又被莫莉捡了出来。

“社会福利机构会给你找个更合适的去处。”拉尔夫说。

她抬眼望着他，把刘海从眼前拂开：“所以呢？可惜我不会眼巴巴地盼着。”

“行行好，小莫莫，饶了我吧。”

“应该是你饶了我才对。还有，别叫我‘小莫莫’。”她拼尽全力才忍住，没有像只流浪猫一样张牙舞爪地扑向他的面孔。让他见鬼去吧。让他和他家那个贱人都见鬼去吧。

她的年纪已经太大了——大到没办法再傻等着被安置到另一个寄养家庭，大到没办法转学，搬到一个新城市，再被另一对养父母变幻莫测的心意折腾一回。她简直气炸了，几乎觉得头晕眼花。她寻思着迪娜是多么顽固、多么白痴，拉尔夫又是多么唯唯诺诺、多么软骨头，好借此给心里的怒火浇点油。因为她知道，怒火烧尽以后，接踵而至的就是没顶的悲哀，到时候她会再也没有力气动弹。她不能停下脚步，必须在屋里四处走动，必须装好行李，滚出这个鬼地方。

拉尔夫在一旁徘徊，打不定主意——真是他一贯的德行。莫莉知道，他夹在自己和迪娜中间左右为难，两个女人他哪个都应付不了。莫莉差点就同情起他来了，这胆小的可怜虫。

“我有落脚的地方，不用担心。”她说。

“你是说，去杰克家？”

“也许吧。”

其实怎么可能嘛。去杰克家——她还可以到巴尔港旅社开个房间呢！太瞎扯了（没错，最好是来间海景房。再给我送个杧果奶昔，谢谢你！）。跟杰克的关系还僵着，但就算他们两个人交往得一帆风顺，特瑞也绝不会允许她留下来过夜。

拉尔夫叹了口气："嗯，我明白你为什么不想待在这里。"

她瞥瞥他：不是吧，你还真是明察秋毫呢。

"如果用得着我开车送你，说一声就行了。"

"不用了。"她说着把一摞黑T恤收进行李袋，抱着双臂站在那儿，直到他灰溜溜地出了屋。

好了，她到底能去什么鬼地方呢？

莫莉的账户里有二百一十三美金，是去年夏天在巴尔港打工卖冰激凌赚最低工资攒下来的。倒是可以坐巴士去波特兰或班戈，甚至去波士顿，但接下来又能怎么样？

莫莉琢磨起了妈妈的下落（这倒不是第一次）：说不定她已经有了起色，说不定她现在戒了酒，还有份稳定的工作。莫莉总是竭力忍住去找妈妈的冲动——说不定情形很不堪呢！不过，在走投无路的时候……鬼知道呢？亲生父母要是能收拾好他们的烂摊子，政府还不乐开花嘛。对母女两人来说，目前可能都是一个契机。

趁自己还没有改变心意，莫莉向摊在床上、正在休眠的笔记本电脑爬过去，敲敲键盘唤醒电脑，上网搜索"缅因州唐娜·艾尔"。

搜索结果第一条直接链接着某个唐娜·艾尔的领英（LinkedIn）个人页（不太像吧），接下来一条是雅茅斯市议会的PDF文档，其中有个唐娜·艾尔（更不像了）。第三条是婚礼公告：三月，在马托瓦姆基格，某位唐娜·哈尔赛嫁给了空军机师罗博·艾尔（不对吧）。嗯，好啦，终于找到了！这是《班戈每日新闻》上的一篇豆腐块文章，点击打开报道后，莫莉的眼前赫然出现了妈妈被警方拘捕时的疑犯档案照。错不了，正是她本人，不过脸色苍白，眼睛斗鸡，而且穿得一塌糊涂。三个月前，她因为在老城区一家药店偷止痛药被捕，同时被捕的还有个叫德韦恩·波迪克的家伙，现年二十三岁。据报道称，艾尔被关押在班戈的佩诺布斯科特县监狱。

嗯，事情好办了。

投奔妈妈这条路走不通。

怎么办呢？莫莉在网上搜了搜收容所，发现埃尔斯沃思有一家，可惜明文规定被收容者必须在十八岁以上，否则须有父母陪同。巴尔港也有个施膳所，可惜不能过夜。

那……投奔薇薇安怎么样？她家的大宅有十四间客房，薇薇安大概用了其中三间房。她八成在家，毕竟老人家很少出门。莫莉瞟了一眼手机，下午六点四十五分。现在打电话给她还不算晚，对吧？不过……她回头一想，还从来没有见过薇薇安煲电话粥呢。也许搭免费观光巴士过去跟她聊聊更妥当些？如果薇薇安不同意的话，好吧，那干脆在薇薇安家的车库窝一晚上好了。等明天一觉醒来神清气爽，再想办法。

缅因州，斯普鲁斯港，2011年

莫莉从公交车站吃力地向薇薇安家走去，背包里装着笔记本电脑，双肩分别挎着红色布雷登和艾希莉行李袋。两只行李袋互相磕来磕去，仿佛酒吧里互不相让的顾客，把莫莉夹在其中。走得真慢呀。

在跟迪娜大吵一架之前，莫莉原本打算明天去薇薇安家，把她在图书馆里发现的事情告诉她。嗯，计划赶不上变化。

这次离开还真是煞风景。迪娜一直待在卧室里，紧闭着房门，把电视机声音开得震天响。拉尔夫傻乎乎地提议帮莫莉拎包，借她二十美金，还要开车送她。莫莉差点忍不住说了声谢谢，差点忍不住给了他一个拥抱，但终究只是凶巴巴地说："不，我没事，再见了。"她逼着自己向前走，心里想：没戏了，我已经被赶出家门……

偶尔有辆车慢吞吞地驶过。时值淡季，路上的汽车大多数是实用的斯巴鲁、载重十吨的卡车，不然就是老爷车。莫莉身上穿着厚厚的冬衣：尽管已是五月，但这里毕竟是缅因州（鬼知道，说不定最后还得穿着冬衣过夜呢）。她把一大堆东西留在了拉尔夫和迪娜家，其中包括几件难看的化纤毛衣，那是迪娜在圣诞节期间随手扔给莫莉的。谢天谢地，总算说再见了。

莫莉数着自己的步子：左，右。左，右。左，右。左——右。肩带勒得太紧了，她的左肩突然一阵抽痛。她在原地蹦了蹦，挪挪肩带。这下可好，肩带干脆滑了下来。见鬼，再蹦蹦吧。她是一只背着壳的乌龟，是蹒跚着越过荒原的简·爱，是扛着独木舟的佩诺布斯科特人。还用说吗，肩上的包裹当然很有分量，这些袋子装着她在世上所拥有的一切呢。

你会带着什么上路？又将什么抛到了身后？

凝望着前方流云朵朵的碧空，莫莉伸手摸了摸脖子上的链坠。乌鸦。熊。鱼。

还有臀上的乌龟。

她所需要的并不多。

就算链坠丢了，它们也已经永远地融入了她的生命。那些备受珍视的宝贝将刻下烙印，被你铭记在心。人们刺下文身，让自己久久铭记心中所爱、心中所信，或者铭记心中的梦魇。不过话说回来，尽管她永远不会后悔文了那只乌龟，但要铭记过去，她却无须再针刺自己的血肉之躯。

当初她并不知道，那一针针会刺得如此之深。

走近薇薇安家的大宅时，莫莉瞥了瞥手机：晚上八点五十四分。比预料中晚一些。

门廊上的荧光灯泡洒下一片朦胧的粉色光芒，屋里其他地方则黑漆漆的。莫莉把行李扔到门廊上，揉揉肩膀，又绕到屋后海湾旁，抬头打量着大宅的一扇扇窗户，想看看是否有人。就在那里，二楼最右边，有两个窗户透出了亮光。那是薇薇安的卧室。

莫莉不知道该怎么办。总不能吓到薇薇安吧。但此刻站在这里，她却发现一件事：这么晚了，就算只是摁响一声门铃，也会把薇薇安吓一跳。

于是她决定打个电话。眺望着薇薇安的窗口，莫莉拨通了她的号码。

“喂？谁呀？”铃响了四声，薇薇安接起了电话。她的声音太大，听上去很紧张，仿佛是在对远方海上的某人喊话。

“嗨，薇薇安，我是莫莉。”

“莫莉？是你吗？”

“是的。”莫莉的声音有点沙哑。她深吸了一口气，稳住，保持冷静，“不好意思，打扰你了。”

窗口出现了薇薇安的身影，睡衣外面罩了件紫红长袍：“怎么了？你没事吧？”

“没事，我……”

“天哪，你知道现在多晚了吗？”薇薇安边说边摆弄电话线。

“很抱歉这么晚给你打电话。我只是……我不知道自己还能怎么办。”

电话那头一阵沉默——薇薇安正在沉思。“你在哪里？”她终于开了口，倚在椅子扶手上。

“我在楼下。在你家门外，我的意思是。我怕摁门铃会吓到你。”

“你在哪里？”

“这里，我就在这里，在你家。”

“在这里？就我们说话这会儿？”薇薇安站起了身 。

“对不起。”这时莫莉忍不住了，不禁哭出了声。草坪上寒气袭人，她的双肩痛得很，薇薇安吓了一大跳，观光巴士收班了，车库黑漆漆又阴森森。她实在想不出还有什么地方可以落脚 。

“不要哭，亲爱的，别哭。我马上下来。”

“好的。”莫莉深深地吸了一口气。振作！

“那我挂电话了。”

“好的。”透过泪光蒙蒙的眼眸，莫莉望着薇薇安将话机放回原位，裹紧长袍系好，轻抚后颈的银发。薇薇安出了卧室，莫莉一溜烟跑回了前门廊。她摇摇头打起精神，把行李袋摆整齐，用T恤的一角抹了抹眼睛和鼻子。

片刻后，薇薇安打开房门。她惊讶的目光从莫莉身上（莫莉意识到，尽管已经抹了抹眼睛，但睫毛膏一定涂得满脸都是）落到笨重的行李袋上，又从行李袋落到胀鼓鼓的背包上。“天哪，进来吧！”她说着将门拉开，“快点进来，然后跟我讲讲出了什么事。”

不顾莫莉反对，薇薇安非要泡杯茶。她取出一套西洋玫瑰茶壶茶杯（那是墨菲太太送的结婚礼物，已经在盒子里躺了几十年了），又取出一套刚擦亮的银勺（那是原属尼尔森太太的银餐具）。她们在厨房里等水烧开，莫莉把开水倒进茶壶，又把银餐具放进托盘端进客厅，上面还摆了几块薇薇安在食品储藏室里找到的奶酪和曲奇饼干。

薇薇安打开两盏灯，把莫莉安置到一张红色靠背扶手椅上，又走到衣柜旁，取出了一床被子。

“双婚戒花色！”莫莉说。

薇薇安拎住被子的两只角抖了抖，捧着被子走过来，摊开搁到莫莉的腿上。被子有些地方已经变色裂口，因为年深日久变薄了。很多手工拼起来的小方块布料原本相互交织着连成一圈圈，现在却已经散架，剩下的针脚缝住了一片片五颜六色的布料。“我既然不忍心扔掉这床被子，还不如拿出来用呢。”

薇薇安掖好被子，裹住莫莉的腿。莫莉说：“很抱歉这么贸然闯进来。”

薇薇安挥挥手：“别傻了，吃一惊也是好事嘛，能让我心跳加速。”

“我可说不清这是不是好事。”

关于梅茜的消息犹如一块巨石，沉甸甸地压在莫莉心头。还是别冷不丁开口告诉薇薇安吧，一时间出其不意的事情太多了。

薇薇安将茶倒进两只茶杯，把其中一只递给莫莉，自己取了另一只，加两块方糖搅搅，又摆好托盘上的奶酪和饼干。她在另一张扶手椅上坐下来，双手叠在怀里。“好，”她说，“说吧。”

于是莫莉说开了。她告诉薇薇安，当初自己是如何在印第安岛的一辆拖车上生活，父亲如何在一场车祸中丧生，母亲如何在毒品的泥潭中苦苦挣扎。她给薇薇安看了乌龟“雪莉”，把曾住过的十几个寄养家庭、鼻环、跟迪娜吵翻的那一架以及上网发现妈妈在蹲监狱通通告诉了老太太。

杯中的茶渐渐变温，变冷。

由于下定决心毫无保留，莫莉深吸了一口气，又说道："有件事我早就该告诉你了。做社区服务不是学校要求的，是因为我偷了斯普鲁斯港图书馆的书。"

薇薇安把紫红色羊毛长袍裹紧了些："明白了。"

"我干了件蠢事。"

"那是本什么书？"

"《简·爱》"

"你为什么要偷呢？"

莫莉回想起当初的一刻：她取下书架上的每一本《简·爱》，反复摩挲着，又把精装本和新的平装本放了回去，把剩下的一本塞进衬衣和牛仔裤裤腰里。"嗯，那是我最爱的书，而且图书馆里有三本，我以为不会有人在乎最破的那本。"她耸耸肩膀，"我只是……想有一本。"

薇薇安用拇指敲敲下嘴唇："特瑞知道吗？"

莫莉耸耸肩膀。她不想给特瑞惹祸。"杰克为我打了包票，你知道她有多在乎杰克。"

"没错。"

夜晚一片静寂，除了她们的话音。窗帘将漆黑的夜色关在了屋外。"对不起，我到你家的时候戴了假面具。"莫莉说。

"嗯。"薇薇安说，"我觉得，总的来看，大家都戴着假面具，不是吗？当初最好还是不要告诉我，不然我可能不会收下你。"她双手合十，说道，"不过，如果你要偷书，你至少应该偷最好的那本嘛。不然意义何在？"

莫莉太紧张了，简直笑不出来。

薇薇安却不一样。“居然偷《简·爱》！”她笑出了声，“大家真应该给你颁个奖，再让你升一个年级。”

“你不觉得对我很失望吗？”

薇薇安耸起肩膀：“不啊。”

“真的吗？”莫莉顿时觉得浑身轻松。

“无论如何，你挨的罚也够重了，把这么多时间花在了我这里呢。”

“感觉并不像在挨罚。”曾经一度（其实就在不久前），这些话多半会让莫莉恶心到吐，谁让它又是公然拍马屁，又多愁善感呢。但今天不太一样。首先，她说的是真心话。其次，她一心想着要出口的话，几乎顾不上其他事情。她冷不丁往前挪了挪。“听着，薇薇安。”她说，“还有一件事，我必须告诉你。”

“哦，上帝啊。”薇薇安轻啜一口冷茶，搁下了茶杯，“你又闯了什么祸？”

莫莉深吸一口气：“不是关于我，是梅茜。”

薇薇安定定地凝视着她，淡褐色的眸子清澈明亮，一眨也不眨。

“我上网搜了搜，只是想看看能不能找到什么线索，谁知道容易得很。我找到了埃利斯岛的记录……”

“艾格尼丝·波琳号？”

“是啊，没错。我在花名册上找到了你父母的名字，又据此找到了你父亲和兄弟的死亡通知，但找不到她的死亡通知，找不到梅茜的。接着我想了个办法，设法去找夏茨曼夫妇。嗯，正好有个关于他们家庭聚会的博客……嗯……不管怎么说，上面说夏茨曼夫妇收养了一个婴儿，玛格丽特，时间是1929年……”

薇薇安一动不动。“玛格丽特。”她说。

莫莉点点头。

“梅茜。”

“一定是梅茜，对吧？”

“可是……他告诉我，她没有活下来。”

“我知道。”

薇薇安似乎打起了精神，在椅子上直起了身。“他对我说谎。”有那么一会儿，她凝望着不远不近的地方，望着书柜上方。接着她开口说，“他们收养了她？”

“显然是的。除此以外，我对他们一无所知，不过我敢肯定有办法查出来。不过她很长寿，住在纽约州北部，半年前才去世。网上还有张旧照……她似乎很开心，子孙满堂，其乐融融。”*上帝啊，我真白痴。我为什么要说这种话？*莫莉心想。

“你怎么知道她去世了？”

“有一则讣告，我给你瞧瞧。还有……你想见见照片吗？”没等薇薇安回答，莫莉就站起身，从背包里取出了笔记本电脑。她启动电脑，走到薇薇安身旁，打开家庭聚会的照片和讣告并保存到桌面上，再把笔记本电脑放到薇薇安腿上。

薇薇安定睛凝望着屏幕上的照片。“是她。”她抬头盯着莫莉，说道，“看眼睛就看得出来，跟原来一模一样。”

“她看上去很像你。”莫莉说。有那么一会儿，两人一声不吭地凝望着那个笑容满面的老太太——她有着一双眼神锐利的蓝眼睛，儿孙绕膝。

薇薇安伸手轻抚着屏幕："瞧，她的头发白成什么样了，原来可是金发，一头鬈发。"她在自己的满头银发旁摇着食指，"这么多年来……她居然还活着，"她喃喃说道，"梅茜居然活着。这么多年，家里人居然还有两个。"

明尼苏达州，明尼阿波利斯市，1939年

十九岁那年的九月下旬，两个刚结识的朋友——莉莲·巴特和艾米丽·瑞斯让我跟她们一起去明尼阿波利斯市看奥芬剧院正在上映的《绿野仙踪》。这部剧太长了，剧中有中场休息，于是我们打算留下来过夜。莉莲的未婚夫就住在明尼阿波利斯市，她几乎每周末都去那儿，住在一家专门接待女客的旅店里。她向我们保证，那家旅店安全且干净，开销也不高。她已经预订了三个单间房。我只跟养父母去过圣保罗和明尼阿波利斯，都是当天来回，要么是专程去赴生日宴，要么是去购物，要么就去艺术博物馆待一下午，但从来没有跟朋友去过，也从来没有在那里过夜。

我说不好是不是想去。首先，我认识这些姑娘的时间还不长：她们都在圣奥拉夫跟我一起上晚间课程，两个人同住在大学附近的一间公寓里。当她们提起酒会的时候，我甚至不知道她们在讲什么。那种派对上只有酒喝吗？养父母举办的唯一一种派对是每年新年那天在自己家为供应商们举办的自助午餐会。

比起心眼多多、周到谨慎的艾米丽，神情亲切、一头金发的莉莲更

讨人喜欢些。艾米丽有着调皮的微笑，厚厚的黑刘海，总开些我听不懂的玩笑。她们的黄段子、刺耳的笑声，以及跟我自来熟的劲头，都让我有点紧张。

其次，明后天将有一大批秋季时装到货，我可不希望回家发现货物放错了地方。尼尔森先生有关节炎，每天清晨他仍然很早就到店里，但通常两点左右就走，好去睡个午觉。尼尔森太太则在店里进进出出，她现在经常把时间消磨在桥牌俱乐部，不然就为教会当义工。

但她给我打气，让我跟莉莲、艾米丽一起去："像你这个年纪的姑娘，就该时不时出出门嘛。人生可不止商店和学业，薇薇安。有时候，我担心你忘了呢。"

高中毕业时，尼尔森先生给我买了辆车，一辆白色别克敞篷车。我通常开车去店里，晚上则开车去圣奥拉夫上课。尼尔森先生说，把车开出去兜兜风倒挺不错。"我会付停车费。"他说。

于是我们开车出城，当天碧空如洗，缀满了棉花糖般的云朵。车才开出了十英里，明眼人就能看出来：艾米丽和莉莲的小算盘根本不止她们嘴里提到的那些。没错，我们会去看《绿野仙踪》，但并不是去看晚上那场——晚场电影不过是个过夜的借口罢了。三点钟就有一场《绿野仙踪》，还能剩下大把时间回房，打扮打扮出门去。

"等一下。"我说，"什么意思，出门？"

坐在身旁副驾驶座上的莉莲捏了我的膝盖一把："拜托，难道你觉得我们开车跑了大老远的路，只是为了去看一场傻乎乎的电影吗？"

正在后座上翻阅《银幕》杂志的艾米丽开口说："还真是板着脸

啊，薇薇，你得放松些。姑娘们，你们知道朱迪·加兰[①]是在大急流城出生的吗？她的原名叫弗朗西斯·埃塞尔·古姆，看来这名字星味不够啊。”

莉莲对我微微一笑：“你还从来没有去过夜总会，对吧？”

我没有答话，但还用说吗，她当然没说错。

她把后视镜扭到我看不到的一侧，开始涂口红：“我也这么猜。我们会好好找点乐子，换换口味。”她笑了，莹润的红唇映着雪白的贝齿，“从鸡尾酒开始吧。”

在明尼阿波利斯的街道上，那家女子旅舍跟莉莲所说的模样分毫不差：大堂干干净净但没什么装饰，一个百无聊赖的接待员把钥匙递给我们，几乎连头也没有抬。带着行李站在电梯里，我们说好一刻钟以后碰头去看电影。“别迟到啊。”艾米丽提醒我，“爆米花可是非买不可的，没有一次不排队。”

我那小小的房间在四楼。把行李放进壁橱后，我坐在床上蹦了几下。床垫很薄，弹簧嘎吱作响，但我觉得一阵欣喜。跟养父母一起出门总有人管着，总是规规矩矩：一段安静的车程，一个已经定好的目的地，再加上夜色中开车回家的一段路，尼尔森先生腰板挺直坐在前座上，身旁的尼尔森太太则小心留意着公路中心线。

我下楼的时候，艾米丽正独自站在旅舍大堂里。我问起莉莲的下落，她朝我眨眨眼睛：“她感觉不太舒服，待会儿再跟我们会合。”

① 朱迪·加兰（1922—1969），生于美国明尼苏达州，童星出身的美国女演员及歌唱家，在1939年版电影《绿野仙踪》中扮演多萝西。

我们向五个街区开外的电影院走去，我却突然回过了神：莉莲恐怕从来就没有打算要跟我们一起去看电影吧。

《绿野仙踪》真是光怪陆离。黑白色的农场摇身变成了五彩斑斓的幻境，它是如此绚烂而多姿，正如多萝西·盖尔的现实生活是如此平凡而熟悉。当她回到堪萨斯（算是心想事成吧），世界却又再次变回了黑白色。“回家真好。”她说。在农场，她的人生将通向前方平坦无波的天际，那里出没的人们便是她这一生将遭遇的全部人物。

艾米丽与我离开影院时，已经到了黄昏时分。我还一心沉浸在电影中，反而觉得现实生活不太真实。我有种不可思议的感觉，仿佛一脚迈出了屏幕，走上了街头。傍晚柔和的光线带着一抹粉色，空气跟洗澡水一样温柔。

艾米丽打个哈欠：“嗯，电影好长啊。”

我不想问，但不得不讲礼仪：“你觉得怎么样？”

她耸耸肩膀：“那些飞猴子让人心里发毛。不过除此之外，说不好，我觉得有点闷。”

我们一声不吭地走着，经过一扇扇黑漆漆的百货商店窗户。“你呢？”过了几分钟，她说，“你喜欢吗？”

我太迷这部电影了，生怕自己的回答会显得傻气。“喜欢。”我说道，却不知道该怎么把心中的千言万语说出口。

回到房间后，我换上了另一套衣服：雪纺裙，搭配的是带蝴蝶袖的花衬衣。我把头发往后梳，用手理好，喷上定型剂，又踮起脚，审视着床上方一面小镜子里的倒影。暮色之中，我看上去很蹩脚，显得一本正经，鼻梁上的每颗雀斑都看得清楚。我取出一只小拉链袋，把质地轻柔的润肤霜涂到脸上，然后上了粉底，淡淡涂些胭脂，扑上粉，用一支褐色眼线笔掠过上眼睑，梳理睫毛，涂上珊瑚红唇膏，吸去多余的唇膏，再涂一回，又把那个金色小瓶放进了手袋。我端详着镜中的自己。我还是我，但不知道为什么，我觉得多了几分底气。

我下楼来到旅舍大堂，莉莲正跟一个男人牵着手。多亏莉莲放在手袋里的照片，我认出那是她的未婚夫理查德。他的个子比我想象中矮一些，还不如莉莲高，脸上满是痘印。莉莲身穿一条翠绿色无袖直筒连衣裙，长度刚好及膝（比赫明福德不管哪个姑娘的裙子都短三英寸），搭配着一双黑色中跟鞋。

理查德一把将她拉到身旁，悄声在她耳边私语，莉莲睁大了眼睛。她捂住嘴咯咯笑起来，接着望见了我。“薇薇！”她说着，赶紧从理查德身边退开，“瞧瞧你！我还从来没有见过你化妆的样子呢，收拾得很美嘛。”

“彼此彼此。”我说——其实吧，我从来没有见过她不化妆的样子。

“电影怎么样？”

“很棒。你去哪里了？”

她瞥了一眼理查德。“我遭了埋伏。”他们两人又咯咯笑了起来。

“这么说也对。”他说。

“你一定是理查德没错吧？”我说。

“你怎么猜到的？”他拍拍我的肩膀，以示是在开玩笑，“准备好今晚去找乐子了吗，薇薇？”

“嗯，反正我准备好了！”艾米丽的声音从我的头顶飘来，我闻见了茉莉与玫瑰香——这是“喜悦”香水的味道，我在尼尔森商店的香水柜台闻到过。我扭头跟她打招呼，却被吓了一跳：她身穿低胸白衬衣，紧身条纹短裙，搭配着颤巍巍的高跟鞋与殷红的指甲油。

“嗨，艾米丽。”理查德咧嘴一笑，“小伙子们见到你一定很开心。”

我突然在意起了身上一本正经的衬衣、中规中矩的短裙和鞋、拘谨的耳环。此时此刻，我的感觉恰恰符合自己的身份：一个到了大都市的乡下姑娘。

理查德伸出胳膊搂住莉莲与艾米丽，在她们的腰间捏了一把，对着忸怩的姑娘们哈哈大笑。我瞥瞥前台接待，接待员跟我们登记入住时是同一个人。这家伙今天过得不怎么样，我觉得。他正唰唰地翻阅着报纸，只在周围爆发出刺耳的哄笑时才抬起头。我在这里就能望见报道的标题：“德国与苏联铁蹄踏过波兰。”

“我口渴了，姑娘们，我们去找个酒吧好吗？”理查德说。

我的肚子一阵咕咕叫：“难道不要先吃晚餐吗？”

“如果你非要先吃晚餐的话，薇薇小姐，不过酒吧里的坚果对我来说就足够了。你们呢？”他问另外两个姑娘。

“理查德，这是薇薇第一次进城，她还不习惯你那些声色犬马的招数呢。我们先吃点东西吧。”莉莲说，“再说，我们这些轻飘飘的小身板，空着肚子喝酒也许不太安全。”

“不安全？怎么个不安全法？”他将莉莲拉到身旁，她轻笑几声推开他，以示心意。“好吧，好吧。”他依了她，“大饭店里有一家钢琴吧，里面有东西吃。我似乎记得那家店有相当不错的T骨牛排，我还知道，他家的马提尼很不赖。”

我们走上熙熙攘攘的大街。这是个完美的傍晚：天气暖洋洋的，大道两旁的树木枝繁叶茂，绽绿吐翠。花盆已经关不住丛丛繁花，鲜花稍嫌茂盛，过于无拘无束，正是盛夏最浓的一抹丽色。我们漫步而行，我不禁打起了精神。混迹在一大群陌生人中，我的心思不再放在自己身上（放在自己身上太乏味了），而是放到了身边的世界上。这一切跟我那规规矩矩的现实生活太不相同，简直跟一脚踏进了异国差不多。我的现实生活有一套套按部就班的惯例和步骤：白天待在店里，六点吃晚餐，再度过一个安静的晚上，要么学习，要么缝纫，不然就打桥牌。满嘴天花乱坠的理查德似乎已经懒得再管我，但我并不在乎。青春年华来到大都市的街头，真是棒极了。

我们来到大饭店那扇玻璃黄铜质地、沉重的大门口，一名身穿制服的门童将门拉开。理查德带着莉莉与小艾风度翩翩地迈进大门（这是他对她们两个人的昵称），对姑娘们又搂又抱，而我急匆匆地跟在他们身后。我向门童道了谢，他轻轻掀起帽子致意。“穿过大厅，酒吧就在左侧。”他显然很清楚我们并非酒店的住客。我还从来没有到过如此堂皇的地方（也许，多年前的芝加哥火车站除外），没有张口结舌地盯着看已经算是尽全力了。我们的头顶有流光溢彩的吊灯，屋子正中央摆着一张光彩熠熠的红木桌，上面放着巨大的陶瓮，里面插满了富有异国情调的鲜花。

门厅里的人们同样引人注目。一位女士站在前台旁，头戴一顶带面罩的黑色平顶帽，面罩遮住了半张面孔。她带着好几只红色皮箱，先摘下一只长长的黑色缎面手套，又摘下另一只。一个满头白发的老妇人抱着一只毛茸茸的白狗，狗儿有双圆圆的黑眼睛。一个身穿晨礼服的男人正在前台打电话。一个戴单片眼镜、上了年纪的绅士独自坐在绿色的双人沙发上，打开一本褐色的小书凑到眼前读。这些人看上去有的无聊，有的开心，有的不耐烦，有的扬扬自得。但最重要的是，他们看上去都挺阔气。此时此刻，我很开心自己没有穿些花里胡哨、招蜂引蝶的衣服——因为这种衣服似乎正害得人们对莉莉和小艾定睛注目，窃窃私语。

在我前方，他们三人漫步穿过大厅，又是尖叫又是大笑，理查德用一只胳膊搂着莉莉的肩膀，另一只则紧搂着小艾的纤腰。“嘿，薇薇。”莉莉回头高声喊道，仿佛突然记起了我在这里。“走这里！”理查德拉开通往酒吧的双扇门，向着空中一挥手，让窃笑私语个不停的小艾和莉莉进了门。他跟上前去，大门在他身后缓缓关上了。

我走到绿色沙发前面，慢慢地停下了脚步。我才不急着进去当陪衬呢，免得没定性的理查德冷落我，拿我当个格格不入、没幽默感的老古板看待。也许，我不如到处逛逛，再回住处去好了。反正自从看完白天那场电影，一切都让我觉得不太真实。对我来说，今天已经够分量了，绝对比平常日子有分量得多。

我坐到沙发上，端详着来来往往的人们。门边是个身穿紫色缎子裙、长着一头如瀑棕发的女人，显得优雅而淡漠，她一边步履轻盈地走进大厅，一边向接待员挥挥戴着珠宝的手。她从我身边蹁跹而过，向接待处走去，我全神贯注地端详她，突然发觉面前不知什么时候站了一个高高瘦瘦的金发男子。

他有一双锐利的湛蓝色眼睛。“对不起，小姐。”他说。我寻思着，难道他会说我跟这里格格不入，或者问我是否要帮助吗。“我是不是认识你？”他说。

我审视着他那一头前长后短的金发——这跟我熟识的乡下小伙没有半点相似之处，乡下小伙个个活像被剪了毛的绵羊。他身穿灰色长裤，一尘不染的白衬衣，系着黑领带，拎着一只薄薄的公文包。他的手指颇为纤长。

“我不这么认为。”

“你有某种气质……很眼熟。”他目不转睛地盯着我，我的脸上不禁泛起了红晕。

“我……”我结结巴巴地说，“我真的不知道。”

一抹笑意浮上了他的唇，他说：“如果我说错了话，请别介意。不过你……你……你是在大约十年前从纽约坐一列火车到这里来的吗？”

怎么回事？我的心猛跳起来。他怎么知道？

“你是……妮芙？”他问道。

我于是恍然大悟：“哦，我的上帝啊……‘德国仔’，是你！”

明尼苏达州，明尼阿波利斯，1939年

我站起身，“德国仔”把公文包一扔，一把将我搂进怀中。我感觉到他那强健的双臂，有点含胸而又温暖的胸膛。他紧紧地搂住我——还从未有人搂我如此之紧。在这座富丽堂皇的大堂里拥抱这么久，也许很有点不妥，人们都在瞪大眼睛盯着瞧。但生平第一次，我不在乎。

他把我从怀里放开，好端详我的面孔，摸摸我的脸颊，又再次把我拉到身旁。隔着他的条纹衬衣，我感觉到他的心跳得跟我一样快。

“在你脸红的一刹那，我就明白了，你看上去一点也没有变。”他轻抚着我的头发，仿佛轻抚皮草，“你的头发……颜色变深了些。你不知道我曾经多少次在人群中找你，也不知道我曾经多少次以为见到了你的背影。”

“你告诉过我，你会找到我的。”我说，“还记得吗？那是你说的最后一句话。”

“我很想……我试过了。但我不知道去哪里找，接着发生了许多事情……”他难以置信地摇摇头，“真的是你吗，妮芙？”

“嗯，是的……但我不叫妮芙了，”我告诉他，“我叫薇薇安。”

“说到这事，我也不叫‘德国仔’了，不叫‘汉斯’，我叫‘卢克’。”

我们都放声大笑起来，笑我们共同的经历是多么荒谬，也笑久别重逢是多么欣慰。我们紧攥着对方的手不放，好似两个从海难中生还的幸存者，惊讶着我们居然双双熬过了大劫。

一大堆问题涌上了喉头，我反而说不出一句话来。我还没有来得及开口，“德国仔”（现在是卢克了）说道：“这太疯狂了，但我不能久留，我有个演出。”

“一个‘演出’？”

“我在这家酒吧弹钢琴。这份差事还不坏，如果没人喝醉的话。”

“刚才我正想进酒吧呢。”我告诉他，“我的朋友们在等我。我们说话这会儿，他们说不定已经喝得醉醺醺了。”

他拿起公文包。“真希望我们可以溜掉。”他说，“去个什么地方聊一聊。”

我也一样——但我不愿意让他为了我危及他的工作。“我会等你演出结束，然后我们再聊。”

“等那么久，真是要我的命啊。”

我跟他一起进了酒吧，莉莉和小艾双双抬起头，脸上满是好奇。屋子里一片朦胧、烟雾蒙蒙，配备着带花朵图案的紫色长毛绒地毯和坐满了人的紫色皮质长椅。

“真有你的，姑娘！”理查德说，“你可一点也没有浪费时间呢。”

我在他们那桌的一张椅子上坐下来，按照服务生的建议点了一杯“金菲士”，全部心思都落到了“德国仔”的手指上——从这里，我可以望见他十指翻飞，灵巧地从琴键上拂过。他勾下头，闭着眼睛，用清亮的嗓音低声唱起来。他弹奏着人人皆知的歌曲——格伦·米勒、阿蒂·肖和格伦·格雷的音乐，比如《棕色小壶》和《天堂可以等》之类经过改编、改头换面的歌曲，又为坐在酒吧高脚凳上、头发斑白的男人们演奏一些流行的老歌。他不时从公文包里取出乐谱，但大多数时候似乎还是不看乐谱靠记忆弹奏。酒吧里有一小群上了年纪的女人，手握着皮夹，头发精心做过，也许是从郊区或外地远道来城里购物的。当他叮叮咚咚弹起《月光小夜曲》时，她们露出了笑意，叽叽喳喳地聊起来。

众人的闲谈一波波传进我的耳朵，可惜遇到我本该答话或者给笑话捧场的时候，就时不时地冷场——我压根儿没专心听。我怎么专心得起来？“德国仔”正借琴表意，而此时此刻，如在梦中，我听懂了他的心声。这一路走来，我一直如此孤独，活生生与过去一刀两断。无论我多么努力去试，却总觉得陌生而格格不入。可是现在，我竟碰巧找到了同气连枝的局外人，一个无须言语便与我心意相通的人。

众人喝得越多，点的歌就越多，“德国仔”的小费罐也越涨越高。理查德的头已经埋进了莉莉的颈窝，“小艾”几乎坐到了一个男人怀里——那男人头发花白，是从酒吧另一头逛过来的。“《飞越彩虹》，”[①]她高喊一声，“你知道那首歌吗？那部电影里的？”

“德国仔”点点头，微微一笑，十指从琴键上拂过。从他弹曲的模样我看得出，以前一定有人点过这首歌。

当理查德大惊小怪地看表时，离他收班的时间只剩下半小时了。

---

① *Over the Rainbow*，也作*Somewhere Over the Rainbow*，是1939年电影《绿野仙踪》里的一首歌曲，由饰演剧中主角多萝西的女影星朱迪·加兰演绎，荣获当年的奥斯卡最佳歌曲奖。

“见鬼，恕我言辞粗俗。”理查德说，“时间不早啦，明天我还要去教堂呢。”

大家哄堂大笑。

“我也准备上床睡觉了。”莉莉说。

小艾窃笑道：“什么‘睡叫’？”

“我们赶紧走吧。我还得去取我放在你房间里的玩意儿。”理查德对莉莉说，边说边站起来。

“什么玩意儿？”她问道。

“知道吧，那*玩意儿*。”他说着对小艾使个眼色。

“他得去取那玩意儿。”小艾醉醺醺地说，“那*玩意儿*啊！”

“我还不知道旅舍房间会放男人进去。”我说。

理查德搓着拇指和食指：“轮子沾点油水，车才跑得快。如果你听得懂我的意思。”

“接待员不会拒绝油水。”莉莉点破他的意思，“还是告诉你一声的好，说不定你想跟那边那位白马王子一起共度欢乐时光呢。”她和小艾笑得乐不可支。

我们约好次日中午在女子旅舍的大堂碰头，他们四人便起身离开。不过大家又改了主意，理查德知道一间深夜两点才打烊的酒吧，他们这就动身去那里。两个姑娘穿着高跟鞋摇摇晃晃，偎在男人身上东倒西歪，两个男人倒似乎万分乐意让她们靠一靠。

刚过午夜时分，酒店外的大街灯火通明，却空无一人，仿佛布置妥当、正在等待演员的舞台。昔日的“德国仔”眼下成了什么人，我几乎一无所知，他的家庭和少年时代我也一无所知。但这并不重要。我不在乎带他回房间看上去多么不妥，我只想跟他多待一会儿。

“你确定吗？”他问道。

“非常确定。”

他往我手里塞了些钞票：“拿去吧，给接待员，是我收到的小费。”

四周寒气袭人，“德国仔”把他的外套披到了我肩上。我们牵手而行，感觉再自然不过。越过低矮的楼房望去，点点繁星在丝绒般的天空中闪耀。

到了前台，接待员说（现在接待员换成了一个年纪大的男人，粗呢帽遮住了他的面孔）：“有什么可以为您效劳的吗？”

奇怪的是，我一点也不紧张：“我的表哥就住在城里，可以带他上去坐一坐吗？”

接待员透过玻璃门打量着站在人行道上的“德国仔”：“表哥，是吧？”

我从办公桌上递过去两美金钞票：“多谢你了。”

接待员用指尖把钞票拨过去。

我向“德国仔”挥挥手。他打开门，向接待员行个礼，跟着我进了电梯。

在我那间小屋诡异朦胧的灯光下，“德国仔”解下皮带，脱下衬衣，挂在唯一的一张椅子上。他穿着背心和长裤在床上舒展四肢，背对着墙。我倚着他，感觉着他那紧贴着我的身躯。他温暖的气息拂上我的脖子，他的手臂搂着我的腰。我琢磨了片刻：他会不会吻我呢。我希望他吻我。

“这是真的吗？”他低声说，“这不可能，不过我一直梦想着这一天。你呢？”

我不知道该说些什么。我从来不敢想会有与他重逢的一天。在我的经历之中，当你失去某个在乎的人，他们便会杳然无踪。

“过去十年里，你遇到过的最妙的一件事是什么？”我问。

“再次见到你。”

我微微一笑，紧贴着他的胸口：“这件不算。”

“第一次遇见你。”

我们都笑了：“这件不算。”

“嗯，除此之外，”他若有所思地说，嘴唇贴着我的肩膀：“除此之外还有别的事吗？”他将我拉近了些，一只手搁在我的腰上。尽管我从未有过这种经历（连单独跟男人待在一起也没有几次，更别说跟一个只穿背心的男人在一起了），我却并不紧张。他吻我时，我整个人都在震颤。

过了片刻，他说：“我想，最妙的是发现我自己还有些专长，在弹钢琴方面。我一度是个空心人，没有自信，弹钢琴让我在世上有了立足之地。嗯……我生气、难过，甚至开心的时候，就可以弹钢琴。连我自己也难以说清自己的感受时，琴声却可以替我传情达意。”他轻笑一声，“听起来很荒唐，对吧？”

“不荒唐。”

“你呢？你最妙的经历是什么？”

我不知道自己为什么要问他这个问题，因为我自己答不上来。我支起身，盘腿坐到小床的床头。“德国仔”也挪了挪，在床头另一边靠着墙。我滔滔不绝地说了起来。我告诉他，自己在伯恩家是多么孤独、多么饿，在格罗特家是多么悲苦。我告诉他，我多么感激尼尔森夫妇，但与此同时，有时候在他们身旁，我又感觉多么按部就班。

“德国仔”则把他离开格兰其大厅后的遭遇告诉了我。与农夫和他妻子同住一个屋檐下的生活果然跟他担心的一样糟。他们让他睡在牲口棚的干草堆上，如有怨言，就会挨打。他在伺候干草的时候出了意外，肋骨骨折，农夫夫妇却一直没有叫医生。“德国仔”跟他们一起生活了三个月，终于逃跑了。因为一天早上，农夫把他从梦中揍醒，说是一只浣熊钻进了鸡舍。“德国仔”又痛又饿，肚子里长了寄生虫，一只眼睛还感染着，结果倒在前往城里的路上，被一位好心的寡妇送进医院去了。

但农夫说服了当局，声称“德国仔”是个不良少年，必须严格管教，于是当局又把“德国仔”送到了农夫家。“德国仔”又逃跑了两次，第二次恰逢暴风雪，而他居然没有冻死，也算是一桩奇迹。他撞上了邻居的晾衣绳，结果救了他一命。次日早晨，邻居发现了牲口棚里的“德国仔”，跟农夫做了笔生意，用一头猪换来了“德国仔”。

“一头猪？”我说。

“我敢肯定他觉得这笔生意很划得来，那头猪可肥了。”

用猪换回“德国仔”的农夫名叫卡尔·梅纳德，是个鳏夫，儿女已经长大成人。他让“德国仔”干杂活，但也送他去上学。当“德国仔”对鳏夫的亡妻曾经弹过、现在却已积满灰尘的立式钢琴感兴趣时，农夫请人给钢琴调了音，又找了个老师到农场教授“德国仔”。

十八岁的时候，“德国仔”搬到了明尼阿波利斯。他对在乐队和酒吧弹钢琴的活儿来者不拒，找到一宗就接一宗。“梅纳德想让我接手农场，但我知道我不是那块料。”他说，“说实话，我很感激自己有份能派上用场的本事，也很感激能自力更生。长大成人真是一种解脱。”

我还从未这么想过，但他没有说错：长大成人确实是一种解脱。

他伸手轻抚着我的项链：“你还留着呢，真是让我心有所信呢。”

“信什么？”

“上帝吧。不，我不知道。生存。”

清早五点左右，窗外的夜色渐渐透出熹微的晨光。他告诉我，八点钟他要去班纳街的新教圣公会教堂为礼拜演奏管风琴。

“你想到时候再走吗？”我问道。

“你希望我留下吗？”

“你怎么想？”

他靠墙伸个懒腰，把我拉到身旁，再次贴着我蜷起来，用胳膊搂着我的腰。躺在那儿与他呼吸相闻，我能听出他沉入梦乡的一刻。我闻着他身上的须后水香、发油香。我伸手握住他的手，攥住他修长的手指，与他十指交缠，回想着命运是如何引我一步步走到他身边。如果此行我没有来，如果我已经先行吃过晚餐了，如果理查德把我们带去了另外一家酒吧……这盘棋有千万种下法。但我不禁寻思，我所经历的一切都通向今天这一步。如果没有被伯恩夫妇挑中，我就不会落到格罗特家，遇见拉森小姐。如果拉森小姐没有带我结识墨菲太太，我就永远不会遇见尼尔森夫妇。如果我没有与尼尔森夫妇一起生活，与莉莉、小艾一起上大学，我就永远也不会到明尼阿波利斯过夜——很有可能，永远也不会再与“德国仔”重逢。

我的一生，感觉处处偶然，一次次偶然地失去，一次次偶然地相遇。然而生平第一次，我感觉眼前仿佛宿命。

“嗯，”莉莉追问道，“出了什么事？”

我们正在回赫明福德的途中，小艾在后座上摊手摊脚哼哼唧唧，戴着一副墨镜，脸色泛青。

我打定主意不松口：“没出什么事啊，你那边怎么样？”

“别转移话题，姑娘。”莉莉说：“不管怎么说，你是怎么认识那小子的？”

我已经打好了腹稿：“他到店里来过几次。”

莉莉将信将疑：“他去赫明福德做什么？”

“他卖钢琴。”

“哼。”她显然并不相信，“好吧，你们俩似乎很合得来嘛。”

我耸耸肩膀：“他人品不错。”

“话说回来，弹钢琴的能挣多少？”后座上的小艾说。

我真想让她闭嘴。但与此相反，我深吸一口气，轻描淡写地说：“谁知道？我又不会嫁给他。”

十个月后，在路德会恩典堂的地下室里，对二十多位婚礼来宾复述完这段对话之后，莉莉举杯祝酒。“致薇薇安与卢克·梅纳德，”她说，“祝他们永远琴瑟和鸣。”

明尼苏达州，赫明福德县，1940—1943年

在别人面前，我叫他卢克，但对我来说，他永远是“德国仔”。他叫我“薇薇”——听上去有点像“妮芙”，他说。

我们决定在赫明福德安家，好让我经营商店。我们会在离尼尔森家几个街区的小街上租个小屋，楼下有四间房，楼上一间房。碰巧赫明福德学校要雇个音乐老师（也许尼尔森先生也帮了点忙，他可能在扶轮社聚会上跟校长提了几句）。“德国仔”没有扔掉明尼阿波利斯大饭店里的周末演出，星期五星期六晚上我就陪他同去，在酒店里吃晚餐，同时听他演奏。到了星期天，他则在路德会恩典堂弹奏管风琴，接替原来那个死活不肯动脚的风琴手——那位风琴手听了人们的劝告，觉得是时候退休了。

当我告诉尼尔森太太，“德国仔”已经向我求婚时，她皱起了眉。“我还以为你说过，你根本不想嫁人呢。”她说，“你才二十岁。你的学业怎么办呢？”

“学业怎么了？”我说，“我的手指上多了枚戒指，不是一副手铐。”

“大多数男人希望自己的妻子守在家里。”

当我把这些话讲给“德国仔”听时，他哈哈大笑起来：“你当然得去拿个学位啦。那些税法可复杂得很！”

两个人能有多南辕北辙，“德国仔”和我就有多南辕北辙。我实际而审慎，他却冲动而直接。我习惯在太阳升起前起床，他却把我硬拽回床上。他完全没有数学天赋，对商店记账也一窍不通，而我在家算账，支付税费。在遇见他之前，我喝酒的次数用一只手就数得过来，他却喜欢每晚喝杯鸡尾酒，声称这样能让他放松，也让我放松。因为在农场的经历，他用起锤子钉子来得心应手，但他经常半途而废。正值冰雪肆虐之际，防风窗却堆在角落里，一只漏水的水龙头被拆开来，零件散得满地都是。

“我简直不敢相信我找到你了。”他一遍又一遍地告诉我，而我也难以置信。仿佛在我的昔日之中，有一段重获了新生，与它一起醒来的是我曾苦苦压抑的一切感受：失去太多的哀恸，无人可诉的哀恸，把一切藏在心里的哀恸。但“德国仔”就在一旁见证，他知道我是谁。我无须戴上假面具。

星期六早晨，我们起床的时间会比我一个人时迟一些。商店到十点钟才开门，“德国仔”也用不着非去哪里。我在厨房里煮好咖啡，把两只热气腾腾的马克杯端回床上，我们在柔和的晨光中一起待上好几个小时。无比渴盼再加上得遂心意，我简直如在云端，盼着触碰他那温暖的肌肤，感受肌肤之下的筋腱与肌肉，它们噗噗脉动，生气勃勃。我依偎在他的臂弯里，在他的膝盖窝里，他弓起身子贴着我，呼吸轻拂我的脖子，手指抚过我的轮廓。我从未有过这种感觉：久久回不过神，懒洋洋，慢悠悠，恍恍惚惚，心神不定，只顾当下。

“德国仔”告诉我，就算当初流落街头，他也从未有过在明尼苏达州时那种孤独的感觉。在纽约，男孩们总是互相开些恶作剧玩笑，把吃的穿的凑起来。他怀念拥挤的人群，怀念混乱和嘈杂，怀念黑色T型车咔嗒咔嗒地开过鹅卵石街道，怀念街头摊贩烘焙花生糖的香味。

“你呢……你曾经希望重回往昔吗？”他问。

我摇摇头：“我们的生活太苦了，我对那地方没什么幸福的回忆。”

他将我拉到身旁，用手指沿着柔软白净的前臂下方轻抚着：“你的父母曾经觉得幸福吗，你觉得呢？”

“也许吧，我不知道。”

他把发丝从我的脸上拨开，用手指抚摸着我的下巴轮廓，说道：“有了你，我在哪里都会觉得幸福。”

尽管他就爱说这种话，我却相信是真话。这段情让我突然多了一双慧眼，于是我心知，我自己的父母在一起时从未觉得幸福，也许无论怎样也永远不会幸福。

十二月初一个温暖的下午，我在店里跟眼光敏锐的会计经理玛格丽特一起查订货。收据和表格摆得满地都是，我正一边琢磨要不要比去年多订些女装长裤，一边端详产品目录里的流行款和*Vogue*（一本综合性时尚生活类杂志）杂志、*Harper's Bazaar*（一本高端时尚杂志）杂志。收音机的音量开得很低，播着摇摆乐，这时玛格丽特抬起一只手，说道：“等等，你听见了吗？”她急匆匆地向收音机奔去，扭动旋钮。

“现在重播一则特别报道。罗斯福总统今天发表声明称：日军空袭了夏威夷珍珠港，并对瓦胡岛上所有海军及军事活动发动了进攻。目前伤亡人数不详。”

就这样，一切天翻地覆。

几个星期后，莉莉到店里来看望我，她的眼圈泛红，泪水濡湿了脸颊。“理查德昨天乘船出发了，我甚至不知道他去了哪里。他们只给了他一个编了号的邮寄地址，让人看不出一点头绪。”她一边用皱巴巴的白手帕捂着脸哭，一边说，“我还认为这场蠢兮兮的仗该打完了呢。为什么我的未婚夫一定要去打仗？”我抱住她，她紧搂着我的肩头不放。

一时间，鼓励人们参军拥军的海报遍地开花。许多物品转眼成了配给品：肉类、奶酪、黄油、猪油、咖啡、糖、丝绸、尼龙、鞋。面对薄薄的蓝色小册子，我们的经营之道整个变了样。我们学会了给配给票找零：红色配给票就给红色代币当找零（用于肉类和黄油），蓝色配给票就给蓝色代币当找零（用于加工食品）。那些代币是用压缩木纤维做成的，大小跟十美分硬币差不多。

在店里，我们募集女人们没用过几次的丝袜，以供降落伞和绳索之用，同时募集金属罐和钢制品，以供回收废金属之用。收音机里一天到晚播放着《布基伍基舞会》那首歌。为了紧跟时代气氛，我调整了进货，订购了大批礼品卡、薄薄的蓝色航空邮简、几十种大小各异的美国国旗，还有包装好的牛肉干、保暖袜和一副副纸牌，供大家寄到海外。店里上货的伙计铲起了车道，送起了杂货和包裹。

跟我同一个班毕业的男生们纷纷参军开拔，每星期都有一场道别聚会，要么在教堂地下室，要么在罗克西大厅，要么在某人家中。朱迪·史密斯的男朋友道格拉斯就在第一拨里。满十八岁那天，他去了征兵办公室，报名参了军。紧接着轮到急性子的汤姆·普莱斯，他出发之前，我还在街上遇到他，他告诉我参军也没坏处——打仗会送你去旅行，送你去闯荡，还能领着薪水跟一大群人瞎混。我们没有谈打仗的风险，但我想象的是个卡通版，子弹翻飞，每个小伙都是超级英雄，在枪林弹雨中疾步飞奔，所向披靡。

我班上足足四分之一的小伙子志愿参了军。等到开始征兵以后，越来越多小伙子收拾行装离开了。有些平足、严重哮喘和半聋的小伙子漫无目的地在商店过道里晃悠，我不禁替他们难过：这些小伙子的哥们儿都走了。身穿着便服，他们似乎有些迷茫。

“德国仔”却没有随大溜。“让他们来找我吧。”他说。我不愿相信他会被征召，“德国仔”毕竟是一名老师，教室需要他。但没过多久，局势就已经明了，“德国仔”入伍只是迟早的事情。

“德国仔”动身前往亨内平县[①]斯内灵堡进行入伍训练的那一天，我取下脖子上那条项链的克拉达十字架，用一块毛毡裹起来，塞进他胸前的口袋，告诉他：“这样我就会守在你左右了。”

“我会用生命守护它。”他说。

我们的来往信件谈的全是渴盼与希望，隐约提到美军的使命是多么重要，也谈他的训练到了哪些重要关头——“德国仔”通过了体能测试，还在机械能力倾向测试中拿了高分。他因此被招进了海军，顶替“珍珠港”一役中损失的人手。没过多久，他就乘火车去圣地亚哥进行

① 位于美国明尼苏达州东部的一个县。

技术训练了。

他离开六个星期后，我写信告诉他，我怀孕了。“德国仔”回信说，他开心得简直要飞起来。“想到我们的孩子在你肚子里一天天长大，我就能撑过这些苦日子。”他写道，“得知我终于有了一个等待着我的家，让我比以往任何时候都更加一心想打完仗回家。”

我成天觉得累，觉得恶心欲吐。我想赖床，但心知让自己忙起来更好些。尼尔森太太建议我搬回去跟他们一起住，她说他们会照顾我，做饭给我吃。养父母担心我瘦得不像样。但我更喜欢自己待着。我已经二十二岁，习惯了像个成年人一样生活。

时间一天天过去，我变得前所未有地忙，白天整天在店里工作，晚上则做义工，要么打理废金属募捐活动，要么组织给红十字会寄物品。但在忙碌背后，我的心中却隐隐有一丝惧意：*他现在在哪里，在干什么？*

在写给“德国仔”的信里，我尽量不唠叨我成天感觉多么反胃——医生告诉我，那是宝宝在我肚子里蓬勃生长。我告诉他的是，我正在给宝宝缝被子，先是用报纸剪纸样，后来用的是细砂纸，不过细砂纸会粘布料。我挑的那一款四角带有编织花色，跟篮子的编织花纹差不多，边缘缠绕着五股布料。图案喜气得很：黄色、蓝色、桃色和粉色印花布，每个方块中间再加上米白色三角形。在墨菲夫人家缝被子的女人们（我是其中最年轻的一个，大家把我当作女儿看待，为我人生中的每一个里程碑欢欣鼓舞）对这床被子格外上心，亲手一针一线用细密的针脚缝制。

“德国仔”的技术培训和航空母舰飞行甲板培训结束了。到圣地亚哥一个月后，他得知自己不久就要开拔。鉴于所受的训练和惨淡的战局，他认为自己会被送到中太平洋扶持这一地区的盟军，但没有人敢下定论。

奇袭、技巧，再加上力量——这正是制胜的法宝，海军军方对水兵们说。

*中太平洋。缅甸。中国。*这些不过是地球仪上的一个个名字。我取出店里出售的一张世界地图（地图被紧紧地卷好收在立式卷轴里），在柜台上摊开，用手指掠过临近海岸线的城市仰光，掠过更加往北、更加深色的山区曼德勒。我已经对他前往欧洲做好了准备，即使远至俄罗斯或西伯利亚。但中太平洋？那也太远了，远在地球的另一头，我简直想象不出来。我去了图书馆，朝桌上堆了一摞书，地理书、远东历史、旅行日志。我了解到缅甸是东南亚最大的国家，毗邻印度、中国和暹罗。该国位于季风区，沿海地区全年降雨量约为两百英寸，而这些区域的平均温度接近华氏90度，边境线的三分之一是海岸线。作家乔治·奥威尔出版过一本名叫《缅甸岁月》的小说，还写过几篇讲述当地生活的随笔。读着这些作品，我感觉缅甸离明尼苏达州远得不得了。

接下来的几个星期慢腾腾地过去了，生活安静而紧张。我收听收音机，匆匆翻阅《论坛报》，焦急地等待着来信。“德国仔”的信一到，我就狼吞虎咽地读起来，一目十行地找着信里的新消息：他还好吗？吃得好吗？身体好吗？除此之外，我苦苦纠缠于每个字的语调和语气，仿佛他的话是我可以破解的一种代码。我举起每封薄如蝉翼、蓝色的信，呼吸它的气味——他曾经握过这封信。我用手指轻抚过一个个字——那一个个字都出自他的笔下。

“德国仔”和他的同船兵士都在等待命令。无论是临上阵前在黑暗中进行的飞行甲板训练，还是水手们的行装，从军粮到弹药，一切都已经准备妥当。圣地亚哥天气热得很，但他们接到警告，说是即将开拔的地方热得更厉害，几乎无法忍受。“我永远也没有办法习惯高温。”他写道，“我怀念凉爽的晚上，牵着你的手沿街而行。我甚至怀念该死的雪，还真是从来没有料到我会说这话呢。”但他说，最重要的是，他想念我。阳光下我的红发，我鼻梁上的雀斑，我褐色的双眸，我肚子里的孩子。“你一定长胖了。”他说，“我能想象出那一幕。”

此时此刻，他们在弗吉尼亚州的航空母舰上。这将是他出发前写的最后一封信，他会把信交给上船给他们送行的一位牧师。“飞行甲板长达八百六十二英尺。”他写道，“为了区分工种，我们穿成七种不同的颜色。作为一名维修技师，我的针织衫和头盔是难看的绿色，跟煮过头的豌豆颜色差不多。”我想象他站在大洋之中的跑道上，了无生气的头盔下面藏着一头秀美的金发。

随后三个月，我收到了几十封信，都是在他写完信好几个星期以后才收到，有时候一天还会收到两封，全看信件是从哪里寄出的。“德国仔”告诉我，船上的生活很乏味，他在训练期间结识的好友——同样来自明尼苏达州的吉姆·达利教会了他打扑克牌。他们两个人会长时间待在船舱里跟士兵们打牌，打牌的人换个不停，牌局却永远也不收场。他谈起他的工作，谈起遵守纪律是多么重要，谈起他的头盔又重又不舒服，谈起他已经渐渐习惯飞机起飞降落的轰鸣声。他谈起晕船，谈起闷热的气候，却绝口不提战斗，不提被击落的飞机。我不知道是因为规定不许提，还是因为他不想吓到我。

“我爱你。”他一遍遍地写道，“我简直受不了没有你的生活，一心盼着早日见到你。”

他用的是些流行歌曲里的习语和报上的诗，我写给他的信也差不多一样俗套。我倒是对着信笺苦苦寻思，只待鸿雁传情，可惜只想得出同样的词语，同样的词序，只好盼着字词背后的深情能让整封信变得字字珠玑。我爱你。我想念你。小心。注意安全。

明尼苏达州，赫明福德县，1943年

星期三上午十点钟，我已经在店里待了一个小时。跟往常一样，我先在里屋对好账目，接着逐一走下每条过道，确保货架整洁，打折商品也没有摆错。商店后方的过道里有一小堆摆成金字塔形的杰根斯面霜没有放好，倒进了一堆象牙香皂里，正当我重新摆放这堆面霜时，我听见尼尔森先生说："请问有什么事吗？"他的声音古怪而生硬。

接着他尖声叫道："维奥拉。"

我手上没有停，一颗心却猛跳起来。尼尔森先生很少直呼妻子的名字。我继续把面霜搭成金字塔形：最下面一排摆五罐面霜，接着摆四罐，三罐，两罐，最顶端放一罐。我把剩下的面霜放在展台后面的架子上，又把被撞下来的象牙香皂换成了新的。收拾完以后，我站在走廊里，等待着。有人在低声说话。过了一会儿，尼尔森太太叫道："薇薇安？你在吗？"

收银台旁边站着一个身穿蓝色制服、头戴黑檐帽的西联公司员工。

电报只有寥寥几句："战争部长[1]遗憾地通知您：卢克·梅纳德于1943年2月16日不幸阵亡。如有进一步详情，您将随后获得通知。"

我听不见送电报的西联员工说了些什么。尼尔森太太哭出了声。我摸着肚子——孩子。我们的孩子。

接下来几个月，我收到了更多消息。一架飞机在舰队的航空母舰上坠毁，"德国仔"和其他三人因此丧生。没人能救他，飞机砸在他身上散了架。"卢克当场阵亡，没有受苦，希望这一点能让你感到宽慰。"与"德国仔"同船的战友吉姆·达利写道。后来，我收到他的一盒私人物品：他的手表，我写给他的信，一些衣服，还有那个克拉达十字架。我打开盒子，轻抚每一件东西，然后合上盒子，放到一旁。只怕要过很久很久，我才会再戴上那条项链吧。

当初"德国仔"并不打算把太太怀孕的消息传遍基地。他说，他很迷信，可不想招来霉运。吉姆·达利的吊唁信是写给一位妻子，不是写给一位母亲的。

随后几个星期，天色还没有亮，我就已经早早起床工作，重新整理了店里的商品，定做了一个又大又新的店门招牌，雇了个学设计的学生装饰了橱窗。尽管大着肚子，我还是驾车去了明尼阿波利斯市，逛了逛各大百货公司，记下它们如何陈列橱窗，颜色款式上又有哪些潮流还没有传到我们那里。我还订了轮胎内胎、太阳镜和沙滩巾，以便迎接夏季。

莉莉和小艾带我去影院，去看戏，去吃晚餐。墨菲太太定期请我去

---

① 美国战争部长是美国战争部的首长，1789年至1947年间为美国总统内阁成员。1947年，战争部长被美国陆军部长和美国空军部长取代，与美国海军部长一同成为美国国防部长下的非内阁级职位。

喝茶。一天晚上，我从灼痛中惊醒，心知去医院的时候到了。按照跟养母说好的那样，我打了个电话给尼尔森太太，收拾好小包裹，她驾车把我送到了医院。分娩花了七个小时，最后那一阵痛得如此撕心裂肺，我寻思着自己的身子会不会被劈成两半。剧痛让我哭出了声，而我一直为“德国仔”藏在心中的眼泪也一起夺眶而出。我再也忍不住悲伤，忍不住痛失所爱、孤零零一个人的凄凉。

很早以前，我就知道，失去不仅大有可能，而且不可避免。失去一切，将一段人生抛诸脑后，重新开辟新天地——我知道这意味着什么。此时此刻，我深深地、莫名地认定，人生一次又一次给我这种教训，一定是我的宿命无疑。

躺在医院的床上，我百感交集：悲痛铺天盖地，美梦支离破碎。我为自己失去的一切痛哭失声：一生挚爱，家人，还有我居然胆敢梦想的未来。那一刻，我做了一个决定：我不能再经受这一切了。我不能再把一颗心全交给人，却只落个失去他们的下场。我再也不愿意经历一次失去某个令我爱得痴狂的人，绝不。

“好啦，好啦。”尼尔森太太担心地挑高了嗓音，“如果一直这样下去，你会……”她说的是“把眼泪哭干的”，我听见的却是“会死掉”。

“我希望死掉。”我告诉她，“我已经一无所有了。”

“你有这个宝宝。”她说，“为了宝宝，你要坚持下去。”

我扭开头。我使劲用力，过了一会儿，宝宝降生了。

在我怀里，小丫头很轻很轻，金色的头发稀稀拉拉，清澈的双眸犹如水中石子。我累得头晕，搂住她，闭上了眼睛。

我还没有告诉任何人，甚至没有告诉尼尔森太太，我将会做些什么。我轻声对宝宝耳语了一个名字：梅。梅茜。跟我一样，她也是一个已逝香魂的化身。

随后我采取了行动。我把她送了人。

缅因州，斯普鲁斯港，2011年

“哦，薇薇安，你居然把她送了人。”莫莉说着，从椅子上向前探出身子。

她们两个人已经在客厅的靠背扶手椅上坐了好几个小时。两人中间的古董灯投下飘摇的光芒。地板上摆着一摞用绳捆好的蓝色薄纸航空信，一块男式金表、一个钢盔，还有一双从黑色行李箱里耷拉出来的军袜，行李箱上印着几个字：美国海军。

薇薇安理顺腿上的毯子，摇了摇头，仿佛陷入了沉思。

“很抱歉。”莫莉轻抚着那张从未用过的婴儿毯，它的编织图案依旧生动，针脚精致而又质朴。这么说来，薇薇安曾有过一个宝宝，又把她送了人……然后嫁给了“德国仔”的挚友吉姆·达利。她爱上他了，还是权作慰藉呢？她把孩子的事情告诉他了吗？

薇薇安俯过身，关掉录音机：“说真的，我的故事到这里就结束了。”

莫莉满头雾水地望着她：“但这只是前二十年啊。”

薇薇安轻松地耸耸肩膀：“相比之下，剩下的日子都风平浪静。我嫁给了吉姆，最后来了这里。”

“但这些年……”

“多半是些好年华，不过没什么太大的波澜。”

“你……”莫莉有点犹豫，“你爱他吗？”

薇薇安从飘窗向外望去。莫莉追随着她的眼神，目光落在幽影重重的苹果树上。映照着大宅的灯光，苹果树几乎难以看清。“说实话，我从未后悔嫁给他。但你知道背后的故事，所以我这么说吧：我爱他。但并非像爱‘德国仔’那样爱他，那样爱得痴狂。也许一个人一生只能痴爱一次，我说不好，但没关系，那就够了。”

没关系，那就够了。莫莉的心猛地一紧，仿佛被人紧紧攥住。寥寥几句话语背后，是多么澎湃的感情？她不知道。喉头涌上一股涩味，她费力地咽了咽唾沫。薇薇安下定决心不动感情，这种立场莫莉再了解不过了。于是她只是点点头，问道：“那你和吉姆又是怎么走到一起的？”

薇薇安噘起嘴，陷入了沉思。“‘德国仔’阵亡大约一年后，吉姆从战场归来，与我取得了联系。有几件‘德国仔’的小东西海军没送给我，在他手里。一副牌，‘德国仔’的口琴。于是就这样开始了，你知道吧。我想，对我们两人来说，能找到一个聊得来的人是一种慰藉，找到另一个了解‘德国仔’的人。”

“他知道你生过一个孩子吗？”

“不，我不这么认为。我们从未谈过这件事，对他来说，这副担子似乎太重了。战争已经让他不堪重负，还有很多事他都不想提起。

“吉姆精于打理数据，为人井井有条，远比‘德国仔’缜密。老实说，我怀疑‘德国仔’如果在世，我们的店还能不能做到眼下一半成功。这话听上去很无情吧？好吧，再无情也是实话。他对商店半点也不关心，也不想打理。他是个音乐家，知道吧，没有商业头脑。但吉姆和我配合默契，我负责订货和库存，他则改善了会计系统，引进了新的电动收银机，精简了供应商——把商店现代化了。

“跟你讲一件事吧：嫁给吉姆，就像踏进恰好跟室温一样暖和的水中。我几乎无须调适自己。他是个安静、得体、勤奋的人，一个好人。我们不属于那种互相给对方圆话的夫妻，我甚至不敢说他脑子里有这根弦。但我们相敬如宾，互相宽容。他烦躁的时候，我就小心避开，而当我陷入他嘴里那种‘乌云罩顶的坏情绪’时（有时候，我会好几天难得讲几句话），他也不来烦我。我们之间唯一的问题是：他想要个孩子，而我无法办到。我就是办不到。从一开始，我就把自己的感受告诉他了，但我觉得，他希望我日后会改变心意。”

薇薇安从椅子上站起身，走到高高的飘窗旁。莫莉心中一动：她是多么弱不禁风，身影多么单薄啊。薇薇安把窗户两边的丝环从挂钩上解开，任由沉甸甸、带有佩斯利涡旋花纹的窗帘盖住玻璃窗。

“我不知道……”莫莉爹着胆子小心地说，“你有没有想过你女儿的下落？”

“有时候吧。”

“你也许能找到她。她现在……”莫莉做着心算，“快七十岁了，对吧？很有可能还在世呢。”

薇薇安理了理窗帘的褶裥，说道：“来不及了。”

“可是…… 为什么？”这个问题感觉像是走钢丝。莫莉屏住了呼吸，一颗心怦怦直跳，心知自己即使算不上彻头彻尾的无礼，也要算是放肆。但话说回来，这可能是她唯一一次开口的机会。

“我做了一个决定，必须咽下苦果。”

“当时你走投无路啊。”

薇薇安依然站在阴影中，站在厚重的窗帘旁：“实情不是这样。我原本可以留下那个孩子，尼尔森太太会帮我。事实是，我是个胆小鬼。我很自私，很害怕。”

“当时你丈夫刚刚去世，我能理解。”

“真的吗？我不知道我自己是否能理解。再说现在……得知梅茜这么多年都活着……”

“哦，薇薇安。”莫莉说。

薇薇安摇摇头，望着壁炉架上的时钟：“天哪，瞧瞧几点钟了——已经过十二点了！你一定累得厉害，我们来给你找张床吧。”

缅因州，斯普鲁斯港，2011年

莫莉乘着一艘独木舟，奋力划着双桨逆流而上。双桨一次次荡开碧波，她的肩膀痛得很。独木舟正在下沉，河水涌了进来，她的脚浸到了水里。低下头，她发现手机坏了，装着笔记本电脑的背包湿漉漉的。她的红色行李袋从船上翻了出去，她望着它随水流漂去，然后慢慢地没入水中。波涛在她耳边怒吼，仿佛是远方的阀门。但它为什么显得如此遥远呢?

她睁开眼睛，眨了眨。光线明亮——好亮。水声……她扭过头，就在那儿，透过一扇玻璃窗望去，眼前正是海湾，滚滚的波涛汹涌而来。

屋子里很安静，薇薇安一定还在睡。

厨房的时钟显示着上午八点钟。莫莉烧了一壶水冲茶，从橱柜里找到了燕麦粒、蔓越莓干、核桃、蜂蜜。根据圆柱形罐子上的说明，她用文火煲出了燕麦粥（跟迪娜买的那些甜兮兮的小包装燕麦片简直有天壤之别），把蔓越莓干和坚果切碎加进去，又加了少许蜂蜜。她关了火，洗干净昨晚用过的茶壶和杯碟，坐到餐桌旁边的摇椅上等薇薇安。

这是个美丽的清晨，按杰克的说法，正是“明信片上的缅因州”。

海水在阳光下闪耀，仿佛片片鱼鳞。远处靠近港口的地方，莫莉可以望见好些丁点小的帆船。

这时她的手机不停振动，杰克发来了短信，写的是：“怎么啦？”几个月以来，这是他们第一次不在一起度周末。她的手机又呜呜响了几声。“待会儿能见面吗？”

“功课多得铺天盖地。”她回道。

“一起学？”

“也许吧，稍后打电话给你。”

“什么时候？”

她换了个话题：“天气好得像‘明信片上的缅因州’呢。”

“我们去飞山走走好了，让功课见鬼去吧。”

“飞山”是莫莉的最爱之一，沿着松树环绕的小径登上一段五百英尺的陡坡，可以将萨姆斯·桑德峡湾尽收眼底，漫步下山后则会抵达谷湾。在那里的卵石滩上，你可以在又大又平的巨石上徘徊，远眺大海，随后再兜兜转转地回到铺满松针的防火道上，去取汽车或者自行车。

“好吧。”她摁下发送按钮，却立刻后悔起来。真狗屎。

才不过几秒钟，她的手机响了。“嗨，我什么时候去接你？”杰克说。

“嗯，等我给你回电话好吗？”

“别拖了。拉尔夫和迪娜去教堂了，对吧？我想你，丫头。前一阵我们为什么吵嘴……傻乎乎的？我早就忘啦。”

莫莉从摇椅上站起身，莫名其妙地走过去搅了搅燕麦粥，把手搁上水壶，水壶不冷不热。她竖起耳朵聆听着脚步声，但屋里十分安静。

“嘿，”她说，“我不知道该怎么跟你说。”

“说什么？”他说，接着是一句，“哇噢，等一下，你是要跟我分手吗？”

“什么？不，跟分手风马牛不相及。迪娜把我赶出来了。”

“你在开玩笑吧？”

“没有半句假话。”

“她把你赶出来……什么时候？”

“昨天晚上。”

“昨天晚上？那……”莫莉几乎可以听到车轮转动的声音，“你现在在哪儿？”

莫莉深吸一口气，说道：“我在薇薇安家。”

一片沉默。难道他挂断电话了？

莫莉咬咬嘴唇：“杰克？”

“昨天晚上你去薇薇安家了？你住在薇薇安家里？”

“是的，我……”

“你为什么不给我打电话？”他的语气辛辣，充满了指责。

“我不想给你添麻烦。”

“你不想给我添麻烦？”

“我只是说，我已经太依赖你了，吵完那场架以后……”

“所以你就想：‘那我去给九十岁的老太太添麻烦好了，远比给我男朋友添麻烦好得多。’”

“说实话，我当时失魂落魄。”莫莉说，“压根儿不知道自己在做什么。”

“那你是走过去的吧，对不对？难道有人开车送你？”

“我搭了观光巴士。”

“那是什么时候？”

“七点左右。”她胡诌道。

“七点左右？你是雄赳赳直奔她家前门摁响门铃呢，还是事先打过电话？”

好吧，够了。“我不喜欢你的语气。”莫莉说。

杰克叹了口气。

“瞧，”她说，“我知道这对你来说难以置信，不过薇薇安和我是朋友。”

电话那头沉默了一会儿，接着杰克说：“嗯……哦。”

“其实，我们有很多共同之处。”

他轻笑一声：“拜托，莫莉。”

“你可以问她。”

“听着，你知道我有多在乎你。但现实一点吧，你是个十七岁的小姑娘，寄养在别人家里，还在察看期。你刚刚被一个寄养家庭赶出来，现在却住进了一个阔老太太的豪宅。还有很多共同之处？我妈……”

“我知道。你的妈妈。”莫莉大声叹了口气。看在上帝的分儿上，她还要欠特瑞的情欠多久？

“对我来说很复杂。”他说。

“嗯……”好戏开场啦，“我不认为眼下事情有那么复杂，我把偷书的事情跟薇薇安讲了。”莫莉说。

对方一阵沉默：“你把我妈知情的事也告诉她了？”

“是啊。我告诉她，你为我打了包票，而你妈妈相信你。”

“她怎么说？”

“她完全理解。”

他没有吭声，但她感觉对方的态度软了下来。

“听着，杰克……我很抱歉，很抱歉一开始就拖累你。这就是为什么昨晚我没有给你打电话的原因，我不想让你感觉你又得来救我。你被害得够呛，总要不停地帮我，我也被害得够呛，总感觉我必须感恩戴德。我不希望这样跟你交往，指望你照顾是不公平的。老实说，我觉得，如果你妈妈不认为我在想方设法占便宜，我跟她可能会相处得好些。”

“她没有这么想。”

“她是这么想的，杰克。我不怪她。”莫莉扫了一眼正在架子上晾干的茶具，“还有件事必须告诉你。薇薇安说要把她的阁楼清理干净，但我认为，她真正想要的是最后一次看看盒子里的那些东西，记住她所经历的人生。所以，其实我很高兴能帮她找到这些东西，感觉自己做了一件很重要的事情。”

正在这时，她听到楼上的走廊传来了脚步声，薇薇安一定正在下楼来。“嘿，我得走了，我在做早餐呢。”她咔嗒一声打开煤气灶，把燕麦粥热了热，又加进少许脱脂牛奶搅了搅。

杰克叹了口气：“你还真是个烦人精，你知道吧？”

“我不是一直这么跟你讲吗，可惜你死活不愿意相信。”

“现在我信了。”他说。

搬到薇薇安家以后，过了几天，莫莉发了条短信给拉尔夫，把自己的下落告诉了他。

他回了条短信：“打电话给我。”

于是她打了个电话。“怎么啦？”

“你必须回来，我们想办法应付。”

“不了，没关系。”

“你不能跷家了事啊。”他说，“如果你这么做，我们都会惹上大麻烦。”

“我没有跷家，是你们把我赶出去的。”

“不，我们没有。”他叹了口气，“这些事可是有条条框框的。如果事情传出去，儿童保护机构会烦死你，还有警察。你得照规矩办事。”

“我觉得，我受够那些规矩了。”

“你才十七岁。规矩没有跟你说拜拜，你就没法跟规矩说拜拜。”

“那就别告诉他们。”

“你的意思是撒谎？”

“不。只不过是……不告诉他们。”

他沉默了片刻，接着说：“你过得还好？”

“不错。”

“那位夫人乐意让你待在她家？”

“乐意啊。”

他哼了一声：“我猜，她没有经过批准收养孩子吧。”

“没有……严格根据法律来讲的话。”

“严格根据法律来讲。”他干巴巴地笑了一声，“见鬼了。嗯，也许你说得对，没必要搞得翻天覆地。你什么时候满十八岁？”

“马上。”

“这么说来，如果这样不给我们惹事……也不给你惹事……”

“那笔补贴还挺有用，对吧？”

他又沉默了，有那么一会儿，莫莉以为他挂了电话，结果他开口说：“阔气的老太太，大房子。你把自己照顾得相当不错嘛，说不定你还不希望我们报告你失踪呢。”

“那……我明明还跟你们住在一起，没错吧？”

“从法律层面上讲。”他说，“你没意见吧？”

“没有。代我向迪娜问好。”

“一定转达。”他说。

星期一早上，发现莫莉到了薇薇安家，特瑞不太开心。“怎么回事？”她尖声惊叫道。杰克还没有把莫莉搬家的事情告诉她。很显然，他希望在母亲发现之前，这团乱麻就会奇迹般地解开。

“我已经邀请莫莉在这儿住上一阵儿。”薇薇安宣布道，“承蒙她答应了。”

“所以她不是……”特瑞说了半句，眼神在薇薇安和莫莉之间游移，“你为什么不住锡伯度夫妇家？”她问莫莉。

“那边的情况眼下有点复杂。”莫莉说。

“什么意思？”

“还有事……有待解决。”薇薇安说，“而且我非常愿意暂时给她在某间空房里铺张床。”

“那学校怎么办？”

“她当然会去上学。为什么不呢？”

“薇薇，你真是宅心仁厚……不过我觉得当局……”

“这个问题已经解决了，她要留在我家里。”薇薇安的口气斩钉截铁，“不然我拿这些空房间怎么办？开家小旅舍吗？”

莫莉的房间在二楼，面朝大海，要穿过一条长长的走廊，恰好跟薇薇安的卧室各处大宅的一侧。在莫莉房间洗手间的窗边，也是面朝大海的一侧，一幅薄棉窗帘不停随风飞舞，一会儿鼓一会儿凹，向着水池翩然飘去，仿佛和气的幽灵。

这个房间有多久没人睡过了？莫莉有些好奇：只怕是一年一年又一年吧。

她从锡伯度家带来的全部家当把壁橱里的三层架子塞得满满当当。薇薇安执意要莫莉从客厅取来一张合盖式古董书桌，摆到莫莉卧室走廊对面的房间里，好让莫莉学习。既然大宅中可供选择的房间这么多，为什么不多住几间屋？

选择权。现在她可以开着门睡觉，随意到处闲逛，不会有人盯着她的一举一动。她还从未意识到，多年来，他人明里暗里的指摘和诟病让自己扛下了一副什么样的重担。她仿佛一直在钢丝绳上行走，千方百计不掉下去。而现在，多年来第一次，她一脚踏上了坚实的土地。

缅因州，斯普鲁斯港，2011年

“你看上去正常得不得了。”莫莉到化学实验室与社工洛丽碰头时，洛丽说道，“先是鼻环不见了，现在你又弄掉了那缕跟臭鼬一样的挑染。接下来会出什么招，Abercrombie（一个服装品牌）牌帽衫吗？”

“哦，那还不如死了算了。”

洛丽笑得活像只雪貂。

“不要高兴得太早，”莫莉说，“你还没有看见我后腰上刚文的文身呢。”

“你才没有呢。”

让洛丽琢磨不透很有趣，于是莫莉只是耸了耸肩膀，也许文了，也许没有。

洛丽摇摇头：“我们一起来看看文件吧。”

莫莉把社区服务表格递给她。表格已经规规矩矩填写完毕、注明了日期，此外还有一份记录着莫莉工作时间的表格和所需的签名。

洛丽审视着表格，说道：“令人印象深刻啊。电子表格是谁做的？”

“你觉得是谁？”

“嗯。”洛丽噘噘下唇，龙飞凤舞地在表格上方写了几笔，“那你的活儿干完了吗？”

“什么活儿？”

洛丽向她露出一抹揶揄的笑容：“清理阁楼啊。这不是你要做的活儿吗？”

没错。清理阁楼。

其实吧，阁楼真的清理过了。每件东西都被从盒子里取出来，又被两人谈论了一回。有些东西被放到了楼下，破败不堪的东西被扔掉了几样。没错，大部分又被放回盒子里，还摆在阁楼上。但现在亚麻织物都叠得整整齐齐，易碎品裹得妥妥当当。莫莉扔掉了大小不合适、奇形怪状以及破损的盒子，换上了崭新的厚纸箱，一个个全是方形。所有物品都用黑色记号笔清楚地标示着地点和日期，按时间顺序整齐地堆在屋檐下，你甚至可以在那里四处走动了。

“是的，活儿干完了。”

“五十个小时还真能干完很多活儿，对吧？”

莫莉点点头。“你压根儿想不到。”她心想。

洛丽打开桌上那份放在她自己面前的资料：“瞧瞧这个……一位老师在里面放了张便条。”

莫莉猛然一惊，不禁前倾身子。哦，糟糕……又出了什么鬼事？

洛丽轻轻举起那页纸，读了起来：“某位教社会学科的里德先生，留条说你在他的班上做了一份功课……一个关于‘运输’的项目。什么意思？”

“只不过是篇论文。”她小心翼翼地说。

“嗯……你采访了一位九十一岁的寡妇……就是接收你做社区服务的那位女士，对吧？”

“她只不过告诉了我一些事，没什么大不了。”

“嗯，里德先生认为挺要紧，认为你出类拔萃。他要提名你为某个奖项的候选人。”

“什么？”

“一项国家历史奖。你不知道吗？”

不，她不知道这件事。里德先生甚至还没有把论文发还给她呢。莫莉摇摇头。

“嗯，那现在你知道了。”洛丽叠起双臂，在凳子上往后仰，“真是非常激动人心，是吧？”

莫莉感觉自己整个儿熠熠生辉，仿佛全身涂满了某种暖融融的蜜汁。她感觉到笑容正在自己的脸上绽开，不得不竭力不动声色。她用力地耸耸肩膀：“可能拿不到奖吧。”

“有可能拿不到。”洛丽附和道，“但奥斯卡金像奖典礼上不是有这种说法吗：提名即荣幸。”

“瞎扯。”

洛丽笑了，莫莉也忍不住微微一笑。

“我为你骄傲，莫莉，你很不赖。”

“你只不过是开心我没进少教所罢了。那样你就吃瘪了，对吧？”

“对，那样我的年终奖金就保不住啦。”

“你就不得不卖掉你的雷克萨斯。”

“没错。所以别惹祸，好吗？”

“我会尽力，”莫莉说，“不过不打包票。你也不希望工作太无聊了，对吧？”

“怎么可能无聊呢。”洛丽说。

在同一个屋檐下，大家相安无事。特瑞跟以前一样干活儿，莫莉尽力搭把手：把脏衣服扔进洗衣机，晾到绳上，为薇薇安做些炒菜或素食为主的晚餐——薇薇安似乎并不介意多了些花销，也不介意菜单上少了肉类。

经过一番适应，对莫莉搬到薇薇安家这件事，杰克也渐渐释怀。一方面，他来找她用不着再看迪娜那种谴责的眼神了。另一方面，这可是个闲逛的好地方。傍晚时分，他们坐着薇薇安的藤椅待在门廊上，天空先变成粉色，再变成淡紫色、红色，缤纷五彩越过海湾向他们涌过来，真是活生生一幅壮丽的水彩画。

一天，薇薇安宣布要装一台电脑。除了莫莉，众人纷纷大吃一惊。杰克打电话让电话公司查查如何在大宅里安装WiFi，接着动手去弄调制解调器和无线路由器。经过讨论，薇薇安（据众人所知，老太太连敲键盘唤醒电脑都不会）决定订购跟莫莉同款的亚银色十三英寸笔记本。薇薇安说，她还不清楚会用电脑来做什么。只是用来查东西，也许用来读《纽约时报》。

薇薇安越过莫莉的肩打量着，莫莉找到网站，登录了自己的账户：点击，点击，信用卡号码，地址，再点击……好了，免费送货？

“要多久才能送到呢？”

“瞧瞧看……五到十个工作日，或者再久一点。”

“我能早点收到吗？”

“当然。再多花点钱就行。”

“多花多少？”

“嗯，二十三美金，就能在一两天内到货。”

“我想，到了我这把年纪，等待没什么意思，对吧？”

一收到笔记本（活像一个光滑的长方形太空船配上发光的屏幕），莫莉就帮着薇薇安设置好了。她把《纽约时报》和美国退休人员协会（为什么不呢？）加为书签，设置了一个电子邮件账户（DalyViv@gmail.com），尽管很难想象薇薇安会用它。她教薇薇安如何找使用教程，薇薇安老老实实地照着做，一边学一边自顾自地惊呼：“啊，原来是这样。只要按一下那个键……哦！我明白了。触控板……触控板在哪里？我真傻，还用说吗。”

薇薇安学得很快。没过多久，在飞快地敲了几下键盘以后，她找到了一群曾经搭过孤儿列车的人及其子孙。当初近二十万儿童中，在世的大约还有一百人，不少书籍、报纸报道、戏剧和活动纷纷以此为题。此外有个“全国孤儿列车共同体”，总部设在堪萨斯州肯考迪亚，其网站收录了火车乘客的照片和声明，还可以链接到常见问题。（“常见问题？”薇薇安讶异道，“谁问的？”）还有个名叫“孤儿列车乘客纽约分会”的团体，寥寥几个在世的乘客和他们的一大群后代每年都在明尼苏达州利特尔福尔斯的一家女修道院聚会一次。儿童援助协会和纽约育婴堂的网站上都有链接，可以找到相关史料记载和档案的资讯。除此以外，还有一群寻根溯源的人：儿女们攥着剪贴簿飞往纽约，追查当年的契约、照片、出生证明。

有了莫莉帮忙，薇薇安设置了一个Amazon（亚马逊）账户，买了些书。关于孤儿列车的童书有几十本，但她感兴趣的是文件、文物、自行出版的乘客故事——那些故事每一篇都是一种见证、一份真相。她发现其中许多故事遵循着相似的轨迹：祸事临头——我发现自己上了孤儿列车——祸事临头——但我长大成了一名可敬、守法的公民；我堕入了爱河，有了儿孙；简而言之，我度过了幸福的一生，正因为当初无父无母或被人遗弃，被人送上一列火车到了堪萨斯州、明尼苏达州或俄克拉何马州，我才会有如此幸福的一生，拿什么来换我也绝不答应。

“这么说，相信事出有因是人之本性吗？即使从最不堪的经历中也要挖掘出点滴意义？”薇薇安把其中一些故事大声念出来时，莫莉问道。

“确实有点用。”薇薇安说。她正带着笔记本电脑坐在一张靠背扶手椅上，拖动页面从堪萨斯州的档案里察看故事，莫莉则坐在另一张靠背扶手椅上，读着从薇薇安书房里取来的纸质书。薇薇安发出尖叫时，她已经读完《雾都孤儿》，连《大卫·科波菲尔》都读了不少。

莫莉吓了一跳，抬起头来。她还从未听见过薇薇安发出这种声音。“怎么了？”

“我觉得……”薇薇安低语道。她的两根手指从触控板上拂过，面孔在屏幕的映照下隐隐泛青，“我想，我可能刚刚找到了卡迈恩，火车上的那个男孩。”她从腿上举起电脑，递给莫莉。

页面标题是**“卡迈恩·卢顿，明尼苏达州，1929年”**。

“他们没有给他改名吗？”

“显然没有。”薇薇安说，“瞧，这就是那天从我臂弯里把他抱走的女人。”她用佝偻的手指指着屏幕，催着莫莉往下拖，“这篇故事上写道，一段闲适的童年。他们叫他卡姆。”

莫莉接着读下去。看上去，卡姆很幸运。他在帕克拉皮兹长大，娶了高中时代的恋人，跟他父亲一样成了推销员。她的目光落在照片上，其中一张是跟他的养父母一起照的，正如薇薇安所讲的那样，他的母亲苗条美丽，父亲又高又瘦，胖嘟嘟的卡迈恩依偎在父母中间，长着一双斗鸡眼和黑色的鬈发。网页上有张他婚礼当天的旧照，不再是斗鸡眼了，戴着眼镜，喜气洋洋，身旁是一个圆脸、栗色头发的姑娘。两人正在切一个多层的白色蛋糕。接下来一张照片上的卡迈恩秃了顶，面露微笑，胳膊搂着他那位胖了一圈但仍依稀可辨的妻子，上面还标明是他们的五十周年结婚纪念日。

卡迈恩的故事出自他儿子的笔下，这位儿子显然做了大量调查，甚至专程去纽约彻查了儿童援助协会的记录。他找到了卡迈恩的亲生母亲，那是一位来自意大利的新移民，因分娩丧生，卡迈恩那位穷困潦倒的父亲就把他送了人。后记中写道，卡迈恩于七十四岁高龄在帕克拉皮兹安详离世。

“得知卡迈恩这一生过得不错，很合我的心意。”薇薇安说，“让我觉得很开心。”

莫莉在Facebook上输入卡迈恩儿子的名字——卡迈恩·卢顿二世。叫这个名字的人只有一个。她点击头像，把笔记本电脑递回给薇薇安。“如果你乐意的话，我可以为你建一个账号，你可以给他的儿子发好友邀请或Facebook消息。”

薇薇安凝望着卡迈恩儿子、妻子和孙辈最近出游的照片：一会儿在哈利·波特的城堡，一会儿在过山车上，一会儿站在米老鼠旁。“天哪，我还没有准备好，不过……”她望着莫莉，“你很擅长这种事情，对吧？”

“什么事情？”

“找人啊。你找到了你妈妈，找到了梅茜，还有这次。”

“哦。嗯，不算啦，我只不过输入了一些词……”

“我一直在想你那天的话。”薇薇安插嘴道，“关于寻找我送掉的那个孩子。这件事我从未告诉过任何人，但在赫明福德的这么多年来，只要见到一个跟她年纪相仿的金发女孩，我的心就不停地猛跳。我盼着知道她怎么样了，盼得不得了。但我觉得自己没有资格。现在我琢磨……我琢磨着，也许我们应该试试找找她。”她直勾勾地盯着莫莉。她的脸毫不掩饰，满是渴望，“如果我认定自己已经准备好了，你会帮我吗？”

缅因州，斯普鲁斯港，2011 年

电话铃声在大宅里响了又响，好几间屋里的几架话机鸣唱着高高低低的音阶。

“特瑞？”薇薇安尖声挑高了音调，“特瑞，你能接一下电话吗？”

客厅里的莫莉正坐在薇薇安对面，她放下手里的书，站起身来：“听上去像是在这间屋。”

“我正在找呢，薇薇安。”特瑞在另一间屋里高声叫道，“是在那里吗？”

“有可能。”薇薇安伸长脖子四处张望，“我说不好。”

薇薇安正坐在她最爱的一张椅子上——靠窗最近、已经褪色的红色靠背扶手椅。她开着手提电脑，啜饮着一杯茶。今天又是老师进修的日子，莫莉正在备战期终考试。尽管已经上午十点多了，她们却还没有拉开窗帘，不到十一点左右，薇薇安会嫌屏幕太亮。

特瑞匆匆忙忙进了屋，半是自言自语，半是对大家讲话：“天哪！这就是我偏爱固定电话的原因。真不该听杰克的话，换成无绳电话的。我发誓……哦，在这里。”她从沙发上一个抱枕后面取出话机，“喂？”她顿了顿，一手叉着腰，“是的，这里是达利夫人家。请问是谁？”

她取下话机放在怀中。“收养登记处。”她高声耳语道。

薇薇安示意她过去，接起了电话，清清嗓子：“我是薇薇安·达利。”

莫莉和特瑞凑近了些。

“是的，没错。嗯。是的。哦……真的吗。”她伸手掩住了话筒，“有个人符合我提交的细节，已经填了表。”莫莉能听见电话另一头那个女人悦耳的声音。“你说什么？”薇薇安再次将话筒贴到耳朵上，歪歪头聆听对方的回答。“十四年前。”她告诉莫莉和特瑞。

“十四年前！”特瑞惊呼道。

仅仅十天前，上网搜了一阵儿以后，莫莉找到了一批收养注册服务机构，又锁定了其中用户评价最高的一家。据称，该网站把那些想要联系血亲的人一一配对，属于非营利性质，不收取费用，似乎声誉颇佳，没什么猫腻。莫莉在学校里把申请表链接发给了自己，打印出来让薇薇安填写。表格是稀稀拉拉的两页纸，需填写城镇名称、医院、收养机构。在邮局里，莫莉把出生证复印了一份。这些年来，出生证都被薇薇安放在床下的一个小盒子里，上面写的是当初给女儿取的名字——梅。莫莉把表格和复印件放进马尼拉纸信封，寄给了该机构，一心以为会好几个星期或好几个月杳无音讯，说不定还压根儿收不到任何消息。

“有笔吗？”薇薇安嗫嚅着，左右打量，“有笔吗？”

莫莉急匆匆奔到厨房，翻了翻放杂物的抽屉，找出几支笔，在手边的纸上胡乱涂了涂（那是份《沙漠山岛报》），好找出一支能用的笔。她带着一支蓝色圆珠笔和那份报纸回到薇薇安身边。

“好，好的，没问题。”薇薇安在说，“怎么拼？D-u-n-n……”她把报纸放在椅子旁边的圆桌上，又在标题上方写下一个名字、电话号码和电邮地址，还跟“@”较劲了一会儿。“谢谢，没错，谢谢你。”她眯着眼看了看话筒，摁下了挂机键。

这时特瑞走到窗边挽起窗帘，系好两侧的挂钩。光亮猛然间一泻而入，十分炫目。

“天哪，这下我可什么也看不见了。”薇薇安一边斥责，一边用手护住屏幕。

“哦，对不起！要我把窗帘拉上吗？”

“没关系。”薇薇安合上了手提电脑，瞥了一眼报纸，仿佛上面的数字是某种密码。

“有什么消息吗？”莫莉问道。

“她的名字叫莎拉·邓内尔。”薇薇安抬起头，“住在北达科他州的法戈市。”

“北达科他？他们确定你们有血缘关系吗？”

“他们说很确定，他们根据出生记录反复进行了核对。出生的日期吻合，医院也吻合。”说到这里，薇薇安的声音发起了抖，“她的原名叫梅。”

“哦，天哪。”莫莉碰碰薇薇安的膝盖，“真的是她。”

薇薇安把双手合在腿上：“是她。”

“真是激动人心哪！”

“真是让人害怕。”薇薇安说。

“那接下来怎么办呢？”

“嗯，我猜先要通个电话，不然就通一封电邮。我有她的电邮地址。”她说着举起那张报纸。

莫莉向前倾过身子，“你觉得哪种方式好呢？”

“我不知道。”

“通电话更直接。”

“也许会吓到她。”

“她等这一天已经等了很久了。”

“那倒是。”薇薇安似乎在犹豫，“我不知道，事情进展得太快了。”

“已经过了七十年啦。”莫莉微笑道，“我有个主意。我们先上网搜搜她，看看能找到什么。”

薇薇安伸手在银色的手提电脑上做个手势，意思是——“芝麻开门变变变”。

莎拉·邓内尔是个音乐家，曾在法戈交响乐团拉小提琴，并在北达科他州立大学教书，直到几年前退休。她是扶轮社成员，结过两次婚，跟一名律师有过一段多年的婚姻，现在的丈夫则是个牙医，同时加入了交响乐团的董事会。她有一儿一女，年纪似乎都是四十出头，还至少有三个孙子孙女。

“Google”搜索出的十几张图片大多是莎拉伴着小提琴的头像照和扶轮社颁奖的合照，相中的莎拉跟薇薇安一样纤瘦，有种机警谨慎的神情，还有一头金发。

“我觉得她染了头发。”薇薇安说。

“谁不染呢？”莫莉说。

“我就从来不染。”

“我们可不能个个都跟您一样有一头漂亮的银发啊。”莫莉说。

事情一环接着一环：薇薇安给莎拉发了一封电邮。莎拉打来了电话。几天之内，莎拉和她的牙医丈夫就订了飞机票，准备在六月初来缅因州。他们会带十一岁的孙女贝卡一起来。小丫头读着《塞尔的越橘》长大，一直想要投身一趟冒险之旅，莎拉说。

薇薇安把其中一些来往电邮大声念给莫莉听。

*我一直都想了解你，*莎拉写道。*我原本已经不再妄想有一天了解你，找出你为什么不要我。*

见面前的筹备真是激动人心。一队工人大步流星地穿过大宅，给饰板刷漆，修理朝向海湾的门廊上坏掉的望柱，清洁东方式地毯，修补墙上的裂缝——每到春季地面解冻之时，墙上就会冒出裂缝。

“是时候把所有房间敞开了，你觉得呢？通通风嘛。”一天清晨吃早餐的时候，薇薇安说。为了不让海湾吹来的风害得卧室门咣一声关上，她们用莫莉在阁楼上某个箱子里找到的旧熨斗撑着门。二楼的门窗通通大开，清风吹遍了整栋房。不知怎么的，一切顷刻间变得明亮了些，袒露于自然之中。

薇薇安自己在手提电脑上用信用卡从Talbots店（一家职业女装零售店）订了些新衣服，没有让莫莉帮忙。“薇薇安从Talbots店订了些新衣服，在手提电脑上，用的是信用卡。你相信这些话是从我嘴里说出来的吗？”莫莉问杰克。

“不知不觉间，太阳已经从西边出来了。”他说。

奇事层出不穷。一则弹出式广告在薇薇安的屏幕上出现后，她宣布自己打算注册网飞（Netflix）账户。点了一下鼠标，她就在Amazon上买了一个数码相机。她问莫莉有没有看过那则打喷嚏的熊猫宝宝YouTube视频，她甚至开始上Facebook。

“她给自己的女儿发送了好友请求。”莫莉告诉杰克。

“她接受了吗？”

“立刻就接受了。”

他们摇摇头。

从放床上用品和毛巾的壁橱里，她们取出两套棉床单洗干净，挂到屋旁长长的晾衣绳上晾干。莫莉把床单收下来，床单挺括而清香。她帮特瑞铺好床，把干净雪白的床单铺在从未用过的床垫上。

大家何曾如此满心期待？就连特瑞也染上了大家的劲头。“我不知道该给贝卡准备什么样的麦片呢。”她们把爱尔兰花环图样的被子铺在贝卡的床上时，特瑞沉思道——小姑娘的床跟她祖父母的套间隔了一个走廊。

“蜂蜜坚果脆谷乐总不会错到哪里去。”莫莉说。

“我觉得煎饼会更讨她的欢心。你觉得她会喜欢蓝莓煎饼吗？”

“谁不喜欢蓝莓煎饼呢？”

在厨房里，莫莉收拾着橱柜，杰克在拧紧纱门的门闩，两人说起莎拉和她一家在岛上的活动。沿着巴尔港走一走，在Ben & Bill’s店（一家甜品店）吃吃冰激凌，在瑟斯顿店吃吃蒸龙虾，也许还可以试试斯普鲁斯港新开的南方意式餐厅诺拉，它在缅因州口碑非常不错……

“她来这里可不是为了观光，是来见她的生母的。”特瑞提醒他们。

两人互相对视，放声大笑起来。“可不是嘛。”杰克说。

莫莉在Twitter（一个社交网络及微博客服务网站）上关注了莎拉的儿子史蒂芬。莎拉一家上飞机那天，史蒂芬写道：“妈妈动身去见她那九十一岁高龄的生母了。想想看，六十八岁时开启全新的生活。”

全新的生活。

又是仿若缅因州明信片一般的天气。大宅的全部房间已经准备就绪，特瑞的拿手菜——一大锅鲜鱼杂烩浓汤正在炉子上嗞嗞作响（托莫莉的福，旁边还有一小锅玉米浓汤），厨房台面上晾着玉米面包，莫莉还做了一大份沙拉，配着香醋汁。

整整一下午，莫莉和薇薇安一直在东游西荡，装作不在看时间。下午两点钟，杰克打来电话说，来自明尼苏达州的航班在波士顿降落时晚了几分钟，但前往巴尔港机场的小飞机已经起飞了，将在半小时后降落，而他正在接机的路上。他开的是薇薇安的车前去接机——一辆深蓝色斯巴鲁旅行车（他已经搬空了车里的杂物，在他家的车道上用洗洁精和水管好好洗了一下汽车）。

坐在厨房的摇椅上，望着窗外的万顷碧波，莫莉莫名地感觉心中一片平和。记事以来第一次，她的生活开始有规律可循。在此之前的那一次次仿佛毫无章法、毫无联系的厄运，眼下看来，则是在一步步通向……用*启迪*一词可能有点过了，但总有些没那么高不可攀的词嘛，比如自我接纳、洞察力。莫莉从不相信命运。此前的人生乃是宿命——要接受这一点，真是让人气馁。但此时此刻，她不禁寻思，如果没有在寄养家庭之间转来转去，她就不会来到这个岛，不会遇见杰克，不会通过杰克遇见薇薇安，就不会听说薇薇安的故事——那故事跟她自己的经历可有许多共鸣呢。

汽车驶进车道时，莫莉远在大宅另一头的厨房里，遥遥地听见碎石子儿嘎吱作响。她一直在竖起耳朵等着动静。“薇薇安，他们来了！”她高喊道。

“我听见了。”薇薇安也大喊道。

莫莉和薇薇安在门厅碰了头，她伸手握住薇薇安的手。就是此刻，辉煌的一刻，她心想。但她只说了一句话：“准备好了吗？”

“准备好了。”薇薇安说。

汽车刚熄火，后座上就蹦起了一个女孩，身穿蓝色条纹裙，白色运动鞋。一定是贝卡。她有长长的红色鬈发，脸上撒着几颗雀斑。

薇薇安一只手紧紧地攥住门廊栏杆，另一只手则掩住了嘴：“哦。”

“哦。”莫莉在她身后抽了一口气。

女孩挥挥手：“薇薇安，我们来了！”

一个金发女人走出汽车，目光落在她们身上——一定是莎拉。她脸上有种莫莉从未见过的表情，睁大着眼睛四处寻找，当她的目光惊鸿般落上薇薇安的面孔时，那眼神是如此专注，如此不加掩饰，不由得让人心惊。向往、戒心、希冀、爱……莫莉是真的在莎拉脸上看见了这诸多表情，还是她自己内心所想？她遥望着杰克，他正从后备厢里把行李搬出来，同时冲她点点头，慢吞吞地眨眨眼睛——*明白，我也感觉到了*，他的意思是说。

莫莉碰碰薇薇安的肩膀，她的双肩在丝质开衫下显得弱不禁风、瘦骨嶙峋。她稍稍转过身，微微一笑，眸中泪水盈盈，一只手慌乱地伸向喉咙，伸向了脖子上的项链，上面挂着克拉达十字架（小手紧握着带冠的心形：那是爱、忠诚、友谊）。一条离家又归家的路，永远没有尽头。薇薇安与这条项链曾走过什么样的旅程？莫莉心想，从卵石遍地的爱尔兰海边小村来到纽约的一间公寓，再登上一辆满载孩子的列车（这趟列车经过片片田野，全速驶向西部），最后在明尼苏达州度过了一生。而此时此刻，距离当初已近百年，她与她的项链来到了缅因州一栋老房子的门廊上。

薇薇安踏上了第一级台阶，略微有些踉跄。所有人一股脑儿向她奔去，仿佛一帧帧慢镜头：正在她身后的莫莉、台阶底端的贝卡、车旁的杰克，正迈过石子路的莎拉，就连特瑞也沿着大宅绕了过来。

“我没事！”薇薇安说着一把攥住栏杆。

莫莉伸手搂住她的腰。“当然啦。”她低声说。她的声音颇为沉着，心中却百感交集，不禁隐隐作痛，“我就在你身后。”

薇薇安微微一笑。她垂下目光凝望着贝卡，小女孩正用大大的褐色眼眸目不转睛地望着她。“好，我们该从哪里开始呢？”

（全文完）

薇薇安的孤儿列车之旅，1929

纽约中央火车站

⇩

芝加哥，联合车站

⇩

密尔沃基路站

⇩

明尼苏达州，奥尔本斯

图书在版编目(CIP)数据

孤儿列车 /(英)克里斯蒂娜·贝克·克兰著;胡绯译. -- 长沙:湖南文艺出版社,2019.2
书名原文:Orphan Train
ISBN 978-7-5404-8948-9

Ⅰ. ①孤… Ⅱ. ①克… ②胡… Ⅲ. ①长篇小说—英国—现代 Ⅳ. ①I561.45

中国版本图书馆CIP数据核字(2018)第300064号

著作权合同登记号:图字 18-2015-029

上架建议:畅销·外国文学

GU'ER LIECHE
孤儿列车

作　　者:[英]克里斯蒂娜·贝克·克兰(Christina Baker Kline)
译　　者:胡　绯
出 版 人:曾赛丰
责任编辑:薛　健　刘诗哲
监　　制:蔡明菲　邢越超
策划编辑:马冬冬　文雅茜
特约编辑:温雅卿
版权支持:刘子一
营销支持:文刀刀　张锦涵　傅婷婷
版式设计:崔振江
封面设计:棱角视觉
出版发行:湖南文艺出版社
　　　　(长沙市雨花区东二环一段508号　邮编:410014)
网　　址:www.hnwy.net
印　　刷:三河市百盛印装有限公司
经　　销:新华书店
开　　本:880mm × 1270mm　1/32
字　　数:228 千字
印　　张:10
版　　次:2019 年 2 月第 1 版
印　　次:2019 年 2 月第 1 次印刷
书　　号:ISBN 978-7-5404-8948-9
定　　价:46.80 元

若有质量问题,请致电质量监督电话:010-59096394
团购电话:010-59320018